GUILLAUME CLICQUOT

JOYEUSE RETRAITE !

Si la vieillesse est un naufrage, ma retraite doit être une croisière

fleuve
ÉDITIONS

Cet ouvrage a précédement
paru sous le titre *Poivre & sel*

MIXTE
Papier issu de sources responsables
FSC® C003309

Pocket, une marque d'Univers Poche,
est un éditeur qui s'engage pour la préservation
de l'environnement et qui utilise du papier fabriqué
à partir de bois provenant de forêts gérées
de manière responsable.

ISBN : 978-2-266-30097-1
Dépôt légal : octobre 2019

Le malheur des uns fait l'égoïsme des autres.

Rose Bourrelly, 86 ans,
Châteauneuf-les-Martigues

À mon complice Manuel,
pygmalion de mes pulsions alcestueuses,
grâce à qui cette histoire a vu le jour.

Prologue

De tous les orifices, la bouche est de loin le plus intime, tant elle dévoile de secrets sur notre vie privée. Hygiène, addictions, moyens financiers et tares congénitales s'exposent au dentiste sans aucune pudeur : absence de brossage, haleine alcoolisée ou nicotinée, caries putrides ou au contraire implants haut de gamme, nous offrons au praticien un panorama complet de nos vies. Rien ne lui échappe. Peut-être est-ce là l'intérêt majeur de ce métier ? Car soyons sérieux : faire plus de sept ans d'études pour entretenir un espace nauséabond pas plus grand qu'un pot de yaourt, il faut avoir la foi. Si on ajoute à cela que le patient peut difficilement tenir une conversation durant l'intervention, et l'enfermement douze heures d'affilée dans 20 mètres carrés, il y a de quoi péter un câble. Pourtant, les dentistes restent affables et bienveillants en toutes circonstances. Quel self-control !

Après quasiment quarante ans de carrière, Françoise Blanchot, fringante dentiste sexagénaire, n'éprouve plus un réel plaisir à cette étude sociologique et psychologique de ses patients. Par flemme ou par égoïsme, elle juge depuis quelque temps ces analyses chronophages et anxiogènes, donc nuisibles à son équilibre intérieur. Lassée des explications bidon servies par ses clients pour justifier leur négligence bucco-dentaire, sa compassion s'est ainsi mue en simple constat de cette société qu'elle soigne. Elle a en effet passé l'âge des combats inutiles et, en bonne Française de base, son fatalisme l'incite à ranger les gens dans des cases.

Cette travailleuse acharnée, jamais malade, ne supporte plus les plaintes et les jérémiades. Les douleurs qu'elle traite à longueur de journées ne l'émeuvent plus guère, fruits d'habitudes alimentaires laxistes, d'addictions lâches et de manque de volonté, pense-t-elle. Ses jugements à l'emporte-pièce n'altèrent pourtant jamais son comportement. Bien consciente de la rente financière que représente sa purulente clientèle et de l'importance que revêt une réputation dans un métier aussi sectorisé que le sien, Françoise a développé une aptitude hors norme en matière d'hypocrisie, de phrases toutes faites et d'optimisme forcé. L'usure du métier l'a cependant conduite à renoncer aux conseils inutiles, car non suivis. Il faut dire qu'à l'inverse de ses patients, Françoise mène une vie saine et ordonnée, sans risques et sans excès. Elle récolte ainsi à 60 ans les lauriers de ses privations, affichant un corps de quinquagénaire. Cet avantage physique, son exemplarité professionnelle et sa réussite entrepreneuriale pourraient à tout moment la faire basculer dans une condescendance malsaine. Mais pour cela, il faudrait que « les autres » l'intéressent encore. Speedy des garages à bouffe, la stomatologie de quartier, cantonnée aux entretiens courants et aux dépannages de base, lui paraît à présent répétitive et ne la motive plus.

À l'issue d'une de ses lassantes et harassantes journées, où durant dix heures se sont succédé les détartrages, les caries pestilentielles et les bridges déchaussés, Françoise reçoit une dernière patiente qu'elle a accepté de prendre en urgence… à la fin de ses consultations. Tout sourires comme à l'accoutumée, elle accueille une postière en uniforme, la joue boursouflée. Souffrant depuis le matin, la pauvre factrice en détresse s'est gavée de Doliprane faute de créneau salvateur, et ne rêve que d'une chose : être rapidement soulagée. Cette impatience est partagée par Françoise, bien décidée à abréger ce dernier rendez-vous tardif. Aussi la dentiste ne perd-elle pas de temps et l'invite-t-elle à s'installer dans le fauteuil, tout en cherchant son dossier médical dans son ordinateur.

— Ça fait plaisir de vous voir… À quand remonte notre dernier rendez-vous, madame Canellas ? interroge Françoise, histoire de souligner insidieusement la négligence de la jeune femme.

— Un peu plus d'un an… Mais là, j'ai très mal… je crois que c'est un abcès.

— On va voir ça…

— C'est gentil, madame Blanchot, de me prendre en urgence si tard.

— Ne me remerciez pas, soulager vos souffrances, telle est ma récompense ! répond-elle avec cette politesse empruntée qu'impose la fatigue.

Françoise clique sur une icône de son logiciel et apparaissent les radios : une cartographie des mâchoires ainsi que la photo d'une dentition pourrie en équilibre instable sur des gencives rongées par la cigarette. Le passif buccal de la jeune femme lui revient aussitôt en mémoire… Le diagnostic est évident et l'opportunité d'une opération rémunératrice se profile à l'horizon. C'est à cet instant que l'art délicat de Françoise, qui consiste à faire passer un « patient » au statut de « client » sans qu'il s'en rende compte, se met en action, et que, par miracle, elle-même devient… patiente.

— Toutefois… Il serait peut-être temps de faire ces travaux sur les maxillaires dont nous avions parlé, sinon vos douleurs vont se multiplier. Je vous avais fait un devis ?

— 10 000 euros… pour trois implants et un bridge… C'est le prix d'une Twingo.

L'argument n'est pas nouveau et Françoise sait comment le contrer, alternant compassion et arguments fallacieux.

— Je sais, c'est cher. Hélas, c'est le prix de la haute technologie.

Comme l'exposait une brillante brochure publicitaire dans la salle d'attente, un inlay-core en titane n'est jamais que la version miniature des chevilles Molly. Ni ordinateur de bord, ni caméra de recul, ni détecteur de pluie ou de système *start and stop*, l'expérimentée praticienne sait que sa prothèse ne risque pas de gagner le concours Lépine cette année et encore moins de convaincre la postière. Elle termine donc en assenant sans vergogne son argument massue :

— Mais, j'imagine que vous avez une bonne mutuelle ?

— Ben, j'bosse à la Poste, pas à la Française des jeux...

Loin de s'avouer vaincue, Françoise s'approche d'elle.

— On ouvre la bouche...

L'invitation semble d'un coup terroriser la pauvre employée de la Poste qui n'ose desserrer les dents.

— Mais ouvrez ! Je ne vais pas vous faire mal, insiste Françoise avec la douceur maternelle et le sourire rassurant de celle qui s'amuse des enfantillages.

La patiente ouvre alors lentement la bouche et dévoile une superbe dentition refaite à neuf... chez un confrère.

— Ça sort d'où, ça ?

Cocufiée, Françoise a perdu son sourire et le stress accumulé durant toute la journée menace d'exploser.

— De Hongrie, lui répond-elle un peu honteuse.

Françoise donne des coups d'accélérateur à sa roulette pour passer ses nerfs, perspective de torture qui n'échappe pas à la postière.

— Vous comprenez, là-bas, c'était six fois moins cher... se défend-elle.

— Alors retournez-y pour vos caries.

— Mais...

— Et allez-y en covoiturage, vous ferez des économies !

Consciente qu'elle est en train de payer le prix de son infidélité, la patiente apeurée se redresse sur le fauteuil et s'apprête à repartir. Françoise, en bonne commerçante de quartier, toujours soucieuse du qu'en-dira-t-on, réalise qu'une factrice, « ça voit du monde », et la retient presque par réflexe.

— Mais, où allez-vous ? Je vais vous soigner ! Je ne suis pas un monstre !

Après un temps d'hésitation face à cette surprenante magnanimité de la dentiste, la postière se renfonce dans le fauteuil. C'est une fois qu'elle est de nouveau installée que Françoise lui annonce la couleur.

— Bon, ça risque d'être assez douloureux, prévient-elle en faisant vrombir sa stridente roulette.

Les soins terminés et la consultation payée, Mme Canellas ne s'attarde pas, la mâchoire toujours endolorie. Il faut dire que les soins dentaires ont cette particularité qu'ils ne sont palliatifs qu'au bout de vingt-quatre à quarante-huit heures, ce qui ne favorise pas la cordialité à l'issue des séances. C'est donc sans un mot que Françoise raccompagne l'infidèle jusqu'à la sortie, claque la porte derrière elle et se retourne vers son assistante, un éclair de haine dans les yeux.

— Si cette connasse rappelle, pas de place pour elle avant six mois !

— Bien, docteur, répond la collaboratrice, visiblement blasée par les emportements de sa patronne.

Consciente du ridicule de son attitude, Françoise retrouve une civilité plus conforme à l'image qu'elle souhaite donner à son employée.

— Reste-t-il des patients, Nathalie ?

— Juste votre mari : il a cassé la céramique de sa « 19 ».

— Encore !

La coupe est pleine. Son crétin de mari a bien choisi son jour pour se casser une dent ! Françoise ne sait si elle va réussir à se maîtriser plus longtemps. Aussi préfère-t-elle se débarrasser du témoin gênant des inéluctables algarades conjugales.

— Bon, vous pouvez disposer Nathalie, je vous libère !

Marié depuis trente-cinq ans à Françoise, Philippe, 60 ans lui aussi, connaît et anticipe les sautes d'humeur de sa charmante épouse qu'il encaisse avec une passivité maîtrisée. Il a en effet pour habitude de laisser passer l'orage, une attitude toute masculine qui exaspère sa femme. Pour sa défense, il n'a jamais aimé le conflit, qu'il juge épuisant et inutile, sans doute une posture héritée de son métier de contrôleur fiscal. Si Françoise soulage ses patients de la douleur, Philippe, lui, l'excite chez les contribuables qui croisent sa route. Chacun dans son domaine a donc cultivé l'art du détachement face aux réactions hystériques. Maîtres de leurs émotions, le regard détaché qu'ils portent sur le malheur d'autrui les a prémunis contre une compassion trop impulsive. Tout comme son épouse, Philippe n'est pas pour autant un homme cruel, il a juste envie de ne pas se prendre la tête. Fonctionnaire sans ambition (par choix) ni envergure (par discrétion ou lâcheté), son seul objectif a toujours été la sérénité du présent et la sécurité de l'avenir. Depuis que ce babyboomeur a lu en 1986 dans *L'Expansion* que mathématiquement, le système de retraite ferait faillite sous le poids de sa génération, l'enjeu de son existence se résume à un mot : l'épargne. Là-dessus, ils sont tous deux raccord depuis toujours ; elle, venant d'un milieu modeste, lui, d'une famille bourgeoise dépensière, leur souci permanent de

« ne jamais manquer de rien » est en parfaite harmonie et, du haut de leur fourmilière, ils se rassurent en critiquant les cigales de passage. Une vie raisonnable mais heureuse, sans folie mais distrayante. Leur bonheur est calculé, leurs besoins maîtrisés et leurs projets planifiés avec soin.

Cette quiétude financière leur a permis de surmonter bien des épreuves et bien des colères sporadiques. Aussi, l'écho des hurlements de Françoise n'entame pas la jovialité de Philippe, assis dans la salle d'attente, la revue *Notre temps* en main. Comme un signal entre eux, elle pousse violemment la porte de l'antichambre des douleurs et retourne en silence dans son cabinet, suivie par un Philippe indifférent, toujours absorbé par sa lecture. Empli d'une félicité déconcertante, il s'installe dans le fauteuil tout en parcourant son mensuel. Le dos tourné, la dentiste s'affaire pour sa part à préparer son matériel : ses gestes sont brusques, son tri saccadé et bruyant. On dirait presque qu'elle vide le lave-vaisselle. Nul besoin à cet instant d'un master en éthologie pour percevoir la fébrilité de Françoise. Bien que sous-diplômé en psychologie féminine, Philippe prend quand même mille précautions pour désamorcer la bombe à fragmentation qu'est sa femme.

— C'était qui, la cliente avant ?

— Encore une *low cost.* Tu devrais lui coller un contrôle fiscal à celle-là !

— C'est légal, c'est l'Europe…

— Je t'en foutrais du tourisme dentaire ! À ce compte-là, je vais m'offrir une thalasso à Marienbad sur le dos de la sécu !

— C'est une bonne idée ! s'amuse-t-il.

Françoise fait demi-tour, s'approche avec son plateau d'instruments, s'assoit et lui enfourne l'aspirateur à bave dans la bouche.

— Ça t'amuse ? C'est la sixième cette semaine, mes bénéfices sont en chute libre ! Dans un an, il ne vaut plus rien, mon cabinet !

Fidèle à sa stratégie, le mari expérimenté reste muet et comme d'habitude, de guerre lasse, la virulence de Françoise s'estompe.

— Je te préviens Philippe, je ne peux pas attendre que tu sois à la retraite pour vendre. Moi, j'ai l'âge pour arrêter, je me barre ! Douze heures par jour dans cette station spatiale, j'en peux plus ! Je veux du soleil, du réchauffement climatique…

La nervosité de Françoise semble néanmoins intacte au moment où sa main tremblante dirige un instrument vers la bouche de Philippe, accompagnée d'un « Allez, ouvre ! ». L'inquiétude s'empare de lui, persuadé que sa pétulante épouse flirte dangereusement avec le *burn out* et que l'intervention risque de se terminer en erreur médicale.

— Non mais si t'es fatiguée, on peut attendre demain… articule-t-il avec difficulté, la bouche embarrassée par le tube à salive.

— Pour que ça s'infecte ? Ouvre ! lui ordonne-t-elle.

Philippe ouvre grand la bouche et Françoise recule d'un bond.

— Mais tu pues la vinasse !

— Le champagne…

— Oh merde, faut que je nettoie tous les canaux ! Y a de la cacahuète dans le trou !

— Pistaches…

— Et bien sûr, t'as voulu finir celles qui étaient fermées.

Philippe pouffe, ce qui attise un peu plus l'agacement de Françoise.

— T'es bourré ou quoi ?

— Non ! Du tout !

— Alors, qu'est-ce qui te fait rire ?

Non sans un certain soulagement, Philippe retire l'aspirateur à mucus de sa bouche et, avec le plaisir dominateur de celui qui détient un secret, prend son temps pour dévoiler la raison de son euphorie.

— Je t'ai parlé du plan social de réduction du nombre de fonctionnaires « Votre avenir est ailleurs ».

Aussitôt, le visage de Françoise s'illumine.

— T'en fais partie ?

— Ouais ! Je pars en retraite anticipée, annonce-t-il, fier comme s'il venait d'avoir une promotion.

— À taux plein ?

— À taux plein !

— Yes ! La quille ! Oh, tu sais que je t'aime, toi ? Je t'aime, je t'aime… s'agite-t-elle en le couvrant de mille petits baisers enfantins.

Puis elle se redresse, le fixe du regard. L'un et l'autre goûtent cet instant où une page de leur vie est en train de se tourner. Quel sera le prochain chapitre ?

Philippe brandit alors la revue qu'il lisait. En couverture, un couple de sexagénaires pieds nus sur une plage paradisiaque avec, au-dessus, un titre sans ambiguïté : « Une retraite au soleil ».

— Alors ? Maroc ou Portugal ?

Chapitre 1

Un an ! Françoise et Philippe ont passé un an à expédier les affaires courantes, vendre le cabinet dentaire, apurer les comptes et surtout liquider les retraites de chacun. Mais ce parcours du combattant administratif n'est rien comparé à ce qui les attend pour accéder à leur nouvelle vie azurée. Bien conscients de la difficulté d'un tel projet, les Blanchot ont ainsi mis à profit cette perte de temps procédurale pour lancer les opérations en secret.

« On n'en parle à personne ! » Telle est en effet la règle d'or qu'ils se sont imposée dès le départ. Leur réussite repose sur la discrétion qu'ils cultivent avec succès malgré les nombreux obstacles dressés sur leur route. Ils n'ont parlé à aucun proche de leur programme d'évasion : ni à leurs enfants ni à Line, la mère de Philippe. Outre les scrupules à « abandonner la famille », la peur d'être critiqués et démotivés par les leurs ne laisse aucune place à la confidence. Le couple a donc décidé de mettre tout le monde devant le fait accompli le jour venu, et ce secret doit être d'autant mieux gardé que rien n'est encore gagné.

Parmi les obligations qu'ils doivent remplir avant de partir, il faut placer Line, la grand-mère, en établissement pour personnes âgées, et vendre à son insu la maison familiale à laquelle elle est viscéralement attachée. À 88 ans, Line est un petit bout de bonne femme gracieuse et pétillante que tous surnomment avec affection Mamiline. Pour l'attachante aïeule, le processus est déjà lancé. Cécile, leur fille aînée, dirige depuis peu une maison de retraite, et l'ancêtre se réjouit de l'y rejoindre. Voisine de sa grand-mère, la jeune femme est déjà préposée à son aide domestique, au grand soulagement de Françoise et Philippe, tout heureux d'être délestés de ces contingences quotidiennes. L'amour qui unit les deux femmes est total, et ce placement offre à l'une comme à l'autre de nombreux avantages, notamment sur le plan pratique. Malgré la liste d'attente, le problème semble donc en bonne voie : selon toute logique, Cécile devrait pouvoir lui trouver une place d'ici peu.

Pour le reste, Françoise et Philippe ont déjà bien avancé et leur nouvelle vie se précise. Après avoir étudié l'ensemble des possibilités qui s'offraient à eux, ils ont tranché assez vite concernant leur choix de destination – ou plutôt d'émigration. Avantages fiscaux, sanitaires, sécuritaires, diplomatiques, logistiques, économiques, mais aussi gastronomiques, le Portugal s'est imposé face au Maroc. Ce choix s'est accompagné, de surcroît, d'un coup de chance. Avec la perspective du Brexit, nombre de Britanniques ont anticipé leur retour au pays – choc thermique pour cette décolonisation des sujets retraités de Sa Très Gracieuse Majesté – et les biens immobiliers disponibles se sont multipliés. Jérôme, notaire et cousin de Philippe, leur a ainsi aisément trouvé la villa de leurs rêves, via son réseau européen. Bien que déjà confortable, ce havre de paix nécessite en revanche d'importants travaux pour leur permettre de jouir de ce luxe, et de tous ces superflus futiles qu'ils se sont refusés toute leur vie durant.

Seule ombre au tableau, la vente de leur propre maison. Censée financer cet achat, ces travaux, mais aussi l'acquisition d'un pied-à-terre à Paris, la culbute immobilière qu'ils espéraient ne se réalise toujours pas : ils sont bloqués.

Depuis leur retrait de la vie active, rares ont été les visites d'acheteurs potentiels. Aussi, quand l'agent immobilier les appelle enfin pour un rendez-vous de la plus haute importance, l'excitation atteint son paroxysme : leur billet pour la liberté va-t-il enfin leur être délivré ?

*

Françoise et Philippe, l'air anxieux, sont assis droits comme des piquets sur leur canapé en se tenant la main comme deux candidats à la fin d'un jeu télévisé. Face à eux, Éric Lapie, l'agent immobilier, ménage le suspense, lui aussi dans le trip *Maison à vendre* ou *Chasseur d'appart*. L'homme n'a pourtant pas le charisme d'un génie de la vente ni même celui d'un animateur télé. Dénué de malice, avenant mais sans filtre, il compense péniblement son absence de professionnalisme par quelques artifices verbaux. Le couple n'est pas dupe et le trouve ridicule dans son costume des grandes occasions, la chevelure surgominée et les aisselles exhalant des fragrances outrancières. Nulle méprise n'est possible : il transpire une médiocrité génétique. Procès d'intention expéditif et préjugés de classe faciles disparaissent cependant lorsqu'un petit caporal devient héros, et aujourd'hui, le jour de gloire d'Éric Lapie est enfin arrivé.

— Alors, j'ai une bonne et une mauvaise nouvelle, débute-t-il, pour ménager son effet.

Cette insipide entrée en matière n'augure rien de bon, et provoque l'impatience de Françoise et Philippe qui contiennent leur exaspération en agrippant les accoudoirs du canapé.

— Je commence par la mauvaise. Je n'ai eu que sept visites en huit mois.

— Oui, ça on sait, on était là. C'est quoi la bonne ? le bouscule Philippe.

Loin de se démonter, l'agent poursuit son show et présente crânement au couple un document. Bien sûr, il prend un malin plaisir à le garder en main afin de ne pas en dévoiler le contenu.

— J'ai ici une offre ferme, sans condition suspensive.

Françoise et Philippe se tombent aussitôt dans les bras, oubliant les mois entiers où ils avaient pesté contre l'incompétent.

— Yes !!!

— Alors combien ? Un-trois ?

Se sachant bien loin de ce montant, Éric Lapie se contente de hocher la tête pour dire non. Philippe se liquéfie en diminuant le montant de cette mystérieuse proposition.

— Un million deux ? Un-un ? Un million ?

— 950 000, répond le commercial, le sourire figé.

— C'est tout ? On avait dit un million trois ! s'insurge Philippe.

— C'était la fourchette haute ! Moi je vous avais plutôt dit *autour* d'un million. En net vendeur, on n'est pas très loin !

Le dilettantisme nonchalant de l'agent frise la malhonnêteté aux yeux de Françoise, qui le vitupère à son tour.

— Mais je rêve ! Le mois dernier, notre voisin a vendu la sienne un million cent et il a 52 mètres carrés de moins que nous !

— C'est différent madame, il a refait toute la déco.

— Qu'est-ce qu'elle a, la déco ? se vexe Philippe

— Chez vous, le temps s'est arrêté en 1986.

— 56 ! C'est le design de ma belle-mère ! Et mon mari n'a rien voulu toucher !

Surpris que sa femme se désolidarise de lui, Philippe essaie de se justifier.

— Il ne faut rien exagérer ! C'est peut-être un peu… désuet, mais ça a le mérite d'être chaleureux, authentique.

— Comprenez bien, monsieur Blanchot, que c'est difficile pour un jeune couple de se projeter dans votre intérieur.

— CQFD : c'est une maison de vieillards ! conclut Françoise avant d'ajouter : Allez-y, dites-lui !

L'agent acquiesce par politesse. Bien que conscient que son inertie décorative est responsable de la déflation colossale de son bien, Philippe campe sur ses positions. Françoise, elle, semble résignée à cette décote totalement justifiée. De plus, elle est bien décidée à sauter le pas et tente par tous les moyens de convaincre son mari, qui s'accroche.

— Oui mais 950 000, c'est pas assez !

— On l'a rachetée 150 000 à ta mère ! Ça fait 800 000 de plus-value ! En plus, comme l'a souligné monsieur, pendant toutes ces années, c'est pas les travaux qui nous ont ruinés !

La démonstration mathématique, mâtinée de sarcasme, crispe un peu plus Philippe. Françoise insiste.

— On a largement assez pour payer la villa et y faire tous les aménagements qu'on veut !

Face à l'obstination de sa femme, Philippe prend à son tour à témoin l'agent immobilier.

— La villa qu'on doit acheter au Portugal coûte 500 000 euros, sans les frais de notaire… Ce qui nous laisse un budget de 400 000 pour acquérir un pied-à-terre à Paris et faire les travaux. C'est insuffisant, on n'aura qu'un deux-pièces minuscule.

— Faux. J'ai plein de produits exceptionnels à vous proposer à ce prix-là !

L'intervention du professionnel a l'effet inverse de celui escompté. Éric Lapie n'a plus à faire la preuve de son incompétence et les promesses d'un commercial ont toujours des accents gascons. Bien qu'amatrice de foie gras, Françoise reste donc défiante à l'égard du vantard, et c'est à contrecœur qu'elle se range à l'analyse de Philippe. Au fait des prix du marché, elle ne peut masquer sa déception.

— T'as raison. On est quand même ric-rac, et je ne veux pas sacrifier notre budget travaux !

La subite détresse de Françoise déstabilise Philippe. Lui qui se braquait jusqu'alors cherche à présent une solution pour redonner espoir à sa femme. Sourire en coin, il lui glisse à l'oreille :

— On a toujours le cadeau de Jérôme…

Françoise ne réagit pas.

— Et puis au pire, on peut casser une de nos assurances vie ! ajoute-t-il.

— Hors de question ! On voit bien que c'est pas toi qui vas finir seule les vingt dernières années de sa vie.

— Qui sait ?… Sinon, au pire, on récupère l'appart de ma mère.

— M'ouais… Mais alors à tout petit prix.

— C'est la famille et je suis fils unique ! T'inquiète ! On s'arrangera avec Jérôme.

Bien loin d'être ravie à la perspective de suivre une fois de plus les pas de sa belle-mère dans des habitations qu'elle subit plus qu'elle ne les choisit, Françoise accepte finalement ce sacrifice pour accéder à son rêve. La transaction peut ainsi reprendre et Philippe relance la conversation avec le commercial.

— Et c'est lequel, ce mystérieux acheteur ?

— M. Delamère, l'expat. Le trentenaire qui bosse à la City, à Londres, annonce l'agent, fier de son carnet de clients prestigieux.

— Je l'aurais parié : ça rapporte, la finance !

Le couple se souvient d'autant plus de la visite de ce *golden boy*, qu'à l'époque, Françoise avait très mal vécu cette intrusion dans son intimité. Le trader était un bel homme, le genre de type élégant en toutes circonstances. Sympathique au premier abord, il puait la supériorité tant par son regard blasé que par ses précautions verbales empreintes d'une condescendance élitiste. Bien que poli et souriant, Thierry Delamère suintait la moquerie permanente, un second degré que Françoise avait décrypté sans efforts. Lors de sa visite, le jeune investisseur s'était en effet ingénié à admirer les objets les plus kitsch et les plus moches de la maison, qu'elle-même ne supportait plus. Tout chez lui n'était que duplicité, ce qui avait totalement échappé à Philippe. Le brillant trentenaire l'avait fasciné. Le petit fonctionnaire tiraillé par un complexe d'infériorité a toujours apprécié d'être traité d'égal à égal par l'élite, croyant que la réussite des autres est contagieuse et oubliant que seul l'intérêt financier motive cette connivence. Il avait dû bien rire en sortant de sa visite ! avait pensé Françoise. Le prix dérisoire que propose le renard de la City confirme ainsi ses impressions : le flatteur vit aux dépens de celui qui l'écoute, mais cette leçon vaut bien une promesse de vente, sans doute ! Cette contrariété digérée, l'ex-dentiste demeure surprise par la rapidité de décision du futur acquéreur.

— Mais sa femme n'a pas vu la maison, s'étonne-t-elle.

— Il lui a montré des photos. Et puis c'est un trader, c'est un homme pressé, un décideur. Hong Kong, Wall Street, Francfort, c'est un homme qui voyage, un citoyen du monde, un pro du déménagement, quoi ! Par contre, il lui faut impérativement la maison début juin.

— C'est rapide, s'inquiète Philippe.

— Il veut faire quelques travaux avant d'y installer sa femme et ses enfants. Ça vous pose un problème ?

À l'inverse de son mari, Françoise devine aussitôt que le couple va tout casser à l'intérieur et refaire la maison à son goût. De peur que Philippe ne devine cette profanation programmée de la mémoire ancestrale et que cette perspective n'entame son désir de vendre, elle enchaîne.

— Au contraire : plus vite on partira s'installer au Portugal, mieux on se portera, se réjouit Françoise.

Son empressement n'est cependant pas partagé par Philippe, que le compte à rebours oppresse. À son tour, il doute et fait machine arrière.

— Oui, mais la villa ne sera jamais prête ! Nous aussi on a des travaux à faire avant d'emménager.

— Eh bien en attendant, on s'installera dans l'appart de ta mère, puisque ça doit devenir notre « pied-à-terre », concède-t-elle à contrecœur.

— Et maman, t'en fais quoi ? On ne va pas vivre avec elle !

— Surtout pas !

— Et elle va où ?

— Où veux-tu qu'elle aille ? Dans la maison de retraite de Cécile, tiens !

— Oui, mais ça fait six mois qu'elle est directrice et elle n'a toujours pas de place pour elle ! Qu'est-ce qui nous dit que d'ici trois mois ça sera réglé ?

— L'espérance de vie : elle dirige une maison de retraite, pas une crèche !

Françoise a l'habitude des crises d'anxiété de son mari et de cette tendance à la couardise qui l'entraîne dans les abîmes de la procrastination. Tantôt elle lutte, tantôt elle renonce, mais là, c'est son destin qui se joue et son rêve est enfin à portée de main.

— Écoute, Philippe, ça fait presque un an qu'on attend un acheteur pour se barrer : si on ne se décide pas maintenant, on ne le fera jamais !

— Et un client comme celui-là, c'est du solide ! Il en passe une fois tous les dix ans ! Moi, je dis ça, je dis rien ! ajoute l'agent.

L'intervention ronflante de l'importun indispose Philippe, qui lui jette un regard noir. Bien que pas très futé, c'est à cette seconde que l'agent décide de « faire tapis » en exhibant un chèque.

— Et ça, c'est l'indemnité d'immobilisation !

La vue du chèque de 95 000 euros les hypnotise d'un coup. Philippe doute encore, mais sa réticence a baissé d'un cran devant ce coup de maître du stratège immobilier, qui enfonce le clou par la phrase qui tue : « Si vous signez, le chèque est à vous ! »

Le couple est cueilli. Tous deux restent prostrés, le regard rivé sur ce petit bout de papier à portée de main. Dans cette situation, l'agent pourrait leur demander de faire le poirier, de parler japonais ou de se foutre à poil, qu'ils obéiraient sur-le-champ. Mais cet idiot brise le charme par un « ça vous la coupe ? » qui réveille instantanément la maîtresse de maison.

Passé l'éblouissement du pactole, l'enthousiasme de Françoise est contrarié par la mine de Philippe, dont le visage ne reflète plus l'angoisse, mais un tout autre mal-être. Cet air étrange qu'elle ne parvient pas à décoder l'interpelle.

— Pourquoi tu bloques ?

— Ça fait trois générations qu'elle est dans la famille cette maison… J'ai toujours vécu ici…

L'œil tendre, l'épouse compatit et essaie de ne pas trop le brusquer.

— Phiphi, on en a parlé cent fois : maintenant il faut choisir entre la maison des souvenirs et la villa de tes rêves. On a travaillé toute notre vie pour ça. C'est le moment de couper le cordon, tu ne crois pas ?

Le visage de Philippe se fend d'un sourire.

— Alors ? On fonce ?

— On fonce !

Galvanisé, il saisit le stylo et signe. Dans le même élan, Françoise fait de même et l'embrasse. Leurs regards complices se noient l'un dans l'autre, Philippe est redevenu conquérant… jusqu'à ce que sa douce compagne, pleine de malice, conclue :

— Bon, tu n'as plus qu'à apprendre la nouvelle à ta mère !

Philippe réalise la complexité de la tâche à accomplir et se liquéfie. Au-delà de la *To do list* que lui laisse Françoise, le compromis de vente qu'il vient de signer se révèle être une véritable déclaration de guerre.

Chapitre 2

C'est avec frénésie que Philippe appuie sur le bouton de l'interphone de sa mère.

— Pourquoi elle ne répond pas ? s'énerve-t-il, le doigt engourdi.

— Elle est peut-être morte ! le titille Françoise.

— Très drôle.

Habillés comme deux croque-morts au pied du splendide immeuble parisien, Philippe s'inquiète et Françoise s'impatiente :

— Quand tu lui as dit qu'on l'emmenait au cimetière, tu lui as bien précisé que ce n'est pas elle qu'on enterrait ?

Philippe relève à peine la réflexion narquoise de sa femme, hausse les épaules et continue d'enfoncer le bouton. Lasse, Françoise regarde sa montre.

— Utilise tes clefs, on va être en retard !

Autant par souci pour sa mère que par peur des reproches de sa femme, Philippe obtempère et finit par monter la chercher. Aussitôt entré dans l'appartement de Mamiline, Philippe lance des « maman » qui restent sans réponse. Ne la trouvant pas dans le salon, il se précipite dans le couloir, enfonçant presque chaque porte. In fine, il la retrouve dans la cuisine devant une tasse de thé. La brutalité de son irruption la fait sursauter, déclenchant par là même sa mauvaise humeur. Line, qui attendait sagement assise, reproche aussitôt son retard à son fils qui tente en vain de se défendre.

— Ça fait vingt minutes qu'on t'attend en bas avec Françoise !

— Non, j'ai mis un collant, pourquoi tu me demandes ça ?

— Non, je dis que ça fait vingt minutes qu'on t'attend en bas avec Françoise ! répète-t-il plus fort.

— Et pourquoi t'as pas sonné ? lui demande-t-elle, avant de comprendre qu'elle ne porte pas ses prothèses auditives.

Le malentendu enfin levé, la petite dame se lève d'un bond et presse le pas, parée d'un splendide manteau violet.

— T'aurais pu mettre ton manteau noir en astrakan ! On va à un enterrement, quand même !

— Oui, et je pourrais prendre du pain dur pour les pigeons ! Ce que tu peux être vieux jeu par moments !

*

En route pour les obsèques, Line est assise à l'arrière comme une gosse, et se fait copieusement sermonner par Philippe qui conduit. Il ne décolère pas en pensant à la désinvolture de sa mère.

— Je te l'ai dit cent fois : mets-les, ces foutues prothèses auditives ! T'es inconsciente ! T'imagines s'il y a le feu dans ton immeuble ? T'entendras même pas les sirènes des pompiers !

— Tu sais, à mon âge, il arrivera ce qui doit arriver, réplique la vieille dame, d'humeur taquine. Et puis tu devrais te réjouir, un petit incendie c'est moins cher qu'une crémation !

— Et voilà, c'est reparti, tu me traites de radin ! Je te rappelle tout de même que si Cécile te dégote une place dans sa maison de retraite, c'est nous qui allons compléter les mensualités. Tu sais ce que ça représente pour nous financièrement ?

— Rassure-toi, je serai peut-être morte avant qu'une place se libère…

— En attendant, tu vas me faire le plaisir de les mettre, ces foutues oreillettes.

Françoise décide alors de venir en aide à son époux, en peine avec les caprices de sa mère.

— Admettez, Line, qu'avec vos appareils, vous devez vous sentir moins coupée du monde.

Cette attitude très paternaliste du couple, qui consiste à l'infantiliser, a le don d'exaspérer Line. À l'affût de la première provocation susceptible d'irriter sa bru, la vieille dame ne laisse pas passer le coche.

— C'est vrai que, pour la télé, c'est mieux. Tiens, d'ailleurs, vous savez que c'est Liesel qui est sortie, hier soir ?

— Tu parles de quoi, là ? l'interroge Philippe.

— L'île aux Alsaciens ! Elle a échoué à l'épreuve des noix de coco et comme elle avait batifolé avec « Jézonne », un gars de la tribu adverse, les Pinetouas, ils l'ont éliminée au conseil.

— Dépenser 3 000 euros pour regarder des merdes pareilles… peste à voix basse Françoise.

— Ma chère, cette fois je vous entends très bien !

Prise en flagrant délit et à son propre piège, Françoise se tait. Trop contente d'avoir la main, Line remue le couteau dans la plaie avec un malin plaisir.

— Et puis, je vous rappelle quand même que cette émission a été l'heure de gloire de votre belle-fille !

Un silence embarrassé de Françoise et Philippe suit cette remarque. Chaque fois qu'elle le peut, Line se plaît à rappeler au couple que leur fils, Pierre, a épousé une de ces pouffes sous-cortiquées dont la téléréalité fait l'élevage. Ce mariage « people » du journaliste sportif avec « l'ex-candidate de l'île aux Alsaciens » a flatté Françoise dans un premier temps, à l'époque où sa salle d'attente regorgeait de *Paris Match* et de *Voici*, drainant quelques nouveaux clients. Hélas, au fil des sorties ridicules de sa belle-fille, cette notoriété devint très vite encombrante, la fit déchanter et remplacer son abonnement à *Closer* par celui de *Que Choisir*. Le dossier est donc lourd et le silence dans la voiture, pesant. C'est sûr, Françoise ne la ramènera plus et Line peut savourer sa victoire.

— Je suis ravie d'aller à l'enterrement de ce neveu. Quand les morts sont jeunes, il y a plus de monde ! relance Line

— Si ça peut animer ta journée… réplique Philippe.

— Il est mort quand ?

— Y a trois jours.

— On peut dire que c'est tout frais ! s'amuse-t-elle. Et c'est le premier ou le second fils de ma cousine ?

— C'est Michel. Je ne sais pas lequel c'était, je ne l'ai croisé que deux fois, tente d'écourter Philippe, peu disposé à répondre à sa mère.

— Ah oui, Michel ! C'est quand même dommage, un garçon si brillant.

Sans aucune envie de s'étendre sur le sujet, Philippe se fend d'un nouveau poncif pour meubler la conversation.

— C'est toujours les meilleurs qui partent en premier…

— Eh bien, mon fils, t'es pas près de mourir !

Pas peu fière d'avoir piégé son fils, Mamiline savoure sa petite domination rhétorique tandis que Françoise lance un regard désabusé à Philippe, un de ces regards qui signifient : « Mais pourquoi tu lui réponds ? Ta mère est une peau de vache, je te l'ai dit cent fois ! » Bien conscient d'être l'éternelle victime des sarcasmes de sa mère, Philippe botte en touche par un : « Bon, elle est où cette foutue église ? »

*

Cécile, la fille de Françoise et Philippe, a prévu de les rejoindre au cimetière pour l'inhumation, après la messe, car avant cela, elle doit faire un détour par la maison de retraite qu'elle dirige. En ce beau matin, tout est donc calé, sauf qu'il faut encore déposer ses deux enfants à l'école. Arnaud, son mari, ne s'étant pas réveillé, Cécile doit se charger d'accompagner Juliette et Félix, leurs jumeaux de 6 ans, en CP et surtout… en retard. La cloche a déjà sonné lorsqu'elle arrive. La grille n'est plus qu'entrebâillée et l'entrée des retardataires sévèrement filtrée. Cécile court avec ses enfants et stoppe net en croisant la mine inquisitrice de Mme Clément, la directrice.

— C'est 8 h 30, madame Poujol, pas 40 !

— Oui, je sais, je sais. Pardon… À ce soir, mes chéris !

La directrice observe la jeune maman de 33 ans avec une sorte de dédain désabusé, tandis que les enfants s'éloignent dans la cour au grand soulagement de leur mère, qui n'a aucune envie de se voir rabaissée sous leurs yeux.

— Je suis désolée, s'excuse de nouveau Cécile.

— Le jour du bac, ils ne pourront pas rentrer, vous savez !

— Faut rien exagérer, ils ne sont qu'en CP.

— Ça arrive vite, croyez-moi, et les habitudes, bonnes ou mauvaises, se prennent dès cet âge-là.

— Vous avez raison, abdique Cécile, faute de temps pour débattre avec la fille de Jules Ferry. Bonne journée, madame !

Cécile repart en courant vers sa voiture, vexée de s'être aplatie devant Mme Clément qui a la fâcheuse habitude de s'adresser aux jeunes mères comme à des irresponsables. Des leçons d'éducation, pourquoi pas, songe-t-elle, mais alors à son con de mari qui ne s'est pas réveillé ce matin !

*

Cette humiliation matinale devant l'école élémentaire avait agi comme un défibrillateur sur le cœur déjà surcompressé de Cécile. C'est donc en sueur et essoufflée qu'elle arrive au travail. Après de longues études universitaires spécialisées en gestion sanitaire et sociale, Cécile avait gravi les échelons d'une grande mutuelle de fonctionnaires avant de se voir confier la direction d'un établissement. Novice, elle avait ainsi pris en main une maison de retraite vétuste d'à peine soixante-dix places, les Pissenlits, un nom maladroit à plus d'un titre.

À peine a-t-elle le temps d'atteindre son bureau que Cécile aperçoit un visage familier qui lui fait retrouver sa jovialité naturelle. Stéthoscope autour du cou, le Dr Kao, médecin d'origine asiatique d'une quarantaine d'années, range sa blouse blanche dans sa sacoche. Cécile l'interpelle :

— Qu'est-ce que tu fais là ? On est lundi !

L'homme décontracté claque la bise à la jeune directrice puis lui tend un document, l'air dégagé.

— Avant, les femmes mouraient en couches à 18 ans, aujourd'hui c'est à 90.

La blague cynique digne d'une salle de garde ne provoque pas l'hilarité escomptée. Au contraire, Cécile continue de consulter le document d'un air soucieux. Son trouble n'échappe pas au sympathique Dr Kao, qui retrouve une attitude plus conforme à la gravité du moment.

— Mme Lecaire. Arrêt cardiaque cette nuit. C'est ta première ?

— Ouais. Ça fait un choc. À force de les côtoyer, on les croit immortels…

— J'ai plus qu'à te souhaiter bon courage pour la paperasse.

Tournée oblige, l'aimable docteur prend rapidement congé de Cécile. Mais avant de partir, il lui adresse avec détachement un dernier conseil :

— Ah, et t'oublies pas de donner le double du certificat de décès à Jean-Louis !

La recommandation foudroie la jeune femme, terrorisée à l'idée d'effectuer cette démarche en apparence anodine.

*

Ni administrateur ni comptable, Jean-Louis est en fait le thanatopracteur attitré de la mutuelle propriétaire de l'établissement. De la simple préparation à l'embaumement et aux formalités d'inhumation, Jean-Louis se charge de tous les décès et comble le reste de son temps par quelques remplacements ici et là. En l'occurrence, ce matin il officie dans sa spécialité, au sous-sol des Pissenlits, à la morgue. Or Cécile n'a jamais vraiment côtoyé la mort. Son grand-père paternel a disparu lorsqu'elle avait 6 ans, et les corps des parents de sa mère, décédés dans un accident de la route, n'ont jamais pu être montrés à la famille tant les dégâts étaient importants. En somme, c'est la première fois qu'elle va apercevoir la dépouille d'une personne qu'elle a bien connue. Cécile amène donc le certificat de décès à Jean-Louis, la trouille au ventre. Pire encore, elle craint de le découvrir en plein travail. Dans l'espoir qu'il ait fini ses basses œuvres, elle se rend d'abord dans la chambre funéraire. Pour son malheur, elle ne trouve personne et le cercueil est encore vide.

— Jean-Louis ? ose-t-elle d'une petite voix.

— Je suis au fond !

« Au fond ! » L'écho de l'expression résonne comme la voix d'un fossoyeur qui procède à la réduction des squelettes dans une concession qui affiche complet. Elle est mortifiée. Là, c'est sûr, Cécile sait qu'elle est condamnée à affronter l'horreur. Elle avance avec hésitation et accède au « Laboratoire », une pièce carrelée aux paillasses en acier, un environnement à mi-chemin entre une salle d'opération et une cuisine scolaire. Au bord du malaise, elle découvre le corps nu et famélique de feu Mme Lecaire. La nuit a suffi à la rendre méconnaissable, le visage décharné, les yeux réduits à des raisins secs et le teint cireux. Allongée sur une table en inox, des tuyaux raccordés à une pompe entrent et sortent du ventre de la dépouille, tandis que Jean-Louis, sorte de Dr Jerry (Lewis) béat en tenue de chirurgien, manipule des bidons de produits chimiques avec des gants ensanglantés.

— Entre les juifs, les musulmans et les écolos, ça faisait longtemps que je n'avais pas fait un embaumement ! commente Jean-Louis. Mais j'ai pas perdu la main, s'émerveille-t-il. Si tu repasses dans deux heures, tu ne vas pas la reconnaître ! Enfin si… au contraire !

Cécile reste muette et immobile, agrippée à son document comme à un crucifix face à un vampire. À l'inverse, le thanatopracteur s'agite dans tous les sens, tel un sculpteur en pleine inspiration : « C'est le certif ? » Cécile, verte, acquiesce machinalement. « Pose-le là ! » lui indique-t-il, avant d'ajouter : « T'es contente ? Ta grand-mère va pouvoir prendre sa place ! » Toujours sidérée par le sordide spectacle auquel elle assiste, Cécile ne peut s'empêcher d'imaginer Mamiline sur cette table, aux portes de l'enfer. « Enfin je veux dire, sa chambre… » se reprend Jean-Louis pour lever toute ambiguïté. Dans un sursaut, la jeune femme retrouve ses esprits. Elle réalise ainsi, bien que le lieu et le moment soient inappropriés, que le Rodin des Temps modernes vient de lui annoncer une super nouvelle : sa grand-mère va enfin pouvoir venir vivre avec elle.

*

Pendant que Cécile se débat avec la complexité des démarches administratives suite au décès de sa pensionnaire, au cimetière, Philippe et Françoise nagent en pleine spiritualité, regardant leur tante éplorée soutenue par Line.

— C'est dur pour une mère d'enterrer son enfant, philosophe Françoise.

— Chaque disparition amène son lot de souffrances… soupire Philippe.

Ces poncifs de circonstance distillés, deux « ting » résonnent, mettant fin à leur furtive affliction. De concert, Philippe et Françoise dégainent leurs portables et lisent leurs messages : « Chambre pour Mamiline disponible. Cécile. » Leurs regards se croisent et ils explosent de joie avant de reprendre tant bien que mal des mines de circonstance. Limite joyeux, Philippe entraperçoit le fameux Jérôme, son cousin notaire, qui se dirige vers eux. Chauve, la cinquantaine bien nourrie, le regard clair et l'œil qui frise, Jérôme est un homme élégant, très éloigné du cliché du notaire de province. Il aime l'argent et ne s'en cache pas, même si son statut d'officier de l'État l'empêche d'afficher ouvertement son affairisme patenté. Toujours à l'affût d'une succession, celle du cousin Michel ne lui a pas échappé et la présence de quelques octogénaires à la cérémonie, lui permet d'anticiper d'autres dossiers juteux à moyen ou court terme. Le contrôleur fiscal et le notaire entretiennent une complicité évidente. Françoise, elle, l'apprécie peu. Il manque de finesse, il est même carrément lourd : ses outrances de parvenu et sa suffisance d'inculte lui donnent des crises d'urticaire.

Jérôme s'approche et leur fait la bise avec la retenue et la dignité requises en ces instants lugubres.

— Jour…

— Ça va ? lui demande Philippe

— J'ai une bonne et une mauvaise nouvelle.

Décidément cette formule éculée est l'apanage des crétins… se dit Françoise qui ne parvient pas à cacher son dédain. Malgré cette distance, Jérôme enchaîne, car il sait que son annonce va la faire changer d'attitude à son égard.

— Je commence par la bonne : j'ai récupéré le bonus de la vente du cabinet.

Philippe et Françoise sont à deux doigts de sauter de joie une nouvelle fois, au milieu des mines effondrées. Ce dessous-de-table est en effet ce que Philippe appelait « le petit cadeau de Jérôme », liquidités essentielles pour leur budget travaux.

— Et on pourra l'avoir quand ? le presse Françoise.

— Passez à mon étude lundi prochain.

— Eh bien, cette date est à marquer d'une pierre blanche ! jubile Philippe.

— Surtout pour ton cousin ! ironise Françoise. Et la mauvaise nouvelle c'est quoi ?

— C'est pour la villa au Portugal : faut se décider vite. Le vendeur s'impatiente.

— Pas de panique, fanfaronne Philippe, on a vendu la maison et Cécile a une place pour Mamiline dans sa maison de retraite !

— Génial ! Y a plus qu'à ! Et vous l'annoncerez quand ?

— Dès que maman sera installée chez Cécile.

— C'est courageux de votre part, c'est pas facile : quand Mamiline va apprendre que vous vendez la maison où elle est née…

À ce compliment, Philippe répond par un sourire tendu, tant il sait que c'est la partie la plus dure à jouer. Son angoisse est amplifiée par la présence de la grand-mère à cinq mètres d'eux que tous observent. Cette vision les plonge dans une méditation durant laquelle ils s'apitoient sur les cousines octogénaires qui regardent le cercueil se mettre en place. Une fois la bière posée sur les tréteaux, Jérôme poursuit son analyse :

— 88 ans, si elle vit jusqu'à 100 ou 110 ans, ça va vous coûter un bras, sa pension !

La phrase n'a rien de naïf et a l'effet escompté sur Philippe qui enchaîne par une question nullement anodine.

— Et dis-moi. Un 70 mètres carrés dans un immeuble haussmannien du 16e, ça se vend facilement ?

— L'appartement de ta mère ? Je te trouve un acheteur en moins d'une semaine. Tu veux le vendre ?

— Ou le racheter comme pied-à-terre, on fait nos calculs.

Philippe attend en vain une réaction. Jérôme s'est désintéressé subitement de la conversation, l'œil attiré par un phénomène de sexe féminin. « Ne vous retournez pas, le défunt a invité sa call-girl préférée à son enterrement ! » plaisante-t-il. Toujours prompt à déconner, Philippe se retourne avec entrain et se régale en voyant apparaître au loin, à l'entrée du cimetière, une bombe de 25 ans, habillée en veuve sexy. Capeline noire surmontée d'une voilette, tailleur Chanel à jupe courte et collants opaques. Même si le look paraît disproportionné pour un type comme Michel, la jeune femme a tous les attributs de l'élégance. Sans doute inspirée par *Basic Instinct*, la jeune femme fatale laisse néanmoins deviner des accointances plus sexuelles que culturelles. Son déhanché et le chewing-gum qu'elle mâchouille achèvent de se faire une opinion. Cette interprétation cagole du rôle de Sharon Stone réveille chez tous les hommes des instincts plus que primaires.

— Elle doit faire des pompes funèbres ! s'amuse Philippe.

Tandis que la horde masculine glousse, Françoise se retourne, regarde la femme et se retourne à nouveau, un sourire en coin.

— Votre vue baisse, les garçons ! C'est Jessica ! Notre belle-fille, les mouche-t-elle. La femme de Pierre ! précise-t-elle à l'intention de Jérôme.

Philippe perd aussitôt son sourire libidineux, constatant à son tour sa méprise. C'est comme si sa femme l'avait pris en train de regarder la *sex-tape* de son fils ! Il se sent alors un peu honteux d'avoir un instant fantasmé sur sa belle-fille.

Pour sa défense, cette cérémonie était bien le dernier endroit où Françoise et lui pensaient la voir « se produire ». « Se produire » est en effet le terme exact, tant chaque apparition de Jessica tourne au défilé de mode, à la performance vestimentaire. La jeune femme est une sorte de bimbo à fort accent alsacien, candide, pour ne pas dire niaise, excentrique, pour ne pas dire vulgaire. Elle arrive à leur hauteur tandis que les croque-morts finissent de disposer les fleurs autour de la tombe et sur le cercueil.

— Hello… Che suis en retard, ch'ai pas trouvé l'église, s'excuse la demoiselle avant de se rassurer en voyant le cercueil encore dehors. Ouff ch'ai rien râté, il est encore là !

— Qu'est-ce que tu fais ici ? s'étonne Françoise.

— Bin, che viens représenter la famille ! Pierre couvre un match à Guingamp. Elle est pas là Cécile ?

— Elle devait venir, mais elle a eu un empêchement de dernière minute, réplique Philippe.

Le silence général restaure le respect, et la présence du défunt impose à chacun un temps d'introspection que Jessica ne tarde pas à exprimer.

— C'est malheureux ! Il était fieux votre coussin ? s'intéresse-t-elle.

— Non, rétorque sèchement Françoise.

— 63 ans, l'informe Jérôme.

— Oh bin ça va, c'est déchà pien !

La réflexion maladroite paralyse le couple.

— Et il est mort de quoi ? demande encore la bimbo à Jérôme.

— Rupture d'anévrisme.

— Ah che fois ! Fumeur et gros bufeur !

— Ni l'un ni l'autre ! la détrompe le notaire. Mais quand ça veut pas, ça veut pas !

— La santé, c'est la roulette russe !

Mourir en pleine forme : l'information crispe un peu plus Françoise qui fait tant d'efforts pour surveiller sa santé et éviter les excès.

— En plus, il venait de partir à la retraite ! conclut Jérôme.

— Alors ça, c'est pêta ! Cotiser toute sa fie et au moment d'en profiter : poum…

Le « poum » fait tressaillir Philippe et Françoise, ultra-tendus par l'échange qu'ils viennent d'entendre. La dernière remarque de Jessica sonne comme les douze coups de minuit dans *Cendrillon*, à la différence que leur carrosse peut à tout moment se transformer en corbillard et que l'oraison finale du curé n'a rien d'un *happy end* de conte de Perrault : « Il est venu le temps de te dire au revoir, Michel. Tu rêvais de profiter de ton temps libre mais Dieu t'a rappelé à lui pour une retraite spirituelle… » À ces paroles, Jessica se penche avec bienveillance vers ses beaux-parents et leur chuchote benoîtement : « Et fous, la retraite, ça se passe touchours pien ? »

Interloqués, Françoise et Philippe se tournent lentement vers Jessica, aphasiques et les traits décomposés.

L'ingénuité de la jeune femme les renvoie à la réalité axiomatique de leur génération, celle de tous les possibles, heureux ou tragiques. Ont-ils courbé l'échine toute leur existence pour mourir deux ans plus tard comme le cousin Michel ? Leur retraite doit-elle se résumer à un compte à rebours dont ils ignorent l'échéance ? Vivre hors du temps et loin de ceux qui vous rappellent sans cesse qu'il passe très vite : là est à coup sûr la vraie insouciance, la vraie liberté, le vrai bonheur.

Chapitre 3

Putain d'enterrement ! Cette finitude de la vie que tout concourt à leur rappeler, Philippe et Françoise la refoulent à la limite du déni. Non, ils ne désirent pas jouer au jeu des chaises musicales qu'on leur propose. Et puis ceux qui perdent ont le souffle court ou les jambes lourdes, un capital santé presque débiteur, le cousin Michel étant l'exception qui confirme la règle. Or tel n'est pas leur cas, du moins pour Françoise. Pourquoi se résigner à tourner en rond quand on peut encore voyager ?

Afin d'exorciser leurs sinistres pensées et d'effacer de leur mémoire l'expérience morbide qu'ils viennent de subir, ils décident de mettre à profit leur escapade parisienne pour se rendre dans un showroom de Lapeyre. Au programme : peaufiner leurs choix esthétiques en matière de sanitaires. Tout empêtrés qu'ils sont dans leurs tenues de deuil, ils oublient vite le marbre des tombes au profit de celui des salles de bains. Ils serpentent béatement au milieu des douches à l'italienne vitrées, toutes plus sophistiquées les unes que les autres, se téléportant dans l'imaginaire de leur future villa. Chemin faisant, Philippe se félicite de s'être débarrassé de Mamiline, qu'ils ont confiée aux bons soins de Jérôme.

— C'est gentil de la part de Jérôme de s'être proposé pour ramener maman !

— Gentil n'a qu'un œil. Il est juste pressé de récupérer le mandat de vente de son appart.

— Vaudrait mieux qu'il réussisse si on veut fixer nous-mêmes le prix. Et puis si ça incite maman à partir plus vite à la maison de retraite, je ne vois pas le problème.

— Le problème c'est qu'il est con. C'est un escroc ! Un an pour nous restituer l'argent du cabinet ! T'as vu ça où, toi ? Sans sa combine de comptes numérotés au Luxembourg, on aurait récupéré les 100 000 euros depuis au moins six mois. Ça pue l'embrouille. Si ta mère lui confie la vente de son appartement, on n'est pas sortis de l'auberge !

— Il est de la famille, j'ai confiance en lui, c'est mon cousin !

— Philippe Égalité aussi était le cousin de Louis XVI, ça ne l'a pas empêché de voter sa condamnation à mort !

Toujours concentrée sur sa recherche, Françoise pénètre dans une maxi douche, catalogue en main : « Elle est bien, celle-là ! » s'extasie-t-elle. L'érotisme torride qui se dégage de cet ensemble déclenche chez Philippe des envies coquines. « Oh, mais oui, on peut même y tenir à deux ! » dit-il en se glissant à l'intérieur. Galvanisé par quelques images licencieuses qui agitent son système endocrinien, Philippe repousse la porte vitrée coulissante derrière lui et commence à se frotter à sa femme comme un adolescent. « Arrête, tout le monde nous voit… » rougit Françoise. Le simulacre d'ébats est brutalement stoppé par le concert de leurs sonneries de SMS, un nouvel envoi groupé de leur fille Cécile qui interrompt ce coït virtuel. La vaste douche se révèle à cet instant d'une exiguïté handicapante. Trop à l'étroit pour saisir leurs smartphones respectifs, ils manœuvrent tant bien que mal pour dégainer. Ce qui était au départ un fantasme érotique se transforme en cauchemar métropolitain. Françoise parvient à ses fins et se met à lire le message de sa fille. De son côté, coupé dans son élan priapique, Philippe a perdu toute gaieté et cherche à sortir. Mais la porte en verre de la douche-cabine reste désespérément bloquée et la panique commence à le gagner.

— Merde, comment ça s'ouvre, cette connerie…

Philippe examine le système tout en s'interrogeant sur le contenu du SMS.

— Elle a plus de précisions ? La chambre est libre quand ?

— C'est pas du tout ça : elle a des dossiers à finir et elle veut qu'on aille chercher Juliette et Félix à l'étude.

Malgré la transparence du vitrage, la seule séquestration déclenche chez Philippe une crise de claustrophobie à laquelle les visiteurs du magasin ne semblent guère prêter attention, pas plus que Françoise, qui reste d'un calme olympien à l'inverse de son époux. L'absurdité de cette situation frise le ridicule. L'énervement de Philippe n'en est que décuplé et la demande de Cécile en fait les frais, rejetée d'emblée par le Edmond Dantès des sanitaires.

— Si elle croit qu'on va la remercier de prendre Mamiline en jouant les nounous pour ses gosses… ! Putain, c'est coincé…

— Regarde là-haut, c'est sorti de son rail.

— C'est pas ça ! T'y connais rien, laisse-moi faire.

Trop heureuse d'être exclue des opérations de désincarcération, Françoise s'assoit sur un tabouret rétractable fixé à la paroi, un de ces affreux strapontins en plastique pour personnes âgées, et commente :

— Et tu vas voir qu'elle ne va plus arrêter de nous solliciter…

— Elle ne peut pas demander à son crétin de mari ? explose Philippe. Il ne croule pas sous le boulot, que je sache.

— Oui, et quand on sera au Portugal, il faudra bien qu'ils s'arrangent entre eux ! Autant qu'ils s'habituent tout de suite.

Au bord de l'apoplexie, Philippe réussit *in extremis* à décoincer la porte, sort et dénoue sa cravate pour libérer sa respiration chaotique. Loin de marquer le même empressement, Françoise reste assise et s'attarde quelques instants de plus dans la douche, afin de répondre sereinement à Cécile : « Non, impossible, on est trop loin. Toujours à l'enterrement. »

— Alors ? s'enquiert Philippe, tout cyanosé.

Cécile renvoie dans la foulée un « OK » libérateur et Françoise prend le temps de sourire de la claustrophobie de Philippe avant de lui répondre :

— Alors, je pense qu'elle va demander à son crétin de mari.

*

Arnaud Poujol, le mari de Cécile, a tout du gendre idéal, prévenant, sensible et sincère. Pourtant, le regard que lui portent Françoise et Philippe n'est pas tendre. Il faut dire qu'ils avaient espéré que leur brillante fille épouse un énarque ou un médecin, un homme qui dépasse leurs propres niveaux d'études, un homme qui les impressionne. Or, rien de tout cela ne fait partie du cursus d'Arnaud. Trois années d'infographisme dans une école de seconde zone et le développement exponentiel du secteur du numérique ont suffi à le propulser vers une orbite professionnelle. Sa spécialité : création visuelle de sites Internet ou de plaquettes, grâce à quoi il a bossé durant dix ans pour une boîte de com. Un parcours insouciant et sans effort. La conquête du cœur de Cécile n'a pas été plus difficile : à l'époque, il gagnait correctement sa vie, il était gentil et son tempérament d'artiste apportait la touche d'exotisme nécessaire à la fille de fonctionnaire qu'elle était. Élevé seul par une mère autoritaire, Arnaud s'est adapté sans difficultés au caractère dirigiste de Cécile, qui s'est accentué après la naissance des jumeaux. D'une manière générale, les femmes subjuguent Arnaud et il ne sait pas leur tenir tête, un trait de caractère qu'il partage avec son beau-père. Ainsi, tout comme Philippe, il est imperméable aux reproches domestiques de sa femme, insensible à tous ses agacements et immunisé contre ses animosités imprévisibles. Ce qui les différencie, c'est l'amour-propre, dont Arnaud est totalement dénué. En fait, le bonheur d'avoir une famille lui suffit pour surmonter les critiques parfois cruelles de Cécile, qui ne sont pour lui que de simples aléas de sa vie conjugale.

En revanche, leurs rapports ont quelque peu évolué ces dernières années. Les choses se sont corsées voilà trois ans, lorsqu'à la faveur d'un rachat de sa société, il devint la victime collatérale du jeunisme du secteur créatif, son âge canonique de 35 ans en faisant le candidat tout désigné pour une réduction d'effectifs. Fins de mois difficiles et propositions d'emplois aussi rares qu'indécentes, Arnaud a fini par sauter le pas en créant son auto-entreprise de dépannage informatique. Bien que cette nouvelle activité n'eût rien de la *success story* d'une *start up*, dans un premier temps Cécile y trouva avantage, l'emploi du temps d'Arnaud pouvant à tout moment s'adapter aux contraintes d'une existence avec des enfants en bas âge.

La lassitude que Cécile éprouve en raison des inconséquences de son mari a cependant gravi un échelon depuis qu'elle dirige la maison de retraite et que ses enfants sont entrés en CP. Elle veut désormais l'astreindre à la même rigueur qu'elle s'impose à elle-même ainsi qu'à ses enfants. Depuis quelque temps, ses exigences deviennent plus fermes et ses emportements plus fréquents.

Demander à son crétin de mari d'aller chercher Juliette et Félix ne va donc pas se faire en douceur. De plus, Cécile a encore en travers de la gorge les remontrances de Mme Clément le matin même. La coupable panne de réveil d'Arnaud laisse peu d'espoir à un éventuel refus de sa part.

C'est dans un club de fitness, au milieu d'une nuée de jolies femmes, qu'Arnaud se trouve alors. Il est assis à côté d'une cliente en body, qui sort en sueur d'une séance de cardio-training. L'ordi de la jolie femme sur les genoux, il vient de faire la démonstration de ses compétences, fier d'avoir sauvé l'intime engin, ce coffre à bijoux électroniques, à correspondances inavouables et à pseudonymes impudiques, qu'on appelle affectueusement « mon Mac ».

— Et voilà, j'y ai passé trois heures mais tout refonctionne.

— Vous m'aviez dit 15 euros ? lui demande-t-elle en fouillant dans son sac.

L'aplomb de la cliente cloue Arnaud qui perd pied et ne se souvient plus de son devis. 15 euros de l'heure ou au total ? Il ne s'en souvient plus et se sent incapable de remonter son prix, désarmé par le charme suave de la belle sportive. Réajuster le montant de sa prestation devrait être facile, mais Arnaud a la fâcheuse tendance de se mettre à la place de ses clients et craint sans cesse de les décevoir en dépassant ses devis. Il assume toujours ses erreurs d'estimation, ce qui en soi est honorable, mais ses calculs se révèlent toujours faux, ce qui est nettement moins louable. Une seconde de courage peut suffire à rectifier le tir avec la jolie gymnaste. Il est prêt. Il prend son souffle, presque son élan, mais c'est à cet instant que Cécile l'appelle.

— Oui, ma chérie… Oui, ben je réponds quand je peux, je suis avec une cliente… Ouais, j'ai encore des rendez-vous, mais… Et tes parents ? Ils font rien de leur journée, ils pourraient peut-être… T'énerve pas… Ah, d'accord… Oui, c'est terrible… Quel âge ?… Ah oui, ça a dû leur faire un choc…

Au même instant, sa cliente ouvre son porte-monnaie et égrène lentement dans le creux de la main d'Arnaud les 15 euros, à grand renfort de pièces jaunes dont elle cherche à se délester. Déconfit par cette mendicité involontaire, l'informaticien n'hésite pas bien longtemps à accéder à la requête de sa femme :

— Non, mais de toute façon j'ai fait une bonne journée… se résigne-t-il. Bon ben OK, j'vais m'arranger. À c'soir !

*

Même si Arnaud témoigne d'une immaturité dans bien des domaines, il est un baby-sitter hors pair et un papa très affectueux. Cécile le reconnaît volontiers tandis qu'elle achève sans pression, sereinement, sa mission du jour. La quiétude avec laquelle elle peut boucler le dossier de la défunte Mme Lecaire est un vrai luxe dont elle a conscience et qu'elle savoure. Rentrer, la tête vide de préoccupation, le travail accompli, faire des câlins à ses enfants déjà couchés et mettre les pieds sous la table, ce privilège dont profitent la plupart des hommes et rarement les femmes, elle l'a ! Cet exploit conjugal flatte son orgueil de féministe et la comble d'une certaine fierté. Faire bouillir la marmite pèse certes sur ses nerfs, mais l'épanouissement professionnel sans compromettre l'équilibre de ses enfants lui donne l'impression de dominer son destin. C'est donc heureuse et gonflée à bloc que Cécile signe un dernier document puis le place dans le dossier de feu Mme Lecaire. Elle enfile son pardessus, éteint la lumière et ferme la porte derrière elle, satisfaite de sa journée mais surtout impatiente de revenir le lendemain pleine de projets et d'ambition pour son établissement.

*

C'est vers 21 heures que Cécile arrive chez elle, exténuée mais détendue. À peine a-t-elle poussé la porte d'entrée que sa gaieté se heurte à des obstacles, au sens figuré comme au sens propre. Enfin, propre, façon de parler ! Des cartables obstruent l'entrée, le portemanteau est surchargé, des blousons traînent au sol au beau milieu de baskets aux effluves fongiques. Après avoir enjambé cet agrégat de fripes, Cécile parvient jusqu'au salon. Elle y retrouve Félix et Juliette, les jumeaux, encore habillés en tenue de ville, jouant à la console de jeu avec leur père au beau milieu d'un désordre indescriptible. Le tableau est aussi décourageant que révoltant : aucun des trois ne lui prête attention. La partie hypnotise les complices, à commencer par Arnaud, plus puéril que ses deux enfants de 6 ans. « Je suis là ! » ose Cécile en pleine détresse affective, sa présence n'entraînant aucun des élans de tendresse qu'elle avait fantasmés dans son bureau une heure auparavant. Loin de culpabiliser, Arnaud, lui renvoie toutefois un « Bonsoir chérie » laconique, plus concentré sur son score que sur sa femme. Esseulée, Cécile enlève son manteau et veut poser son sac sur la table de la salle à manger.

— Mais c'est quoi encore ce bordel ?

Plus une place. Là où elle pensait trouver le couvert mis pour le dîner se trouve un atelier de réparation informatique, un établi envahi de composants électroniques et une carcasse d'ordinateur désossé.

— C'est l'ordi de Mme Landron, la vieille dame de la rue Zaménoff, elle a encore renversé son thé sur son portable ! finit par répondre Arnaud.

Découragée, Cécile pousse quelques pièces détachées pour trouver une place à son sac et tombe sur le devis de réparation. La vue de l'estimation la fait aussitôt bondir.

— 30 euros pour quatre heures de réparation !

— Elle n'a pas trop les moyens.

— Nous non plus !

La nonchalance d'Arnaud irrite un peu plus Cécile, qui sent la nécessité de faire le point.

— Ils ont fait leurs devoirs ?

— On avait juste une page de lecture, lui répond Félix.

— J'ai gagné ! hurle alors Arnaud, inconscient de l'engueulade qui couve.

— C'est de ta faute, maman, tu m'as tout déconcentré, lui reproche Félix.

— À moi, à moi… Je joue contre papa, s'excite Juliette avant de croiser le regard d'acier de sa mère.

— Non, non, non… C'est fini, les petits chéris.

— Oh non, râle Félix.

L'heure n'est plus à la négociation et afin d'éviter toute discussion, Cécile saisit une à une les télécommandes, éteint chaque appareil sans ménagement et fait voltiger jusqu'au pied de l'écran les manettes dont les piles sont expulsées à droite et à gauche. La sommation est claire et Arnaud, comme un gamin conscient d'avoir abusé, se rue en silence sur son « atelier » pour libérer la table du repas.

— On se lève et on va se mettre en pyjama, ordonne Cécile.

— Le mien, il est au sale, se plaint Juliette.

— Non, je l'ai lavé ce matin, il est dans le sèche-linge.

— Non, il n'y est pas ! Y a rien dans le sèche-linge !

Cécile cherche Arnaud pour l'obliger à la regarder les yeux dans les yeux.

— T'as pas vidé la machine ce matin ? Je t'ai mis un mot exprès sur le tableau…

— Ah non, j'ai pas eu le temps.

— Ah bah, c'est sûr, quand on se lève à 10 heures !

Les jumeaux sentent la tempête se lever et prennent la tangente.

— J'vais mettre une chemise de nuit… conclut Juliette tout en filant dans sa chambre.

— Et évidemment, ils n'ont pas dîné ! attaque à nouveau Cécile.

— Ben, on t'attendait…

— Pour faire le repas ? Alors écoute, je te préviens, comme tu peux le constater, mon job est hyper prenant, je rentre tard tous les soirs, alors si tu ne changes pas d'attitude, moi je me tire !

Loin de s'inquiéter de cette menace ridicule vu l'attachement de Cécile à ses enfants, Arnaud reste stoïque, presque détaché. Mieux, il bombe le torse et la prend de haut, ce qui la désarçonne.

— J'ai pas fait le dîner car on t'a fait une surprise. Avec les enfants, on a commandé du libanais.

Ben voyons ! C'est tellement plus facile et surtout moins fatigant de commander le dîner sur Internet ! se dit-elle. Mais comme elle raffole de cuisine orientale, un doute subsiste. Serait-ce encore une de ces pirouettes de dernière minute dont les fainéants ont le secret, ou une réelle attention pour lui faire plaisir ? Cécile s'interroge et le jauge pour savoir.

— Le Libanais ?

— On est même allés choisir ensemble au restau, c'est pour ça qu'ils étaient encore habillés.

Piégée par son impulsivité ménagère et un sentiment de culpabilité face à cette surprise qui lui est de toute évidence destinée, Cécile bat en retraite avec un sourire complice.

— Un mezzé ?

— Avec de l'arak ! lui dit-il en la prenant dans ses bras. (Puis il ajoute :) Je suis désolé, mon bébé, j'te promets de faire un effort.

— Débarrasse la table, je sors les couverts, lui lance-t-elle après l'avoir absous d'un baiser sur la bouche.

Bien malgré lui, Arnaud – simple chance ou pure coïncidence –, parvient toujours à donner un petit coup de baguette magique pour apaiser les emportements de Cécile. Là encore, sa délicate attention calme sa charmante épouse, qui, toute sautillante, se dirige vers la cuisine et ouvre les placards pour sortir la vaisselle. Les enfants arrivent et l'aident à prendre les couverts. La douceur familiale des improvisations festives redonne à chacun le sourire.

— Quatre fourchettes.

— On mange pas avec les doigts ? s'étonne Félix.

— Et le taboulé ? se moque avec tendresse la jeune maman.

— Amène quand même le Sopalin, suggère Arnaud.

Le regard de Cécile cherche le rouleau et l'aperçoit dans un coin. En le soulevant, elle découvre un courrier oublié ou perdu, comme tous les papiers et autres devis de son entrepreneur de mari. Cette place inhabituelle pour elle, mais tout à fait conforme aux usages d'Arnaud, pour une fois l'intrigue, car l'en-tête ne lui est pas étranger.

— C'est quoi ce courrier de la banque ? l'interpelle-t-elle, toujours inquiète au sujet des missives envoyées à son époux.

Mais Arnaud ne l'entend pas, occupé à répondre à l'appel de la sonnette de l'entrée qui vient de retentir. Les enfants se précipitent aussi pour ouvrir au livreur en compagnie de leur père. Arnaud se saisit des sacs et les confie à Juliette et Félix qui courent aussitôt les apporter à table.

— Ça fait combien ?

— Soixante-quatre euros.

Arnaud fouille dans ses poches et n'y trouve que sa malheureuse paie de la journée, quinze euros.

— Un instant, je reviens, indique-t-il au livreur avant de retourner vers le salon. Mon amour, tu n'aurais pas cinquante euros sur toi ? réclame-t-il tout en recomptant son médiocre butin.

Soudain, il se redresse et sursaute car il se retrouve nez à nez avec Cécile, visiblement furieuse, qui brandit la fameuse lettre.

— Tu peux m'expliquer ?

Chapitre 4

« La campagne à 8 kilomètres de Paris », tel est le slogan des agences immobilières pour vendre le calme qui règne dans le quartier résidentiel où trône depuis plus d'un siècle la demeure ancestrale de la famille Blanchot. Et c'est vrai, hormis bien sûr les soirs d'été durant lesquels l'écho des *garden-parties* redonne un peu de vie à cette banlieue-dortoir, ce ghetto de bonnets de nuit. Les espaces verts y sont préservés, les vastes parcelles individuelles protégées, et les projets de logements sociaux reportés, pour ne pas dire oubliés.

La bâtisse construite en 1909 est d'un style bourgeois classique. Faite de briques et de pierres meulières, c'est en somme une maison banale pour son époque et son quartier. Comme l'avait remarqué l'agent immobilier avec un tact tout relatif, l'intérieur est à l'image de l'extérieur : d'époque. « Vintage » est le qualificatif plus diplomate qui convient pour souligner l'âge de la déco, et « pittoresque » pour signaler poliment l'accumulation bordélique d'objets. Mais quel que soit le vocable employé, le constat reste le même tant la maison dégueule de meubles et de bibelots inutiles, abandonnés par les diverses générations qui s'y sont succédé. Aux antipodes de l'univers spatial et aseptisé du cabinet dentaire, l'esthétique du domicile ne reflète en rien les goûts de Françoise. Gouffre à fioul, les restaurations coûteuses et réparations vitales sont le lot de ce type de patrimoine où l'urgence et les besoins prennent souvent le dessus sur le bien-être et les envies. C'est pourquoi elle n'a jamais pu opérer les transformations dont elle avait rêvé à son arrivée en ces lieux. Une fois installés, les projets étaient devenus plus difficiles à mettre en œuvre ; l'ampleur des éventuels travaux les aurait obligés à vivre ailleurs durant le chantier. En outre, Philippe, qui s'y est toujours senti très bien, n'a jamais éprouvé aucun besoin de changement en matière de déco, décourageant les moindres velléités de son épouse. De devis en devis, de report en report, Françoise a donc renoncé peu à peu à y faire quoi que ce soit.

Symbole de ses frustrations, cette maison représente donc pour elle l'inertie de sa vie, et sa vente une vraie libération. Pour sa part, Philippe a finalement fait le deuil de cette bicoque, gagné par les perspectives de luxe et de confort qu'offre leur future vie au Portugal.

Exaltés par leur nouveau destin, Philippe et Françoise retrouvent l'élan des jeunes fiancés. Tous les signaux sont au vert et l'enthousiasme de ce nouveau départ leur fournit une énergie positive pour commencer à faire des cartons. Il est 22 heures et seule leur maison témoigne par son illumination d'une présence vivante dans leur somnifère quartier. Françoise se régale à trier, mais surtout à jeter toutes ces vieilleries accumulées durant des années. Son plaisir est décuplé lorsqu'il s'agit d'objets laissés là par sa belle-mère voilà plus d'une trentaine d'années, et que par politesse ou simple diplomatie, elle avait conservés. Force est de constater que les grandes maisons deviennent souvent des entrepôts de souvenirs, un lieu systématique de stockage du « on ne sait jamais, ça peut encore servir ». Durant toutes ces années, Françoise avait cédé à son mari, conservateur invétéré de la mémoire familiale et adepte extrémiste de l'antigaspi. Capital affectif ou financier, tout avait une valeur. Mais désormais il faut faire des choix, comme à cet instant précis où Philippe s'émerveille à la vue d'un trésor d'autrefois, une ignoble poterie en forme de vase qu'il place discrètement dans le carton destiné au Portugal. Toujours en alerte, sa femme aperçoit l'objet et se cabre. Aussi sec, elle retire l'informe soliflore en argile.

— C'est quoi cette horreur ?

— Ben, tu vois : un vase !

— Je t'ai dit de trier, on ne va pas garder cette merde !

— C'est pas une merde d'abord, s'offusque Philippe, c'est une œuvre d'art.

Abasourdie, Françoise reste bouche bée, attendant une meilleure explication.

— Je l'ai fait en CE2, pour la fête des mères !

— Alors rends-le à Mamiline ! Je suis sûre qu'elle va adorer le récupérer ! En tout cas, je ne veux pas de ce truc ignoble dans ma villa !

Penaud, Philippe reprend sa création avec précaution quand, soudain, la sonnette de la porte se met à tinter. Intrigués, ils stoppent net leur activité, figés comme des cambrioleurs pris la main dans le sac. Une patrouille de la police municipale alertée par leur remue-ménage ? Un voisin qui cherche son chat ? L'interrogation laisse vite place à l'exaspération car, même s'ils sont bien éveillés, Philippe et Françoise supportent mal qu'on les dérange après 20 h 30.

*

Sur le perron éclairé par intermittence à cause du détecteur de mouvements défectueux, Arnaud fait face à Françoise, son vélo à la main, la mine défaite et la goutte au nez.

— Arnaud ? Qu'est-ce que tu fais là, à cette heure-ci ?

— Qu'est-ce qui t'arrive ? T'as crevé ? enchaîne Philippe.

Arnaud, sans précaution, retire alors de ses épaules un énorme sac à dos qui s'écrase à terre.

— Non. Cécile m'a foutu à la porte ! leur annonce-t-il, abattu, avant que la lumière se coupe sans prévenir.

Françoise et Philippe n'appartiennent pas à la génération Tanguy mais à la précédente, la post-soixante-huitarde, pressée de s'enfuir de chez ses parents, de voler de ses propres ailes. Certes, paradoxalement ils n'ont rien trouvé de mieux que de s'établir dans la maison familiale mais, l'ayant rachetée, ils considèrent être en parfait accord avec leurs principes. Dans ce même registre idéologique, ils ont mis un point d'honneur à rendre leurs enfants autonomes et bâti leur rôle de parents sur ce dogme. Quitter le foyer, tracer sa route, s'émanciper sur les plans politique, culturel et affectif, tel est selon eux le cours normal d'une vie d'adulte. Autre héritage de leur génération, ils refusent depuis toujours de se mêler des affaires sentimentales de leurs enfants, ce diktat patriarcal renversé en 1968. Lorsque Arnaud et Jessica entrèrent dans la famille, le couple ne revint pas sur ce pacte de non-agression. Ainsi, bien qu'ayant une opinion très tranchée, condescendante, voire méprisante, concernant ces pièces rapportées, leur jugement est resté enfermé entre les quatre murs de leur chambre à coucher. Le couple se fiche pas mal de leurs gendre et belle-fille, tant qu'ils sont gentils et que Cécile et Pierre semblent heureux. Gage d'une neutralité apaisante et sereine, la méthode n'empêche pas une certaine clairvoyance, ni de deviner les querelles qui animent ici et là les couples de chacun.

C'est donc à moitié étonnés par cet incident prévisible et à moitié embarrassés par ce débarquement nocturne, que ses beaux-parents invitent l'importun à entrer. Nul doute que le tempérament volcanique de leur fille est à l'origine de cette dispute et qu'aujourd'hui, elle a voulu frapper fort en l'expulsant du nid. Arnaud a besoin de coups de pied aux fesses de temps en temps et tout cela n'a rien d'alarmant de prime abord.

Pressés de reprendre leur activité de rangement et de renvoyer Arnaud à son expéditrice, Philippe et Françoise se plient à l'exercice périlleux de la psychologie conjugale auquel ils ont jusqu'à présent échappé. Assis dans deux fauteuils face à lui, les visages et les voix empreints d'une empathie forcée, les deux sages écoutent religieusement leur gendre se répandre en lamentations sur leur canapé.

— Elle ne me supporte plus.

— Et qu'est-ce qui a provoqué ça ? s'enquiert Françoise.

— Un petit problème bancaire… comme si l'argent était le baromètre de notre amour… Vous vous rendez compte, on allait fêter nos noces de laine !

— De laine ? s'interroge Philippe. Ça se fête ?

— Sept ans… c'est un chiffre magique…

Ses beaux-parents se regardent à la dérobée pour ne pas rire, une étincelle dans les yeux, en pensant que sept ans, c'est plus miraculeux que magique avec un type comme lui.

— Alors tu veux qu'on te conseille un petit hôtel ? enchaîne Françoise.

— En ce moment, j'ai pas vraiment les moyens…

— Mais tu n'as pas d'amis ? insiste Philippe.

— Des gens qui t'aiment qui pourraient t'accueillir ?

— Si ! Vous ! C'est pour ça que je suis là !

Celle-là, ils ne l'ont pas vue venir. Sept ans d'efforts, juste pour rester aimables et éviter les conflits, engendrent à présent une encombrante amitié. « Pour échapper à ses responsabilités, mieux vaut ne pas en avoir ! » était le credo de Philippe mais là, il se sent piégé. Et tandis qu'Arnaud les bade comme un chiot à la SPA, pitié, consternation et scrupules se bousculent dans leurs têtes. Rien ne justifierait leur refus de l'héberger si quelqu'un l'apprenait. Leur veule neutralité, ce dogme de non-ingérence qui avait assuré jusqu'alors leur quiétude, se retourne contre eux. Philippe et Françoise s'interrogent et même si cette dernière semble fâchée du contretemps occasionné par cette présence inopportune, elle lâche : « Alors juste deux-trois jours… » Cet asile politique, même temporaire, rend à Arnaud son sourire juvénile.

— Merci. Je savais que je pouvais compter sur vous… Le temps que je prévienne ma mère et je vous laisse tranquilles…

— Ta mère ? Tu vas chez ta mère ? s'inquiète alors Philippe. Nice, c'est pas tout près !

— Ouais, je sais, c'est ça le plus dur : ne plus voir mes enfants.

— Mais, tu ne peux pas t'éloigner comme ça ! Cécile ne s'en sortira jamais toute seule, panique Françoise.

— De ce côté-là, je suis serein. Elle vous a vous, et les enfants vous aiment tellement.

Si l'évidente solution logistique saute aux yeux d'Arnaud, Cécile avait sans doute ce plan B en tête lorsqu'elle l'a viré de chez elle. La réflexion de l'ingénu sonne le tocsin aux oreilles des beaux-parents : jouer à SOS-nounou pour Cécile remet en cause tout leur projet. Choisir quand, comment, où et combien de temps ils s'occuperont de leurs petits-enfants est la clef de leur liberté. Ils en ont d'autant plus conscience que leur départ pour le Portugal est l'arme fatale pour y parvenir. Mais comment partir à présent ? Abandonner Cécile au moment où elle a le plus besoin d'eux serait considéré comme une trahison. Or ni Françoise ni Philippe n'ont envie de se fâcher avec leur fille, qu'ils aiment plus que tout. Quant à rester, l'hypothèse équivaudrait à euthanasier leur retraite. Celui qu'ils considéraient comme un inutile devient dès lors un pion indispensable dans leur stratégie de vie.

— Écoute, c'est peut-être pas une bonne idée de partir si vite chez ta mère ; les colères de ma fille ne durent jamais longtemps, se reprend Philippe.

— Mais oui, il ne faut pas baisser les bras comme ça… Tu peux rester ici le temps qu'il faudra, insiste Françoise.

— Vous avez vraiment le cœur sur la main ! s'émeut le gendre.

Pour toute réponse à cet éloge, le couple reste englué dans une bonhomie mutique, censée masquer la torpeur qui les gagne.

Mal à l'aise face à ce flottement étrange, Arnaud rompt ce pesant silence en apercevant des cartons.

— Vous faites du rangement ?

— Du tri ! Juste du tri ! s'empresse d'expliquer Françoise.

*

Le soir, réfugiés dans leur lit, Philippe regarde le foot à la télé tandis que Françoise étudie des revues de déco tout en consultant les photos de la villa portugaise sur son iPad. Le match terminé, deux commentateurs sportifs font le bilan de la partie avant de passer la parole à leur collègue, cantonné aux interviews au bord du terrain : « Et on retrouve Pierre Blanchot, qui ne doit pas avoir si chaud que ça ce soir et qui est avec le numéro 10 ibérique, José María Manco. » L'annonce ranime Philippe. « Monte le son, y a notre fiston ! » réagit instantanément Françoise qui abandonne sa revue de déco pour admirer sa progéniture.

Mince, élancé, droit comme la justice dans un costume-cravate de banquier de La Défense, micro en main, Pierre ressemble à un jeune diplômé d'HEC à qui on aurait offert une glace tant son euphorie est palpable. Sa prestance donne par elle-même de l'intelligence à des échanges insipides, et sa sympathie outrancière offre l'occasion d'oublier l'ennui du match nul. Face caméra et sourire niais pour digérer les moqueries des collègues restés en cabine, le bizu de la touche doit attendre que deux techniciens installent en urgence un panneau de sponsors derrière lui avant de débuter : « *Entonces, José María, no fue un PARTIDO FÁCIL, pero supisteis CONSTRUIR y REACCIONAR. ¿ Cuál ha sido tu MENTALIDAD durante EL PARTIDO ?* Alors José María, ça n'a pas été une partie facile, mais vous avez su construire et réagir. Quel a été votre état d'esprit durant ce match ? » traduit-il dans la foulée.

— Il parle bien espagnol, notre fils, s'extasie Françoise.

— Ouais !

— Tu penses à quoi, là ? l'interroge Françoise.

Philippe coupe le son de la télé et revient sur sa préoccupation première.

— Je ne comprends pas Cécile. Elle n'a pas conscience de la chance d'avoir un mari comme Arnaud… surtout avec son caractère !

— C'est vrai, c'est un type bien. Il est si dévoué, si gentil, si sensible. En plus c'est un bon père !

Nonobstant l'hypocrisie de l'éloge, l'un et l'autre comprennent leur fille et craignent que le cas ne soit plus grave qu'une simple dispute.

— Tu crois qu'elle veut divorcer ? lui demande Philippe.

— J'espère qu'on n'en est pas encore là !

— En tout cas, si ce crétin se barre chez sa mère, on est foutus !

— Et si Cécile apprend qu'il est chez nous, elle va nous tuer !

— Faut les réconcilier vite fait !

*

L'opération Cupidon démarre dès le lendemain, la préparation du déménagement de Mamiline offrant l'occasion idéale de remettre Cécile dans le droit chemin. Mais la première préoccupation de Philippe est beaucoup plus émouvante. À peine entré dans l'appartement, il se précipite vers sa petite maman pour lui offrir à nouveau son cadeau de fête des mères de CE2. Qu'il était fier ce petit garçon de 8 ans en culottes courtes, ce joli jour de mai ! Et qu'elle était belle et affectueuse Mamiline en recevant ce présent ! Philippe espère revivre cette intense émotion, mais ce voyage dans le temps se solde par une déconvenue magistrale. Mamiline observe l'improbable vase sans le moindre épanchement. « C'est amusant, non ? » insiste-t-il dans l'espoir d'un signe de tendresse maternelle. La vieille dame finit par sourire, la mémoire lui revenant « Ah, oui, je me souviens, c'est en voyant cette horreur que ton père avait prédit que tu ne serais ni artiste ni manuel ! et il avait raison ! » Puis elle l'invite à le jeter à la poubelle. Le nostalgique potier s'exécute alors que Françoise s'amuse de la maladresse, sans aucun doute volontaire, de sa belle-mère. « Offre-lui des roses blanches, la prochaine fois », lui chuchote-t-elle.

Rompus à l'exercice du rangement grâce à leur propre déménagement, Philippe et Françoise, en tenue de bricolage, s'affairent dans le salon tandis que Cécile et Mamiline empaquettent et mettent les objets les plus fragiles dans des cartons dédiés aux bibelots. Tout en décrochant un large miroir poussiéreux, le couple complote à voix basse.

— T'as pu parler à Cécile ? s'impatiente Françoise.

— Non, pas encore. Elle est tout le temps avec maman.

— Qu'est-ce que ça change, elle est sourde !

— Pas faux.

— Alors t'attends quoi ?

— Un prétexte ! Je ne vais pas lui demander des nouvelles d'Arnaud, ce serait la première fois en neuf ans !

Prise d'éternuements, Françoise interrompt la manœuvre et en profite pour faire le point sur leur future acquisition, cet appartement vétuste.

— Et dire que tu veux racheter ce taudis.

— Regarde ! Les murs sont sains.

— Mais t'as vu la cuisine ? C'est crasseux ! Et l'électricité, elle date d'Edison ! Cet appart est comme ta mère, plein de vices cachés.

— Pour un pied-à-terre, c'est parfait.

— Un pied dans la tombe, plutôt. C'est quoi l'étape suivante ? Quand ta mère meurt on récupère sa chambre à la maison de retraite ? Je te le dis tout net, Philippe, si Jérôme ne nous négocie pas un prix canon, il est hors de question que je mette un centime dans ce caveau familial.

La dispute tourne court à l'approche de Cécile qui confond leur nervosité avec de la fatigue physique.

— C'est pas trop dur ? Vous vous en sortez ?

Plus réactive que son mari, Françoise s'engouffre dans la brèche que lui offre la commisération de sa fille.

— C'est dommage qu'Arnaud ne soit pas là, c'est plus de notre âge les déménagements. Il est où au fait ? demande-t-elle avec une naïveté aussi crédible qu'hypocrite.

La jeune femme est cueillie par la question, qui la déstabilise et la fait hésiter à passer aux aveux.

— Chez sa mère… Arnaud et moi, on s'est séparés !

Un mensonge, une vérité… Françoise, bien consciente de la duplicité de sa fille, y voit une absence de certitude. D'expérience, elle sait que parfois les engueulades les plus basiques, si elles ne sont pas désamorcées tout de suite, s'enveniment stupidement jusqu'à d'irrémédiables séparations. Elle tente donc de ramener cet incident de parcours à sa vraie dimension en dédramatisant la rupture.

— Ah… les disputes ! Cela étant, c'est bien parfois de faire une petite pause.

— Maman ! C'est pas une pause : c'est fini.

— Quoi ? Arnaud t'a quittée ? s'apitoie sa mère, feignant la surprise.

— Mais pourquoi tu ne nous as rien dit ? ajoute Philippe sur le même registre.

Mamiline, qui s'est rapprochée d'eux, à pas de velours, s'immisce dans la conversation.

— Parce que c'est elle qui l'a viré, les surprend-elle. Et qu'elle savait que vous lui feriez la morale !

— T'as viré ton mari ? fait mine de s'indigner Philippe.

Cécile, un peu honteuse, répond d'un signe de tête.

— Mais ma chérie, tu ne peux pas rompre comme ça à la première chicanerie ! Mais c'est quoi cette génération ? Tu te rends compte de ce que ça implique, un divorce ? réagit Françoise avec véhémence.

— Ta mère a raison, le mariage c'est pas un forfait sans engagement ! martèle Philippe.

— Et toi, t'avais raison pour la morale ! glisse Mamiline à Cécile.

— Maman ! S'il te plaît… c'est grave !

L'incompréhension de ses parents et leur refrain *old school* exaspèrent Cécile qui contre-attaque en chargeant son compagnon.

— J'en pouvais plus ! C'est comme si j'avais trois gosses à la maison. Arnaud fait plus de conneries que Félix et Juliette réunis. Ça devenait intenable !

— Surtout depuis qu'elle est directrice, ajoute la grand-mère, tranquille comme Baptiste.

— Maman, te mêle pas de ça ! Alors là, Cécile, tu me déçois ! On ne met pas en l'air sept ans de mariage pour des histoires de carrière !

— On devrait ! la défend Mamiline. Si les hommes étaient moins fainéants chez eux, les femmes auraient plus d'énergie au boulot et de meilleurs jobs à l'arrivée !

— Line, voyons ! s'agace Françoise avant de reprendre sa leçon auprès de sa fille. Il faut savoir évoluer ! Comment crois-tu qu'on a réussi à rester ensemble trente-cinq ans avec ton père ?

— Bonne question, marmonne Line tandis que son fils la foudroie du regard.

Malgré la crainte de se faire tirer dessus par sa *sniper* de mère, Philippe continue à pilonner ses arguments.

— Et puis tu oublies un peu vite qu'Arnaud est quand même « chef d'entreprise » ! Une *start up*, c'est pas rien !

— Une *stop down* tu veux dire ! Ça n'a jamais décollé ! le contre Cécile.

Lasse des atermoiements de cette discussion stérile, Mamiline décide de s'attaquer au nerf de la guerre : l'argent ! Même si personne n'ose le dire, chacun sait pertinemment qu'Arnaud vit aux crochets de sa femme depuis quelques années. Si le féminisme militant de Mamiline n'y voit rien de scandaleux, la maligne vieille dame sait que ce sujet heurte les deux grippe-sous. Après les difficultés sentimentales, éducatives et logistiques, Mamiline présage que le volet financier de l'affaire va mettre le feu aux poudres.

— Parle-leur de l'argent, ce sera plus efficace ! conseille Line.

— Maman, ça va ! On traverse tous des périodes difficiles.

La réflexion simpliste de Philippe provoque la colère de Cécile qui bondit aussitôt.

— Catastrophiques, tu veux dire ! J'ai 20 000 euros à rembourser à la banque. J'vais être interdite bancaire à cause de ce con !

— 20 000 euros ? s'exclament en chœur Françoise et Philippe.

Ce qu'Arnaud leur avait présenté comme un petit problème bancaire s'avère d'une tout autre ampleur et les met en position de faiblesse, comme l'avait prévu Mamiline.

— Arnaud est nul en affaires : plus il travaille, plus il creuse son déficit ! explique Cécile. En trois ans, il a vidé tous nos livrets A.

— Il a touché aux livrets A ? se scandalise Philippe.

— Déjà qu'à cause de notre loyer, on est dans le rouge le 15 du mois… j'ai pas les moyens d'entretenir un homme au foyer.

— Surtout avec ce qu'il bouffe, complète Mamiline. Rien qu'en retirant sa nourriture, elle a déjà économisé 100 euros, cette semaine.

Le couple ne peut masquer son effarement. Le cœur à gauche mais le portefeuille à droite, leur modeste humanisme part en fumée et le peu d'estime qu'ils avaient encore pour Arnaud se volatilise. Cécile retrouve son calme en constatant que, tout comme Mamiline, ses parents comprennent enfin sa décision : « Franchement si vous saviez ce que c'est que vivre au quotidien avec Arnaud, vous comprendriez ! »

La réflexion achève le couple encore groggy par la révélation du désastre. Que voulait-elle dire par « vivre au quotidien avec Arnaud » ? Otages de leur secret, Françoise et Philippe restent cois, impuissants et désarçonnés.

Ayant fait l'unanimité, Cécile se sent d'un coup soulagée, plus légère, et retrouve son pimpant dynamisme.

— Bon. Le sujet est clos. Faut que je retourne au travail, je vous laisse finir.

— Merci, ma chérie, la libère Mamiline tout en l'embrassant.

— Le camion passera tout prendre mardi.

Cécile ramasse son sac et sa gabardine pour partir, puis se ravise et revient sur ses pas pour se diriger vers ses parents.

— J'oubliais, vous êtes libres demain ?

— On n'a rien de précis… répond par réflexe Philippe, encore anesthésié.

— Génial ! Vous me sauvez ! Y a une grève des enseignants, les enfants seront ravis de vous voir.

Françoise retrouve alors ses esprits et tente de rattraper le coup :

— Mais attends, demain on a quelque chose…

Trop tard, la réservation est déjà actée pour Cécile, qui presse son départ tout en distillant un dernier conseil histoire de les mettre au pied du mur :

— Ah ! dernier point : les enfants ne sont pas encore au courant pour moi et Arnaud ; alors pas de gaffe ! Bon, je file…

*

Le retour en voiture est silencieux. Françoise et Philippe, qui avaient cru tous les astres alignés, se retrouvent satellisés en pleine *Guerre des étoiles*. Leurs calculs sournois les ont fait basculer vers le côté obscur de la force. Mamiline joue à présent les Yoda sarcastiques, Cécile les princesses Leia insaisissables, quant à Arnaud, c'est comme si Jabba le Hutt, cette limace géante, s'était allongé sur leur canapé. De nombreux doutes s'installent dans la tête de Françoise, à commencer par le rachat de l'appartement de Mamiline.

— Moi, je n'y tiens pas à cet appart ! J'aurais l'impression de vivre avec ton père.

— On a encore le temps de trouver autre chose : trois mois c'est long, et tant que l'appartement de maman est libre, ça reste une solution de repli.

Le regard dans le vague, Françoise se tait, ruminant toutes ses contrariétés. Soudain, elle craque.

— C'est foutu, elle ne le reprendra jamais !

— Arrête d'être pessimiste comme ça !

— Mais t'as vu comme elle était agressive ?

— Justement, y a qu'un type comme Arnaud pour la supporter. Quand elle s'en rendra compte, elle oubliera très vite son découvert bancaire. Détends-toi !

— Comment veux-tu que je me détende avec l'autre boulet qui a débarqué ? T'as entendu comme moi… 100 euros de bouffe par semaine ! Et s'il est encore là en juin ? On l'emmène avec nous chez Mamiline ?

— Au départ, on s'est juste engagés sur deux, trois jours…

— Si Cécile ne le reprend pas, on n'arrivera pas à s'en débarrasser. Crois-moi, il va s'incruster !

— OK… t'as raison… Je vais lui dire de trouver un autre logement !

*

La détermination de Philippe à foutre son gendre à la porte fond en un éclair lorsqu'en rentrant chez eux, ils le trouvent perché sur une échelle, en train de réparer l'éclairage extérieur de la maison.

— De la moisissure obstruait le capteur infrarouge, c'est pour ça que la minuterie déconnait ! leur lance-t-il en les apercevant.

Il est con, mais qu'est-ce qu'il est gentil ! pensent-ils de concert, se retrouvant déroutés quand à toute vitesse il redescend de son perchoir et leur saute dessus, empli d'espoir.

— Alors ? Vous avez parlé à Cécile ?

— Oui. On tient le bon bout ! En même temps, faut être un peu patient, tempère Philippe.

— Je comprends…

Curieuse de vérifier la probité de sa fille, Françoise enchaîne.

— Et au fait, tu lui avais dit que tu partais chez ta mère ?

— Non, pourquoi ?

— Pour rien, répond-elle. En tout cas, c'est mieux qu'elle ne sache pas que tu es chez nous, elle pourrait mal le prendre.

— Bien sûr !

— Tu pourrais regarder ma centrale vapeur ? Je crois qu'elle est entartrée, ajoute-t-elle, trouvant enfin une utilité à sa présence.

— Et jeter un coup d'œil à mon ordi, je crois qu'il a un virus, en profite Philippe.

Chapitre 5

Comme convenu la veille, Françoise et Philippe se rendent chez Cécile pour s'occuper des jumeaux, en ce beau jour de grève des enseignants où la pluie ajoute à la punition une dimension carcérale. À court d'idées et lassés des parties de Bonne Paye, les grands-parents décident d'occuper l'après-midi par une séance de cinéma. Au programme, le dernier dessin animé en vogue.

Le hall du cinéma déborde de monde. Une nuée de gosses bruyants et de grands-parents usés composent la foule. L'agoraphobie de Philippe l'incite déjà à rebrousser chemin, mais l'enthousiasme de Juliette et Félix les contraint à faire la queue. Après avoir long-temps piétiné, ils atteignent enfin le comptoir où un caissier nonchalant les attend.

— Quatre *Sorcière des glaces*. Deux enfants de moins de 12 ans et deux adultes, annonce Philippe.

— Carte vermeille, les adultes ?

— Oui, confesse Philippe, un brin vexé.

— 28 euros. La séance est dans un quart d'heure.

Soudain, une voix amicale les interpelle quelques mètres derrière eux dans la file d'attente.

— Alors, vous êtes punis, vous aussi ?

Philippe et Françoise se retournent et découvrent avec soulagement Franck et Odile Alliot, un couple d'amis proches, un peu plus âgés qu'eux. Ils se sont connus lorsque Cécile fréquentait la même école que leur cadette. Ils se voient peu mais gardent des liens réguliers. Ce couple est de loin le plus amusant de leurs fréquentations. Pourtant rien ne prédestinait Franck à devenir ce gai luron qu'il est à présent. Il a fait toute sa carrière dans le nucléaire, chez Framatome puis Areva, une bien piètre école du rire. Enfermé dans une tour de La Défense, il y gérait un sous-service de la division Hygiène et Sécurité, taciturne col blanc contraint à soigner son apparence et à contrôler ses moindres propos. Montré du doigt toute sa vie pour son métier radioactif, tout comme Philippe pour ses agressions fiscales, les deux pestiférés ont rapidement sympathisé, partageant le même point de vue acide sur leurs ingrats contemporains. Le départ à la retraite a été pour Franck une libération à tous les niveaux, et il ne regrette pas un instant son ancien boulot. De même, Odile son épouse, ex-prof d'anglais, ne retournerait pour rien au monde dans son collège, si ce n'est pour retrouver ses copines enseignantes toujours en activité. Taxée pendant quarante ans de fainéantise, d'être une vacancière chronique, une gréviste opportuniste et une pédagogue tantôt trop rigide, tantôt trop laxiste, elle a une vision de l'éducation, des parents, des élèves et des politiciens d'un cynisme aussi drôle que désespérant. Tout comme Françoise, en première ligne des souffrances les plus intimes de notre société, c'est une femme que plus rien n'étonne. Odile n'a aucun jugement de classe, si l'on peut dire, ayant noté les mêmes absurdités comportementales dans divers milieux sociaux. Ayant pu observer tout au long de leur carrière le nucléaire et l'Éducation passer des cimes de l'honneur national aux tréfonds de l'opinion publique, les Alliot n'ont plus guère d'illusions quant à la gratitude qui leur est due. Ainsi donc le couple prend désormais la vie comme elle vient, avec la ferme intention de ne plus s'emmerder avec de futiles contrariétés et de s'éclater autant que possible. Leurs retrouvailles sont un rayon de soleil qui éclaircit cette journée nuageuse.

— Qu'est-ce que vous faites là ? se réjouit Françoise.

— Comme vous, on soutient les syndicats ! ironise l'enseignante à la retraite.

— Tu m'étonnes qu'ils soient tous de gauche dans le cinéma, ça rapporte, les grèves ! rebondit Philippe.

Franck commande cinq places à son tour avant d'entrevoir une nouvelle fois d'autres visages connus. « Tiens, y a Max et Brigitte, là-bas. » Ce qui devait être un calvaire se transforme finalement en goûter entre amis lorsqu'ils rejoignent l'autre couple de retraités attablés dans un coin du hall.

Après quelques minutes passées à exposer les dernières actualités de chaque famille autour d'un café, le problème du quatrième âge s'invite dans les débats. Craignant de passer pour un monstre et un fils ingrat, Philippe raconte avec fébrilité le cas de Mamiline et son placement en maison de retraite. Mais contre toute attente, la solidarité ne tarde pas à s'exprimer.

Chacun des couples étant confronté aux mêmes difficultés, déblatère et vide son sac. Max est de loin le plus concerné, bien encombré qu'il est par sa mère de 92 ans.

— Il suffit d'une canicule pour qu'on passe pour des ordures… Résultat, on ne part plus en vacances qu'une semaine et après le 15 août.

— Et encore, on vérifie la météo. On ne part que lorsqu'il fait un temps pourri ! précise Brigitte, la femme de Max, qui ne cache pas son amertume.

— Franchement Philippe, t'as du bol que ta mère ait accepté d'aller en maison de retraite ! l'envie Franck.

— Moi, ma belle-mère, elle ne veut pas en entendre parler, déprime Brigitte.

— Là, c'est différent : elle va voir Cécile tous les jours ! positive Françoise.

— À l'écouter, elle part au Club Med ! plaisante Philippe.

— En tout cas, chapeau ! Vu ce que ça coûte, c'est très généreux de votre part, conclut Odile, admirative.

— Quand il s'agit de la santé et de la sécurité de nos proches, on ne compte pas, se gargarise Françoise.

Comme une nuée de mouettes affolées annoncent un tsunami, des cris stridents devancent l'arrivée d'une vague d'enfants qui s'abat sur eux, avec pour porte-parole l'aîné des petits-enfants Alliot :

— On a faim, on peut avoir du pop-corn ?

Odile Alliot irradie de bonheur à la grande surprise de Françoise. Tout à la joie de sa marmaille, Odile saisit aussitôt son sac à main pour en tirer un billet.

— Du pop-corn, des bonbons, des glaces, tout ce que vous voulez ! Et vous en donnez aux petits !

— Mais ils ne vont rien manger ce soir… se soucie Françoise.

— C'est le but du jeu ! exulte Odile.

La mamie faussement gâteau donne à l'aîné cinquante euros, et les gamins repartent comme ils étaient venus, en courant et hurlant. L'abattement et l'usure des tympans semblent affecter tous les grands-parents.

— Quand c'est pas les vieux qui nous coincent à la maison c'est les petits-enfants, soupire Franck Alliot.

— Notre fils aîné nous prend pour des auxiliaires d'éducation ! explique Odile.

La remarque paraît gâcher la fête et une vague de désarroi submerge la joyeuse troupe durant d'interminables secondes. Plus dépités que les autres, Max et Brigitte peinent à refaire surface.

— Nous, c'est pire ! se plaint Max. Notre fille a divorcé.

— Pourquoi c'est pire ? tressaille Françoise.

Sa réaction brutale trahit son problème, qu'Odile Alliot devine aussitôt. Mais sa question déclenche aussi l'hystérie de Brigitte, déjà déprimée par le cas de sa belle-mère.

— Pourquoi c'est pire ? Parce qu'en plus de leurs putains d'activités culturelles et je ne sais quelle autre lubie bobo pour extirper ces bi-pouces de leurs saloperies d'écrans, on se tape les visites chez les pédopsychiatres, les orthophonistes et les comportementalistes, pour que ces crétins d'enfants de divorcés ne deviennent pas des sociopathes.

La violence de la tirade consterne tout le groupe. Seule Odile a le courage de reprendre sereinement la discussion, impatiente de tirer au clair la situation familiale des Blanchot.

— Et vous c'est pareil, j'imagine ? demande-t-elle.

— Non, nous c'est rare qu'ils nous refilent leurs gamins, avoue Philippe. Nos gendre et belle-fille ne sont pas des flèches, mais ils s'occupent très bien de leurs enfants.

— Et puis on est très contents quand on les a, ils sont plutôt faciles, ajoute Françoise pour se rassurer tout en donnant le change.

— Parce que tu ne les as pas souvent ! s'énerve Brigitte. Quand tu les as tout le temps, c'est pas la même chanson.

— Elle a raison : ne crie pas victoire trop vite, on se fait très vite piéger, commente Odile. En plus, vous êtes jeunes.

Le couple morose et sentencieux se déchaîne à nouveau.

— Préretraités, vous allez morfler ! insiste Brigitte.

— Si tu dis oui une fois, c'est mercredi tous les jours, ajoute Max.

— « Toi qui as du temps libre », ça c'est leur grande phrase !

— D'ailleurs, la seule parade pour dire non, c'est de blinder son emploi du temps, termine Odile.

Ce dernier conseil interpelle Françoise.

— Que veux-tu dire ?

— Tu as des activités ?

— Rien de fixe à part le coiffeur et la manucure.

— Et toi ? demande-t-elle à Philippe.

— Le golf quand il fait beau et la philatélie qui demande pas mal de recherches…

Leurs réponses paraissent affliger les deux autres couples. Odile en profite alors pour achever sa leçon.

— Eh bien, si vous voulez mon avis, trouvez-vous vite fait des trucs qu'on ne peut pas annuler, n'importe quoi, sinon vous êtes cuits.

Philippe et Françoise font mine de ne pas se sentir concernés, mais Odile, sourire complice et clin d'œil à l'appui, insiste.

— Si vous cherchez des idées, n'hésitez pas à nous appeler !

— Ah ! Je crois que c'est l'heure… l'interrompt Franck en se levant. (Et chacun de ramasser ses effets.) Je crois qu'on peut légitimement se souhaiter à tous bon courage, conclut-il.

— Pourquoi tu dis ça ? se tracasse Philippe.

Cette question naïve déclenche les sourires navrés de leurs amis, professionnels de la retraite et de ses servitudes, tout en restant sadiquement sans réponse.

L'interrogation de Philippe et Françoise ne perdure pas bien longtemps une fois qu'ils sont installés dans la salle. Lorsque débute la chanson-titre de l'héroïne, interprétée par une chanteuse à la voix stridente, le supplice auditif les cloue sur leur siège.

Déchirée… fatiguée…
Ce matin je reste sous ma couette…
Déchirée… fatiguée…
J'ai passé la nuit sur Internet
T'en fais pas
Je vais pas redoubler
J'mange des légumes verts…

*

Le week-end est tranquille, à l'image d'Arnaud dont le comportement est de plus en plus lymphatique. La mélancolie le gagne et il s'enfonce peu à peu dans la dépression. Françoise met cependant à profit ses quelques soubresauts d'énergie pour lui faire réparer plein de petits trucs, ce que Philippe reportait sans cesse à plus tard. « Bricolage, jardinage, nettoyage, c'est étonnant que le mot âge soit associé à toutes les corvées domestiques », constatait l'époux flémard, concluant toujours par « c'est plus de mon âge » pour justifier sa passivité. La présence d'Arnaud n'est donc pas aussi parasitaire que cela et le squatteur ainsi occupé, ils continuent à faire discrètement quelques cartons.

*

Le lundi suivant, le couple se lève de bonne heure, tout excité par le fameux rendez-vous pris avec Jérôme. Dessous-de-table de la vente du cabinet, signature de la promesse d'achat de la villa au Portugal et négociation du prix de vente de l'appartement de Mamiline sont à l'ordre du jour.

L'étude du cousin notaire n'a rien d'un lieu ancien et poussiéreux, bien au contraire. Cloisons en verre dépoli, œuvres d'art contemporain ici et là, les locaux de Jérôme dégagent une impression de jeunesse et d'efficacité. Cette promesse d'efficience avait tout du trompe-l'œil, dans ce milieu où lenteur administrative, complexité juridique et contretemps procéduraux sont les fondamentaux d'une trésorerie à tiroirs juteuse. Mais aujourd'hui, point de rancœur, l'argent étant enfin au rendez-vous. Philippe et Françoise sont rayonnants, assis face au bureau, et trépignent en attendant Jérôme qui vient de s'absenter.

Lorsque le notaire revient un attaché-case à la main, il ferme prudemment la porte derrière lui avec un clin d'œil à ses hôtes, plus ravis que jamais. L'instant est solennel. Jérôme soigne la mise en scène et procède à une présentation digne des meilleurs polars. Comme s'il manipulait un engin explosif, il pose avec précaution la mallette sur son bureau, l'ouvre lentement devant lui et la fait pivoter en direction du couple.

La déception s'affiche aussitôt sur leurs visages à la vue de quatre minces liasses perdues dans cette grande boîte. La rançon est bien maigre et le rêve scorsesien bien déprimant.

— Y a que ça ? s'étonne Philippe.

— Oui ! Mais tu peux recompter, y a bien 80 000 euros.

— 80 000 ! bondit Françoise. Mais on avait 100 000 sur le compte !

— La banque, le passeur et ma commission, évidemment, ça fait 20 000.

— Quand on a vendu mon cabinet c'est toi qui nous as conseillé de faire transférer les dessous-de-table sur ce compte numéroté au Luxembourg, que c'était plus rentable, et résultat : moins 20 % ! T'es culotté !

— T'as vendu à un dentiste roumain, si on n'avait pas fait ça, tu te serais retrouvée avec des billets de Monopoly dans cette mallette.

Après leurs interminables parties de Bonne Paye avec Juliette et Félix, l'image employée incite Philippe à réagir.

— Il n'empêche que 20 000 euros, c'est cher payé le billet de train pour le Luxembourg, ronchonne-t-il.

— En tant qu'ancien contrôleur fiscal, Philippe, tu sais pertinemment que c'est plus économique que l'impôt sur les plus-values.

— Pas faux, se résigne l'ancien fonctionnaire au grand désespoir de sa femme.

Irritée par le manque de pugnacité de son mari, Françoise saisit les liasses et les enfourne dans son sac avec des gestes brusques, limite convulsifs. Loin de se laisser démonter par cet échange houleux, Jérôme met fin à cette séquence douloureuse en sortant des documents.

— On passe à la villa ?

Bien que désappointés, Philippe et Françoise lisent la promesse d'achat et la signent. Au prix de 500 000 euros, le contrat impose un versement immédiat de 10 %, soit 50 000 euros. Le mode de paiement est alors un nouveau sujet de frustration.

— On te fait un chèque ?

— Ben, autant utiliser vos liquidités ! C'est plus rapide et plus efficace ! répond Jérôme sur le ton de l'évidence. Rassurez-vous, je vous rédige un reçu !

De peur d'être ridicule auprès de ce cousin dont il admire la réussite, Philippe se range à son avis sans broncher, tandis que sa femme semble plus défiante. Jérôme insiste.

— C'est du black, Françoise. Plus il circule, moins le fisc le retrouve ! assène le notaire pour finir de la convaincre.

— C'est que je pensais m'en servir pour les travaux là-bas. Tu sais, les maçons portugais, ils adorent le liquide ! C'est connu ! D'ailleurs, à chaque fois que j'ai fait faire un devis à la maison…

Sa logique, qui s'appuie tout autant sur des préjugés *border line* que sur des anecdotes personnelles, réjouit Jérôme, car c'est un registre qu'il maîtrise à merveille. La réflexion de Françoise, qui trahit la trivialité de ses analyses, offre en effet au notaire l'opportunité de faire glisser la discussion vers des considérations beaucoup plus matérialistes.

— Et d'ici là, si on te cambriole ? Pour les assurances, cet argent… comment dire… n'existe pas !

Bien que psychologiquement mal dégrossi, en bon notaire, Jérôme maîtrise tous les leviers pour éventrer les matelas de billets et déverrouiller les caissettes d'or dissimulées dans les murs de cheminées. L'évocation des cambriolages est de loin le plus efficace des sophismes quand il s'agit d'extorquer des liquidités à la petite bourgeoisie banlieusarde, terrorisée par le *home jacking* et scandalisée par l'indolence de leur police municipale. Outre un sentiment de culpabilité dû à l'origine frauduleuse de ce trésor, la question de Jérôme, bien que candide, réveille toutes les paranoïas que le couple cultive depuis de longues années. Et l'effet est immédiat. Sans mot dire, Françoise se résout à ressortir trois liasses de billets de son sac et rend l'argent à contrecœur, comptant un à un les billets sur la table en verre du notaire.

— Parfait ! Le temps que je transfère les fonds à mon homologue portugais et la maison est à vous.

— Et le vendeur ne risque pas de changer d'avis ? s'angoisse Françoise, plus suspicieuse que jamais à l'égard du cousin.

— Bien sûr que non ! C'est l'avantage de l'Europe, c'est comme en France pour votre maison : une indemnité d'immobilisation, c'est sans appel, la vente est définitive.

Jérôme profite alors du laborieux comptage de Françoise pour parler à Philippe.

— Ah ! au fait, ta mère m'a confié la vente de son appartement.

— Ça tombe bien, on voulait t'en parler. On aimerait bien en avoir l'usufruit. Étant donné qu'on paye une partie de sa maison de retraite, on se disait qu'on pourrait récupérer son appart.

— Justement, elle tient à le vendre pour vous éviter de payer pour elle. Elle ne veut rien vous devoir ! Et je lui ai proposé de mettre l'argent sur un fonds de placement pour compléter ses revenus : elle est emballée. Tu connais mieux que mois sa fierté !

— Son orgueil, tu veux dire, intervient Françoise.

Philippe prend alors les devants.

— Bon, très bien ! On l'achète. Quatre…

— 350 000 euros, le coupe Françoise de justesse.

— Impossible, il en vaut 700 000 ! s'amuse Jérôme.

La repartie goguenarde du notaire a des relents d'humiliation pour Françoise, qui attend avec impatience une réaction de son mari qui tarde à venir. Après tout, c'est lui qui se vantait de tout obtenir de « sa famille » ! Sous la pression grimacière de sa femme, Philippe finit par se révolter.

— Et on ne peut pas négocier ? fulmine-t-il.

— Mais on ne peut pas changer les chiffres comme ça !

— La preuve que si ! Tu nous avais dit que notre maison valait un million trois et on l'a vendue 950 000 ! lui balance Françoise, rancunière.

Jérôme perd tout à coup de son panache suite à ce brutal retour de bâton. Il devient dès lors un peu moins arrogant et un peu plus constructif, tandis que Philippe insiste.

— C'est ma mère, on peut s'arranger !

— Donation déguisée ! C'est le redressement et l'amende assurée, rétorque le notaire. Tu devrais le savoir après avoir passé quarante ans aux impôts !

— Tu ne vas pas me le rappeler à chaque fois ! s'agace Philippe, un peu honteux de ne pas avoir anticipé cet aspect législatif.

— Le problème, c'est qu'on est ric-rac, reprend Françoise. Avec les aménagements que je veux faire dans la villa, on n'a pas assez… Je ne vais pas m'endetter à 60 balais pour acheter ce taudis !

— Je vois. Mais je ne pourrai pas descendre le prix en dessous de 600 000.

Françoise et Philippe sont désemparés, pris entre la déception et l'angoisse de ne plus avoir de base de repli.

— Mais de ton côté, Françoise, il n'y a pas quelques petites réserves ? interroge le notaire, qui voit s'éloigner une belle opportunité d'argent facile.

— Mon père était chef de gare à Poligny et ma mère moulait du comté dans une fromagerie… Autant te dire qu'ils n'avaient pas de yacht à Saint-Tropez.

— Je vois. Petites retraites et lourdes charges en perspective…

— Non, ils sont morts il y a six ans…

— Désolé.

— Un accident d'autocar dans le Jura…

Françoise s'enferme soudain dans un mutisme nerveux que chacun interprète comme de la tristesse. Philippe doit alors prendre le relais.

— Ils allaient visiter le musée du sifflet avec leur club de retraités de la SNCF, quand une coulée de boue les a…

— Enterrés.

— Emportés !

— C'est tragique !

— Non, juste pénible ! explose Françoise. Six ans de procédures, des appels des assureurs, de la DDE, des nominations d'experts plus nuls les uns que les autres. Résultat, à ce rythme, c'est nos arrière-petits-enfants qui toucheront les indemnités.

Le coup de sang de Françoise embarrasse Jérôme, qui s'interroge.

— Mais pourquoi vous voulez tellement garder un pied-à-terre à Paris ?

— On te l'a déjà dit : pour que nos enfants puissent s'occuper de nous quand on sera vieux ! se lasse de répéter Philippe.

— Si t'as pas d'appart à toi, à la première fracture du col du fémur, c'est l'hospice direct.

L'argument ne laisse aucune équivoque quant aux motivations du couple, et le notaire se met enfin à chercher une vraie solution.

— Donc si on synthétise, vous partez au Portugal tant que vous êtes en forme et vous reviendrez à Paris dès que vous serez moins autonomes pour qu'on s'occupe de vous. C'est ça ?

— T'as tout compris ! répond Philippe, bien obligé d'avouer l'égoïsme de leurs calculs.

Mais le notaire dépourvu de morale n'en a cure, ne relève pas et poursuit sa froide analyse.

— C'est donc du moyen terme… déduit à voix haute l'indélicat cousin.

— Si on veut… confirme amèrement Françoise.

Une idée lui vient soudain.

— Non, le mieux alors, c'est d'acheter l'appartement de Mamiline en viager ! Ça étale les paiements !

La proposition surprend le couple qui ne semble pas s'y opposer. Fier d'avoir repris le contrôle du débat, Jérôme poursuit sa démonstration en détaillant la procédure comme s'il s'agissait d'une combine financière de haut vol.

— Un petit bouquet au départ et la rente viagère remplace ce que vous payez actuellement à la maison de retraite. Pour vous, c'est une opération neutre.

— D'autant qu'à la mort de Mamiline on récupérera le bouquet. C'est pas bête… dit Françoise.

— Et vous évitez les droits de succession sur le dépassement de plafond.

— En plus c'est légal… s'emballe Philippe.

— Et si elle avait la politesse de mourir sans trop tarder, ce serait tout bénef ! susurre Françoise.

Cette blague de mauvais goût coupe net l'entrain de Philippe.

— Je plaisante !…

Philippe soupire et reprend l'échange avec son cousin.

— Et tu penses réussir à la convaincre ?

— J'avais déjà un peu évoqué cette solution avec elle… et c'est pas gagné.

— Et pourquoi ?

— Mamiline a peur que je lui ramène un tueur de mémés. Maintenant, si je lui dis que c'est vous les acheteurs, je pense que ça la rassurerait définitivement.

— Surtout pas ! l'arrête Philippe. On lui dira nous-mêmes en temps voulu. La moindre fuite sur notre départ et on est faits comme des rats ! Pour le moment, gagne du temps. Dis-lui juste que tu as un acquéreur.

— Possible ! Je devrais pouvoir garder le secret encore un petit moment !

Plus sûr de lui que jamais, Jérôme s'enfonce dans son large fauteuil et sourit comme s'il avait réussi une OPA sur Microsoft.

*

De son côté, Cécile est toujours aux abois financièrement. Victime de son éducation et soucieuse de conserver son indépendance, elle cherche une solution qui ne l'obligerait pas à rendre des comptes à ses parents. Connaissant leur côté Thénardier, elle sait ce qui lui en coûterait en reproches et conseils, de leur être redevable de 20 000 euros. À 30 ans passés, les solliciter a tout d'une humiliation. Orgueilleuse et combative, elle préfère donc demander à son frère de la dépanner. Le jeune homme, star des bancs de touche, mène une vie confortable. Sa capacité à la renflouer quelque temps n'a donc rien d'insurmontable et sa sœurette est sûre de son coup.

C'est dans le centre d'entraînement d'un grand club de foot qu'elle le retrouve en pleine interview d'un attaquant beau comme un dieu. Sensible au charme de l'athlète, Cécile approche et écoute les propos du champion.

— Parler de ça, c'est ni l'endroit ni le lieu. Mais à *l'estérieur*, y a qu'on a *plusse* la pression et faut que le collectif individuel y suive. Le coach il a tout disloqué le dernier match à la vidéo et c'est nous qu'on a perdu, c'est pas le LOSC qu'il a gagné. On était trop confiants et comme dit le sélectionneur, faut pas tuer la peau de l'ours avant de l'avoir achetée…

— Merci, je crois que j'ai ce qu'il me faut, conclut Pierre avant de *hugguer* la jeune star du ballon rond.

Malgré sa déconvenue face aux handicaps linguistiques du beau buteur, Cécile s'amuse de la scène et ne peut s'empêcher de chambrer son petit frère lorsqu'elle le rejoint.

— Mais t'es quoi au juste ? Journaliste ou orthophoniste ?

— C'est sûr, c'est pas Jean d'Ormesson mais il a un QI footballistique énorme !

Cécile ne peut retenir son rire : « QI footballistique ! » répète-t-elle. Elle se fout ouvertement de lui, mais force est de constater que Pierre est habitué à ce type de moqueries concernant ses interviews. Il accepte avec autodérision les railleries de sa sœur et l'entraîne vers les vestiaires où il doit interroger un autre joueur. Comme il est suivi par son caméraman et qu'il est pressé, le journaliste d'investigation sub-dyslexique veut très vite connaître la raison de sa visite, pour le coup inhabituelle. Sans chichis, Cécile lui expose sa situation, lui raconte sa séparation et lui adresse sa demande pécuniaire.

— C'est non ! lui répond du tac au tac Pierre sur un ton dégagé, dénué d'animosité et même de scrupules.

— Alors juste 10 000 !

— *No way*, je te dis !

— Et pourquoi ?

— Ton mari est un attardé, doublé d'un loser ! Il est hors de question que je sponsorise ses conneries.

— Mais je l'ai quitté !

Pierre s'arrête de marcher et fixe Cécile, d'un regard à la fois moqueur et solidaire.

— Je te connais, tu vas te relâcher : tu vas avoir pitié de lui et tu vas retourner avec ! Divorce et laisse-le payer lui-même ses dettes. Après si tu veux, je te prêterai du blé.

— Mais c'est maintenant que j'ai besoin de cet argent !

— Erreur ! la coupe-t-il. Tu en auras encore plus besoin quand cet abruti te dira qu'il ne peut pas t'envoyer ta pension alimentaire.

— Et comment je fais ?

— Demande aux parents ! la raille-t-il, bien conscient lui aussi des conséquences d'une telle décision.

— Très drôle !

Pierre arrive alors à la porte d'un vestiaire, qu'il ouvre à son caméraman pour l'aider à entrer. Voyant que Cécile profite de l'ouverture pour se délecter de la vue des corps d'athlètes dénudés, Pierre la met au défi :

— Trouve-toi un mec, un vrai !

— Tu m'en présentes ? badine-t-elle en faisant mine de l'accompagner.

Pierre met son bras en travers pour lui barrer le passage.

— Désolé, mais là tu ne peux pas me suivre, j'ai encore une interview.

— C'est pour ton émission « Faites entrer l'illettré » ?

— C'est ça, va faire la manche plus loin !

Et il lui referme la porte au nez, une jubilation sadique imprimée sur les lèvres.

Malgré ce petit instant de plaisir visuel et de chicaneries fraternelles, le bilan de la journée de Cécile s'avère bien pauvre et ses problèmes loin d'être résolus. Bien que déçue par cet échec, ses soucis financiers ne la tourmentent pourtant pas plus que ça. Elle sait qu'en ultime recours, ses parents répondront présents. Elle a peu d'inquiétude concernant leur solvabilité, mais redoute en revanche leurs leçons de morale. La démarche est certes pénible, mais exceptionnelle et totalement légitime, ce qui la rassérène.

Chapitre 6

Le grand jour de l'emménagement de Mamiline dans la maison de retraite de Cécile est enfin venu. Déjà habillée pour sortir, Françoise descend les escaliers avec deux gros sacs-poubelle remplis de fringues. Essoufflée et découragée, elle regarde Arnaud en caleçon-T-shirt, abruti et les cheveux hirsutes, en train de manger un bol de céréales tout en regardant des dessins animés cucul la praline sur Gulli. Le désordre crasseux qu'il génère la déprime. Au même moment, Philippe sort de son bureau, la rejoint l'air enjoué une enveloppe en main, et lui exhibe fièrement quatre timbres anciens, rouges, d'une esthétique banale.

— Tiens, regarde ! J'ai reçu mes Calves de 50 ! Ils sont cotés 1 450 euros et je les ai eus sur eBay à 650.

— Et ça c'est des habits à donner, on les déposera au Relais en partant, le coupe-t-elle en lui montrant ses sacs.

Le regard affligé de Françoise qui se perd dans le capharnaüm d'Arnaud jette un froid sur les ardeurs de Philippe.

— Ça va pas ?

— C'est Mossoul !

— Pardon ?

— Dix jours avec cet ado dégénéré dans mon salon, et tu me demandes si ça va ? grommelle-t-elle à voix basse. Je me tue à vider cette maison pendant que lui vide mon frigo et laisse traîner ses affaires partout ! J'en peux plus !

Philippe observe à son tour Arnaud et prend la mesure de ce désarroi.

— Ce n'est pas sa faute, Cécile ne lui répond plus que par SMS… quand elle lui répond. Et ses enfants lui manquent…

— Faut que ça change ou je vais craquer !

— Arnaud ! On part installer Mamiline dans sa maison de retraite ! lance Philippe à voix haute.

Arnaud se redresse aussitôt, des flammes d'espoir dans les pupilles.

— Vous embrasserez Cécile pour moi…

— Compte sur nous ! Et si tu peux un peu ranger… lui suggère Françoise, avant de commander à Philippe de prendre les sacs de fringues.

L'impulsion brutale du départ prend Philippe de court, qui dépose ses timbres sur la console de l'entrée, se saisit des sacs et rejoint Françoise en vitesse afin de ne pas accroître son énervement.

*

En bonne maîtresse de maison, Cécile embarque toute la famille dans une visite complète de son établissement. Bien que vétuste, l'endroit a du caractère, un certain charme que n'ont pas les centres aseptisés aux murs saumon, aux sols en linoléum et aux rampes plastifiées. L'imperfection est visible, le luxe nulle part, et Cécile craint de décevoir sa grand-mère. Pour une fois peu loquace, Line inspecte l'endroit, mine fermée. Son mutisme inquiète Philippe et Françoise qui redoutent que la vieille emmerdeuse ne change d'avis et veuille, dans un accès de doute, retourner vivre dans son appartement. L'endroit n'a rien du Club Med comme s'en amusait Philippe au cinéma et à présent, il n'a plus le cœur à plaisanter.

— Je t'avais prévenue, c'est d'époque, se justifie la jeune femme.

— Oui, mais y a le charme de l'ancien, la soutient son père.

— C'est peut-être un peu désuet, mais c'est chaleureux et authentique, ironise Françoise, reprenant les termes employés par son mari concernant leur propre maison.

Line quant à elle lève les yeux au ciel, loin d'être trompée par l'entrain intéressé de son fils et de sa belle-fille.

Le petit groupe arrive dans une sorte de salle polyvalente, à la fois réfectoire, forum des activités ludiques et lieu de spectacle. Ils sont accueillis chaleureusement par Denis, un géant de deux mètres, rigolard et excité, la trentaine excentrique, animateur maison. En dépit de la taille du colosse, Line n'est en rien impressionnée. À la manière d'un général qui passe ses troupes en revue, elle le questionne sur les activités qu'il organise en tant que G.O. La vieille dame écoute avec attention, bien décidée à ne pas végéter.

— Et vous organisez des lotos ? C'est très marrant les lotos !

— Hélas non… répond-il tout en consultant Cécile du regard.

— Et pourquoi ça ? s'insurge Mamiline.

— Un bingo sur cinq se termine par une crise cardiaque et les familles portent plainte. Du coup c'est interdit : trop risqué !

— C'est ce qu'on verra. Je veux le planning complet de vos animations pour les quinze jours à venir, lui ordonne-t-elle.

Cécile envoie un sourire complice à Denis, signifiant qu'elle l'avait prévenu : la mamie est coriace. Denis ne se laisse pas pour autant démonter et prend son micro pour s'adresser à l'assistance.

— Un petit instant d'attention, messieurs dames, je vous demande d'applaudir Line Blanchot, notre nouvelle pensionnaire !

Face à eux, l'assemblée de petits vieux reste inerte. L'embarras les gagne tous, à commencer par Denis.

— Désolé, mais quand ils ont faim, ils ne sont pas très démonstratifs… le déjeuner est dans un quart d'heure.

Plus acariâtre que jamais, Line dévisage la famille qui, en retour, arbore avec anxiété un sourire contrit.

— Bon. J'imagine qu'il n'y a pas de boîte de nuit ici, alors montrez-moi la cuisine ! embraie Mamiline, un peu désabusée.

Line inspecte la cuisine comme un chef étoilé fait le tour de ses fourneaux. Mario, le chef cuistot, n'est pas intimidé par cette étrange visite, bien au contraire. Il faut dire que l'homme de 50 ans a bourlingué dans toutes sortes d'établissements, des brigades huppées de restaurants gastronomiques aux usines à bouffe de croisiéristes. Ses tatouages témoignent de ses voyages, plus nombreux sur ses bras que les tampons sur son passeport. Aussi ce n'est pas une petite vieille dame, fût-elle la reine d'Angleterre, qui peut impressionner le baroudeur. Mario assume ses actes et en débarquant aux Pissenlits, il a totalement renoncé à la grande cuisine afin de respecter le cahier des charges de l'établissement. Cet état de fait, Mamiline le constate dès qu'elle soulève un couvercle. Son réflexe de dégoût fait aussitôt réagir le cuistot.

— Purée de céleri ! annonce-t-il.

— Je vois : rien à mâcher, tout bon marché !

— C'est bon la purée de céleri ! le défend vainement Philippe.

— Et après on dit que les vieux sont incontinents, mais faut voir ce qu'on leur donne à manger ! réplique aussi sec la grand-mère.

Line aperçoit ensuite, posé sur une assiette, un gâteau individuel au sommet duquel on a planté une misérable bougie.

— Il y a un anniversaire ?

— Oui. Mme Marin, 92 ans, répond Cécile, rassurée qu'elle trouve enfin un aspect positif à cette visite.

— Une seule bougie, c'est pas très festif.

Cécile déchante tandis que Mario lui, n'hésite pas à la rembarrer.

— Ça sert à rien d'en mettre plus, elle a Alzheimer !

— Je vois ! Et les aveugles, ils soufflent dans le vide !

— J'ai un budget à tenir ! explique Mario.

Le je-m'en-foutisme du cuisinier commence à énerver Line, qui s'attarde devant un panneau où une feuille est punaisée.

— C'est le menu de cette semaine ?

— Oui.

— Si vous voulez faire de vraies économies, il faut anticiper. Vous avez les menus des prochaines semaines ?

— Bah oui. C'est le même… toutes les semaines… On anticipe, se moque le maître-queux.

— On va voir ça, mon garçon ! mouche-t-elle l'insolent.

Cécile et ses parents commencent à s'alarmer : plus la visite avance, plus Line semble irascible et déçue. Aussi, lorsqu'elle demande à voir sa chambre, la tension monte d'un cran.

Cécile, Philippe et Françoise déambulent dans les couloirs avec Line jusqu'à sa chambre où ses meubles ont été installés. Chacun force son allant pour redonner à la grand-mère l'enthousiasme qui l'a menée ici. L'instant fatidique arrive lorsqu'ils pénètrent dans la suite de Mamiline. Bien que retrouvant son mobilier et quelques bibelots auxquels elle est attachée, la vieille dame entre et inspecte les lieux sans dire un mot. Françoise se sent obligée de rompre ce silence pesant.

— Oh, c'est superbe ! Et vous avez la vue sur le parc !

— N'en faites pas trop non plus ! Si vous croyez que ça fait passer le temps de regarder pousser des marronniers…

— Bon, je sais, se justifie la jeune directrice, c'est pas un cinq étoiles mais on l'a repeinte exprès pour toi !…

Mais la nouvelle pensionnaire ne répond pas.

— Ça te plaît pas ! constate amèrement sa petite-fille.

Le désespoir de Cécile émeut Line qui réalise enfin que ses critiques ont été désobligeantes à son égard. Plus qu'elle ne l'imaginait, ses remarques acerbes et son attitude fielleuse ont blessé son hôtesse si dévouée. Retirant son armure, Mamiline recouvre le sourire afin de la réconforter.

— Si, ça me plaît beaucoup ! T'inquiète pas, c'est parfait.

Le commentaire dépressurise l'atmosphère. Philippe et Françoise respirent enfin et Cécile se libère à nouveau, retrouvant son allégresse.

— Pour la cuisine et tout le reste, on verra ça ensemble si tu veux, s'empresse-t-elle d'ajouter.

— Oh oui, j'y compte bien et on va beaucoup s'amuser ma chérie, la rassure la vieille dame.

— Et la semaine prochaine, on aura la wifi dans toutes les chambres. Denis, mon animateur, va apprendre aux pensionnaires à se servir de Skype : ça rompt l'isolement.

— Ça c'est vrai, surtout quand on a de la famille à l'étranger ! surenchérit Philippe en envoyant un clin d'œil à sa femme.

Line prend alors ses marques, aidée par Cécile qui lui montre sa salle de bains puis ouvre tous les tiroirs et les armoires.

— Regarde, Mamiline, tout est là. Et les robes sont dans la penderie.

— T'es un amour, ma Cécilou.

— Je viendrai te chercher pour déjeuner. Il faut que je vous laisse, j'ai un peu de boulot… Vous passez me voir avant de repartir ? lance-t-elle à ses parents avant de se retirer.

Seuls avec Line, et de peur qu'elle ne change d'avis comme les enfants qu'on dépose à la maternelle pour la première fois, le couple ne souhaite pas non plus s'éterniser.

— Nous aussi, on doit y aller, annonce Philippe.

— Tiens, au fait je ne t'ai pas dit, j'ai reçu un appel de Jérôme, hier.

— Il a trouvé un acheteur ?

— Oui et non : maintenant il me propose un viager. Je ne sais pas si ce garçon est un escroc ou juste un incompétent, en tout cas il ne brille pas par son efficacité.

— C'est une super idée, le viager ! Hein, chérie ?

— Oui, c'est sûr comme système : c'est comme une assurance vie, une rente à vie ! renchérit Françoise.

— Peut-être, mais le type veut baisser le prix et surtout rester anonyme tant que le contrat n'est pas établi. C'est sûr, c'est un de ses copains !… Ou peut-être même lui, d'ailleurs !

— Et en quoi ça te gêne ?

— Mets-toi à ma place, savoir que tous les jours ton acheteur prie pour que tu meures au plus vite, c'est assez désagréable comme perspective.

Philippe ne peut s'empêcher de lancer un regard suspicieux à Françoise, qui feint en retour de n'être pas de ces gens-là.

— Vous ne lui avez pas dit non, au moins ? s'empresse de lui demander Françoise.

— J'ai dit, pourquoi pas ! Mais ça dépend de la tête du vautour ! Déjà, quand il a fait l'estimation, il est venu avec un marchand de biens qui avait une bouille d'étrangleur.

— Tu regardes trop *Chroniques criminelles*.

— Mais vous n'êtes pas contre le principe ? insiste Françoise.

— Ça dépend ! Il doit faire ses calculs et on verra bien ce qu'il nous sort de son chapeau... Et puis, j'avais pensé à autre chose.

La phrase de la pétulante octogénaire éveille de nouvelles craintes. *Quel délire nous prépare-t-elle encore ?* s'interroge Françoise.

— À quoi ? demande Philippe avec précipitation.

— Bien, tu sais, Cécile, elle a du mal à payer son loyer, en plus avec les enfants, c'est pas très grand...

— Et ?

— Vous devriez ressusciter la tradition familiale !

— Quelle tradition ? demande Françoise qui se raidit.

— Vous rachetez mon appartement et Cécile s'installe avec ses enfants dans la maison.

— T'es sérieuse, là ? s'exclame Philippe, effaré.

— Évidemment. Vous verrez, à vos âges c'est quand même plus agréable d'être à Paris près des cinémas, des théâtres, des restos, des expos...

Voyant la mauvaise tournure que prend le débat, Françoise coupe sa belle-mère.

— Impossible.

— Et pourquoi ça ? Quand on l'a fait avec vous, ça n'a posé aucun problème.

Françoise voit alors l'opportunité de tout déballer au sujet de la maison et de leurs projets. Elle enjoint à Philippe de se lancer.

— Ben vas-y, dis-lui !

— Quoi ? s'étonne Line

Philippe hésite, pris en tenaille entre les deux femmes autoritaires de sa vie. Il prend son souffle et se jette à l'eau… ou presque.

— La seule différence c'est qu'à l'époque, tu nous l'as vendue ta maison, pas donnée. Et nous, on ne peut pas acheter ton appart si Cécile ne peut pas… Et je ne te parle même pas des impôts locaux, du fioul et de l'eau : avec un seul salaire elle n'a pas les moyens d'entretenir une aussi grosse maison !

L'argument fait mouche, mais la couardise de Philippe froisse Françoise, dont la colère est palpable. Line le remarque, néanmoins elle ne relève pas : il y a anguille sous roche, elle n'est pas dupe et se laisse le temps de découvrir le pot aux roses.

Avant de rentrer chez eux, Philippe et Françoise cherchent Cécile dans l'espoir de la ramener à la raison, qu'elle pardonne ses écarts à Arnaud et le reprenne chez elle. Mais tandis qu'ils marchent d'un pas décidé, l'ambiance au sein de leur couple n'est pas non plus au beau fixe. L'agressivité de Françoise n'est pas retombée ; elle est toujours agacée par la veulerie de son époux, lequel est tout aussi énervé d'être la cible d'une engueulade aussi injuste.

— Pourquoi t'as rien dit pour la maison ? C'était le moment idéal !

— Attends ! Sa vie est totalement bouleversée par ce déménagement, j'allais pas en plus lui imposer cette contrariété. Elle est fragile, tu sais !

— C'est ça, prends-moi pour une conne !

— Et si elle le répète à Cécile, t'y as pensé ? Tu crois vraiment que ta fille appréciera qu'on se casse au Portugal si elle élève seule ses enfants ?

— Pas faux… reconnaît Françoise qui finit par baisser d'un ton.

C'est au détour d'un couloir qu'ils retrouvent enfin Cécile. Dans une salle aménagée en salon de coiffure, cette dernière est en pleine négociation avec Jean-Louis, le thanatopracteur.

— Je suis thanatopracteur, pas coiffeur !

— Tu fais des merveilles sur les morts, y a pas de raison que tu ne réussisses pas sur les vivants. Allez, s'il te plaît… Une semaine, le temps que j'en trouve une autre. Allez, s'il te plaît…

— Et tu veux pas que je les maquille, tant que tu y es ?

— Merci. T'es un amour.

Apercevant ses parents à la porte, Cécile laisse Jean-Louis en plan et sort les rejoindre, tout heureuse d'avoir réglé son petit problème de personnel.

— La coiffeuse qui vient d'habitude est partie en congé maternité…

— Tu nous as menti ! l'attaque Françoise, bille en tête. Arnaud nous a appelés : il n'est pas chez sa mère, il est à Paris !

— Et alors, qu'est-ce que ça change ? répond-elle, un peu surprise de cette soudaine animosité.

— Il veut voir ses enfants et tu l'en empêches ? se révolte Philippe.

— Je veux qu'il sorte de ma vie !

— Mais ce sont ses enfants et ils ont besoin d'un père, enchaîne sa mère.

— Je suis d'accord, maman, mais pour l'instant c'est trop tôt !

— Mais t'es pas contre ?

— Non… mais pas tout de suite.

Le fléchissement de l'intransigeance de leur fille leur laisse entrevoir une issue positive, désamorçant un peu leur différend. Cécile se détend à nouveau.

— Bon, maintenant, dites-moi… Elle est super, l'idée de Mamiline !

Rebelote…

— Parce que tu as de quoi nous racheter la maison ? lui rétorque sèchement Françoise.

— Bien sûr que non.

— Et nous ? On fait comment pour acheter l'appart ?

— Dans un premier temps, elle pourrait vous le prêter ! Elle n'est pas pressée de vendre, après tout !

— Détrompe-toi ! Elle a besoin rapidement de cet argent pour payer sa maison de retraite. Tu sais, elle n'a qu'une toute petite pension de réversion.

— Et ta mère et moi on a dû se serrer la ceinture pour compléter le paiement du premier trimestre. Nous aussi, on est dans le rouge : on ne pourra pas la financer *ad vitam æternam*.

— Et puis Jérôme, tu sais, notre cousin notaire… Il a déjà un acheteur.

— En viager… inoccupé ! complète Philippe.

Au pied du mur, Cécile s'octroie dix secondes de concentration pour se forcer à dépasser son orgueil et se préparer à surmonter la pénible humiliation de réclamer l'aide financière de ses parents. *Après tout, il ne s'agit que d'un emprunt*, se répète-t-elle intérieurement afin de se donner du courage.

— Alors il faut que vous me prêtiez les 20 000 euros que me réclame la banque.

— On vient de te le dire, on est dans le rouge ! lui répète sa mère.

L'incrédulité palpable de Cécile oblige Françoise à étayer son propos. Elle en remet donc une couche, paraphrasant son mari et sa liste des charges de la maison exposée à Mamiline dix minutes plus tôt.

— Et puis notre maison, c'est un gouffre ! Entre les impôts fonciers, la taxe d'habitation et le prix du fioul, on est pris à la gorge.

— Tu vois, pour nous aussi c'est dur ! ajoute Philippe. Et on ne te parle même pas de la CSG !

Bien qu'admettant peu ou prou leurs difficultés, Cécile ne peut s'empêcher de soupçonner qu'ils ont malgré tout quelques réserves.

— Mais avec la vente de ton cabinet, tu as peut-être…

— Je t'arrête tout de suite, ma chérie, tout est déjà bloqué sur des assurances vie pour que tu ne m'aies pas à ta charge quand je serai vieille comme Mamiline et que ton père ne sera plus là !

Philippe digère mal la violence de cette récurrente prédiction de sa femme, mais se tait. Pour sa part, Cécile est effondrée. Une à une, toutes les solutions qu'elle a imaginées disparaissent. Toutes les portes se referment sur elle. Devant la mine défaite de sa fille, Françoise essaie d'ouvrir le jeu.

— Et pourquoi tu ne demanderais pas à ton petit frère ? Vu ce que Pierre gagne à la télé, c'est rien pour lui.

— C'est déjà fait.

— Et ?… demandent-ils en chœur.

— Il m'a envoyée balader. Il refuse de payer pour Arnaud.

Même si le refus de Pierre les place dans une situation inconfortable et les renvoie à leur propre radinerie, Philippe et Françoise comprennent et approuvent le point de vue de leur fils. Leur embarras et leurs scrupules s'intensifient lorsque sur le ton du désespoir, Cécile veut de nouveau les mettre à contribution.

— Faut au moins que vous m'aidiez avec les enfants. L'étudiante qui va les chercher à l'école me ruine. Avec mes horaires, je m'en sors pas après. Demain, ça m'arrangerait…

— T'es marrante, toi ! Tu nous préviens toujours au dernier moment… renâcle Françoise

— Allez, les enfants vous adorent…

Moins inflexible que sa femme, Philippe ne tarde pas à lâcher du lest.

— Bon ben, s'il le faut… on va se libérer… Hein, chérie ?

— OK. C'est bon pour cette fois ! abdique finalement Françoise. On sera quel jour, déjà ?

— Mercredi !

— Mercredi ??? tressaille le couple.

— Vous verrez, c'est sympa comme tout ! termine Cécile dans un élan de candeur.

*

Françoise et Philippe ne sont pas très fiers des nombreux mensonges qu'ils ont distillés durant cette matinée. Les mises en garde des Alliot ainsi que celles de Max et Brigitte ravivent toutes leurs craintes. Ils ont à présent conscience d'être confrontés à bien plus qu'un problème familial : un vrai conflit d'intérêts entre leur génération, celle de Mamiline, mais également – et surtout – celle de Cécile. À la fois tourmentés par le remords au souvenir de leur bassesse et condamnés à rendre service à leur fille, ils se dirigent vers la sortie sans échanger le moindre mot.

Avant de regagner leur véhicule, Philippe interpelle une femme de service, qui lui indique l'itinéraire des toilettes situées à l'entresol. Il confie son manteau à Françoise et emprunte l'ascenseur. Erreur d'inattention au moment d'appuyer sur le bouton ou caprice électronique de la machine, toujours est-il que Philippe se retrouve au mauvais étage, dans un labyrinthe de sous-sols qui ne correspondent en rien aux indications de l'employée qui l'a renseigné. Droite, droite… gauche… Philippe se perd très vite et la claustrophobie commence à s'emparer de lui. La minuterie se coupe ; il cherche en panique un interrupteur à la lueur des lampes de sécurité, le souffle malmené par une spasmophilie incontrôlable, des sueurs froides dégoulinant de son front. La lumière revient enfin. En proie à des vertiges, Philippe avance péniblement en se tenant au mur, lorsqu'à une intersection il rencontre une très jeune aide-soignante. L'employée, d'origine africaine, a à peine 17 ans. C'est une de ces débutantes rayonnantes et volontaires que les années n'ont pas encore blasée. Surprise de le trouver dans ces tunnels de service et inquiète de le voir dans cet état, la demoiselle le prend aussitôt en charge.

— Alors, il cherche à s'enfuir ?

— J'aimerais bien… Je me suis perdu, je cherche juste les toilettes.

La jeune fille, très maternelle, le prend alors par le bras et l'entraîne vers l'ascenseur

— Je vais vous y conduire : c'est au-dessus, à l'entresol. Ici, il est au sous-sol ! Faut pas paniquer.

— C'est plus fort que moi, je suis claustrophobe.

La respiration haletante de Philippe alerte la jeune femme qui, par précaution, marque un temps d'arrêt, saisit son poignet et prend son pouls en regardant sa montre comme on le lui a appris.

— Ben dites donc, il est au moins à 95 et il est tout cyanosé. Le Dr Kao lui a donné des cachets ?

— C'est qui le Dr Kao ?

— Il ne se souvient pas du gentil docteur ?

— Non, « il » ne connaît pas ce « gentil docteur », s'exaspère Philippe.

— Allez ! Il ne s'énerve pas, on va y aller sans se presser.

La jeune fille le soutient à nouveau quand un autre aide-soignant, nettement plus robuste que sa consœur, sort par une porte.

— Besoin d'un coup de main ?

— Oui, je veux bien, lui répond-elle d'un air las.

Les deux collègues encadrent Philippe et l'empoignent énergiquement.

— Encore un alzheimer qui s'est perdu en allant pisser.

— Faut pas traîner, il n'a pas de couche.

Philippe comprend enfin le quiproquo et tente de se dégager d'eux avec violence.

— Mais lâchez-moi, bande de cons, je ne suis pas pensionnaire, je suis le père de votre directrice ! Je suis le père de Cécile !

Mal à l'aise, les deux aides-soignants libèrent leur étreinte et s'écartent de lui, comprenant leur erreur.

— Bon, ils sont où ces putains de chiottes ?

N'osant plus rien dire, les deux gaffeurs pointent du doigt l'étage supérieur en guise de réponse.

La vessie vidangée et son amour-propre quelque peu écorné, Philippe est au bord de l'implosion lorsqu'il retrouve Françoise dans le hall d'accueil.

— Eh ben dis-moi, t'en as mis du temps ! T'es sûr qu'elle se porte bien ta prostate ? le taquine-t-elle.

Mais rien. Philippe ne cille pas. Françoise, toujours encline à des provocations sournoises pour faire réagir son mari lorsqu'il ne lui répond pas, utilise son arme favorite.

— Tu fais une de ces têtes ! J'ai l'impression de revoir ton père !

Cette évocation fait aussitôt merveille et déclenche un « merde ! » de Philippe plus agressif que celui qu'avait anticipé Françoise.

— Ben, qu'est-ce qui te prend ?

— Il me prend que durant une minute je me suis vu enfermé ici. Tu ne peux pas comprendre.

— Si, très bien ! J'ai éprouvé la même sensation il y a trente ans, quand on a emménagé dans la maison de tes parents !

Alors qu'ils sortent de l'établissement la mine renfrognée, Max, auquel ils pensaient peu de temps avant, arrive aux Pissenlits. Philippe se calme, histoire de faire bonne figure.

— Max, qu'est-ce que tu fais là ? Tu viens inscrire ta mère sur la liste d'attente ?

— Non, je viens voir ma sœur.

— Ta sœur bosse ici ?… demande Françoise, toute surprise.

— Non, elle est pensionnaire. Elle a dix ans de plus que moi et hélas, elle ne va pas bien…

— T'as une sœur de…

— 75 ans. Ostéoporose et cancer des os ! Eh oui… Faut se faire une raison, nous sommes les prochains sur la liste ! Je suis en retard : à bientôt.

Max parti, Françoise semble encore plus nerveuse que Philippe et trépigne sans raison objective.

— Bon, dépêche-toi, on ne va pas coucher ici ! lance-t-elle.

Philippe saisit à contretemps que sa femme s'est identifiée à la sœur de Max. Trop heureux de pouvoir à son tour se moquer d'elle, il ne s'en prive pas :

— Ah tu vois, ça te le fait aussi. Tu flippes !

Mais Françoise ne participe pas à cette autodérision. Elle reste hermétique à son humour et il comprend enfin que le sujet est vraiment sérieux.

— Tu as raison, il est temps qu'on prenne le large ! lui murmure-t-il avec tendresse.

Chapitre 7

« Tu ressembles à ton père ! » Jusqu'à 30 ans, l'expression peut être flatteuse ; passé 40, elle souligne les défauts, rarement les qualités ; après 50, les derniers souvenirs de la déliquescence physique ou mentale du défunt constituent un vrai traumatisme. Et Philippe ne fait pas exception. Pire, au-delà de la simple ressemblance physique avec son géniteur, l'idée de marcher dans ses pas jusqu'au cimetière le terrorise à présent. Françoise n'a pas tort : emménager dans l'appartement de Mamiline a tout d'une fatalité, d'une reproduction des destins. Quoi de plus oppressant que de se dire que son histoire est juste recopiée, qu'on est prisonnier de son avenir ? Serait-il victime d'une malédiction familiale ?

Déterminé à écrire lui-même les pages des prochaines années de sa vie, Philippe ne tarde pas à rechercher une alternative à l'achat de l'appartement de sa mère. Faute de mieux, Éric Lapie s'avère le recours le plus simple et le plus rapide. Lors de la signature, l'agent immobilier s'était en effet vanté de leur trouver un pied-à-terre. Philippe décide donc de le mettre face à ses prétentions en se montrant particulièrement exigeant. L'agent relève le challenge avec l'arrogante certitude de maîtriser son art.

Et Éric Lapie commence fort, résolu à leur prouver son excellence. Il les emmène dans un premier temps au cœur de Saint-Germain-des-Prés. C'est dans un majestueux immeuble Directoire que Philippe et Françoise découvrent un sublime appartement. Refait à neuf, moulures et parquet type Versailles, de hautes fenêtres illuminent ce troisième étage. Le bien impressionne par ses volumes et l'élégance de son style. Le couple est tout de suite conquis. L'agent immobilier est au bord de l'orgasme commercial : il a compris les goûts de ses clients, il a visé juste, il n'a plus qu'à cueillir les roses de la victoire et le cas échéant, une signature au bas de la promesse d'achat.

— Silencieux, à deux pas des théâtres, des commerces, cinquante mètres du métro. Et comme on est au troisième, on ne l'entend pas !

— Il est parfait. Et il est à combien ?

— 750 000.

Le couple déchante aussi sec et ne cache pas son mécontentement.

— Avec une petite marge de négociation… ajoute-t-il timidement.

— On a dit pas plus de 350 000 ! s'exaspère Philippe. C'est un pied-à-terre qu'on cherche, pas une suite au Plazza !

L'audacieux vendeur avait tenté avec le premier bien de forcer la bourse de ses clients, qu'il sait bien garnie, en déclenchant un coup de cœur, les faire craquer pour l'appartement de leurs rêves. La mise au point effectuée, il entraîne le couple dans un arrondissement un peu moins coté dans le secteur de la porte de Choisy, en plein Chinatown. Perdu au fond d'une courette, dans un immeuble des années 1920, tel est le bien que leur présente le téméraire agent immobilier : un appartement qui, d'après lui, possède toutes les qualités pour qui se targue d'avoir du goût et un peu d'imagination. En d'autres termes, si on a la fibre artistique on adore, et si on déteste, c'est qu'on n'est qu'un beauf. Mais ce genre de pression sociale n'a aucune chance de convaincre Philippe et Françoise, la promesse d'Éric Lapie différant sensiblement de la réalité. « Le charme de l'ancien » signifie que les huisseries sont moisies, « les volumes atypiques » que les toilettes donnent dans la cuisine, et « idéal investisseurs » que seuls des marchands de sommeil peuvent louer l'endroit à des sans-papiers, peu regardants sur l'insalubrité générale. La stupeur du couple n'entame pourtant pas la combativité du commercial.

— Alors là, il faut un peu se projeter, j'en conviens… un peu de travaux, de déco… mais la bonne nouvelle c'est que je l'ai à… 325 000 !

Un bruit sourd suivi de légères vibrations accompagne la fin de la visite.

— Et c'est quoi, ça ? s'alarme Françoise.

— Le métro… Ici on n'est qu'au premier. Mais vous êtes tranquilles entre 1 heure et 5 h 30.

Malgré ce désastreux gymkhana, la tactique commerciale de l'agent immobilier ne trompe pas Françoise et Philippe : le rêve suivi du cauchemar pour enfin terminer par le meilleur compromis, le *teasing* marketing est grossier, à l'image d'Éric Lapie, ersatz pathétique de vendeur de canapés. Ils acceptent donc la dernière visite que leur propose le prince de la loi Carrez pour le lendemain matin.

Le couple se tait tout au long du trajet rapide qui les mène devant un hôtel particulier du XVIIe siècle. Ils pénètrent dans un somptueux trois-pièces qu'ils visitent l'air songeur. C'est alors l'heure du bilan, le moment où Éric Lapie reprend chacune de leurs exigences. Cette fois, l'agent immobilier est particulièrement fier de cocher toutes les cases, c'est le produit parfait. Arrive alors l'instant de vérité : l'annonce du prix.

— Et il est à 345 000 !

L'absence de réaction du couple douche son enthousiasme : ils tirent toujours la gueule.

— Il est surtout à Saint-Germain… en-Laye, le fustige Philippe.

— Le RER est à trente mètres à peine. En vingt minutes vous êtes sur les Champs-Élysées.

— Et toi, dans cinq minutes, tu es chez Pôle Emploi ! l'assassine Françoise.

*

C'est la queue entre les jambes que Philippe et Françoise retournent voir Jérôme pour conclure l'affaire du viager. Pris par le temps et contraints par le marché immobilier que les trois désastreuses visites leur ont permis d'appréhender, la seule issue possible pour le couple reste en effet l'appartement de Mamiline. Face à leurs mines défaites, Jérôme déguste tout sourires l'échec de cette tentative. Lui qui se targue de les avoir prévenus, que rien ne peut concurrencer le viager de Line, boit du petit-lait – ce qui ne manque pas d'irriter un peu plus Françoise.

— Et donc, l'as de l'immobilier ne vous a rien trouvé ! CQFD !

— Si, un appart splendide à Odéon, 750 000 euros, et un autre truc en ruine porte de Choisy en plein quartier chinois, coincé entre un atelier de confection clandestin et un traiteur vietnamien, répond Philippe.

— Et attention ! 325 000 euros ! Deux millions de francs ! Tu te rends compte ? Même un smicard ne peut pas se l'offrir ! Un vrai scandale.

— De toutes les façons, à Paris, ils font tout pour se débarrasser des pauvres, abonde Philippe.

Cette compassion incongrue pour son prochain impose un silence méditatif que le notaire se charge de rompre.

— Et vous n'en avez visité que deux !

— Non, ce matin on a aussi vu un superbe pied-à-terre à Paris… Parfait… Mais à Saint-Germain.

— Des-Prés ?

— En-Laye !

Jérôme ne peut s'empêcher de rire de ce fiasco, mais se reprend très vite.

— Bon, alors on part sur le viager ?

— M'ouais, obtempère Françoise.

— Alors j'ai deux bonnes nouvelles !

Cette introduction fait éclater Françoise, qui n'en peut plus de ces tergiversations.

— On s'en fout ! Dis-nous pour le viager, c'est combien ?

— C'est la première bonne nouvelle ! J'ai fait mes calculs et moyennant un petit bouquet de 250 000 euros et 1 200 euros de loyer, le viager est à vous !

L'expression du couple est inversement proportionnelle à la mine satisfaite du notaire.

— Et la deuxième bonne nouvelle, c'est que Mamiline a donné son accord !

Toujours pas d'euphorie. L'inertie du couple gâche un peu le plaisir du victorieux notaire en mal de félicitations.

— Alors, je prépare les papiers ?

— De toute façon, on n'a plus le choix, concède Françoise.

— Eh bien, voilà une sage décision !

— Reste à l'apprendre à ma mère… se désespère Philippe.

Le notaire, qui sait la démarche périlleuse, se débarrasse avec plaisir de cette mission par un « Je te laisse faire ! » libérateur.

*

Philippe est satisfait de voir se résoudre la question du pied-à-terre. Le bilan est pour lui positif et il se relaxe en laissant conduire sa femme. Mais Françoise, elle, est à mille lieues d'être rassurée par Jérôme et le retour est tendu. Méfiante à l'égard du cousin, elle reste tourmentée par le déroulement des opérations.

La moindre fausse manœuvre peut ruiner tous ses rêves et créer la discorde au sein de la famille. À présent, tout leur avenir est entre les mains de l'affairiste et tout lui échappe. L'inconnu, l'absence de contrôle, de visibilité, Françoise ne l'a jamais supporté et le supporte encore moins aujourd'hui. Pour ce qui est de la conduite, il en va tout autrement. Contrôle, visibilité, au volant elle maîtrise tout à merveille et passe ses nerfs en pilotant sa voiture comme si elle participait à un rallye : *Fast and furious*.

— Sois pas parano. Jérôme sait être discret, tente de la calmer Philippe.

— Si elle l'apprend avant que le problème de Cécile soit réglé, elle ne signera pas ! Tu le sais, ça ?

— Oui, je sais ! soupire-t-il. T'es passée à l'orange, là !

— Merde ! lui renvoie-t-elle.

— Si tu veux garder tes points…

— On n'aurait pas dû signer si vite pour le Portugal !

— Faudrait savoir ce que tu veux !

— On n'a même pas tous les devis ! On n'est pas prêts ! Je te préviens, je ne compte pas m'installer dans une maison en chantier ! Tu sais comment ça se passe ? Une fois dedans, on n'a plus la force de faire quoi que ce soit.

La remarque, qui fait allusion à leur expérience dans leur vieille maison n'échappe pas à Philippe.

— Moi, je veux poser mes meubles et piquer une tête dans la piscine ! martèle-t-elle.

— Eh bien, on restera à Paris le temps qu'il faudra.

— Dans l'appart de ta mère ?

— Ben ouais !

— Charmant !

— Bon détends-toi, on touche au but !

— Comment veux-tu que je me détende ? Demain on se tape la garde de Félix et Juliette pendant que leur abruti de père squattera mon salon en descendant tous mes yaourts ! Il faut que Cécile le reprenne vite fait ou qu'on trouve une autre solution, car je ne vais pas tenir bien longtemps.

— C'était un stop, là !

— MEEEEEEERDE !

*

Françoise freine sec devant la maison, labourant le bruyant gravier devant le perron. Cette arrivée saine et sauve soulage Philippe, quelque peu chahuté par le trajet sportif qu'il vient de subir. Alors qu'il défait sa ceinture, il est intrigué par l'attitude de Françoise qui reste agrippée au volant, le regard dans le vague.

— Tu viens ?

— Je ne peux pas !

— Mais si, tu peux ! Allez ! Y a plus beaucoup de temps à tenir !

Françoise s'exécute, sort du véhicule et se dirige vers l'entrée en traînant les pieds. Alors que Philippe cherche ses clefs, la porte s'ouvre brutalement et Arnaud apparaît, coiffé et rasé de près, en chemise-cravate, la taille enveloppée d'un tablier et une serviette blanche repliée sur son avant-bras.

— Bonsoir, messieurs dames ! La maison Poujol est heureuse de vous inviter en guise de remerciement.

Tel un maître d'hôtel, Arnaud leur fait signe d'avancer. Ils sont bouche bée. La surprise se prolonge en pénétrant à l'intérieur. La maison est rutilante, rangée, et une agréable odeur émane de la cuisine. Françoise est sous le choc, désarçonnée par cette attention inattendue de son gendre. À mesure qu'elle avance, elle découvre la table dressée dans le salon. Tous ses griefs disparaissent en un éclair à la vue du vin débouché et des chandeliers allumés. Philippe se régale de la situation et de la réaction de Françoise, prise au dépourvu face à tant de gentillesse.

— Puis-je vous débarrasser ? leur demande le majordome amateur.

— Mais bien sûr, faites, mon ami ! se prend au jeu Françoise.

— Tenez, mon brave ! plaisante aussi son mari en lui confiant son imperméable.

Arnaud se retire pour ranger leurs affaires et Philippe en profite pour railler sa femme :

— Alors ? Tu le supportes mieux, maintenant ?

— Installez-vous, je dois aller en cuisine, leur lance Arnaud depuis le vestibule.

Ébahi, le couple s'attable. Philippe se réjouit en lisant l'étiquette du vin et sert sa compagne qui ne se fait pas prier. Alors que Françoise trempe déjà ses lèvres dans le fluide bachique, l'expert masculin prend le temps de humer les effluves fruités du précieux liquide. Envoûté, Philippe s'adresse à Arnaud resté en cuisine.

— Alors là, Arnaud, tu ne peux pas me faire plus plaisir.

— Il vous plaît ?

— Un bonheur, lui répond Françoise, totalement conquise.

— Une tuerie ! le hèle Philippe. Mais dis-moi, tu as dû te ruiner ? Moi j'en ai trois bouteilles que je fais vieillir dans ma cave depuis dix ans, c'est à peine si j'ose les manipuler…

Comme Arnaud dresse les assiettes en cuisine, il reste concentré et ne répond pas. Filet de sauce, petits légumes disposés avec soin, chaque assiette est un tableau. Muni d'un plateau, il rejoint le couple avec les trois œuvres culinaires élaborées à l'instant.

— Attention, les assiettes sont chaudes… Animelles à la ravigote dans son jardin de brocolis !

Le couple s'extasie.

— Magnifique !

— Et dis-moi, tu ne m'as pas répondu : où as-tu trouvé ce nectar ? lui redemande Philippe.

Le jeune homme, béotien en œnologie, se réjouit de la question.

— Ben, dans votre cave ! C'était pas évident, y en a tellement !

Philippe se fige et peine à déglutir. Arnaud, qui ne mesure pas le sacrilège qu'il vient de commettre, s'étonne de leur attitude.

— Vous ne mangez pas ?

— Si, si, répond Françoise, amusée de voir l'univers de son mari enfin se fissurer à cause des maladresses de son gendre.

Philippe tire la gueule tandis que Françoise déguste une première bouchée.

— La texture est surprenante… Mais c'est délicieux. Vas-y, goûte !

Contre son gré, Philippe s'exécute avec la ferme intention de n'émettre aucun compliment. Mais ses papilles frétillent des mille parfums du plat et son visage s'apaise enfin.

— Ah ouais, c'est excellent, concède-t-il à contrecœur.

— Comme quoi on peut faire un plat délicieux sans protéines. C'est parfait pour toi, mon chéri.

— Au risque de vous décevoir, Françoise, il y a des protéines, la contredit Arnaud.

Françoise engouffre alors une plus grosse bouchée.

— Les animelles, ce ne sont pas des gros champignons de Paris ? poursuit Philippe tout en enfournant une copieuse portion.

— C'est un mot-valise, la fusion d'animal et de lamelle : animelle ! En fait, ce sont des rognons blancs ! Des testicules d'agneau coupés en fines lamelles.

Françoise et Philippe restent bloqués, la bouche pleine. L'idée même de mastiquer des gonades les révulse, si savoureuses soient-elles. À l'inverse, Arnaud se repaît, le cœur léger, et relance l'exposé de ses exploits domestiques, la tête plongée dans son assiette.

— Ah ! au fait, j'ai posté les lettres qui étaient dans l'entrée : j'ai utilisé les timbres que vous aviez laissés avec.

La nouvelle achève d'anéantir Philippe qui avale de travers et siffle d'un trait son verre de vin pourtant si onéreux. Voyant cela, Arnaud le ressert et en profite pour les interroger sur le sujet qui le préoccupe vraiment.

— Sinon, vous avez des nouvelles de Cécile ?

*

Le soir, réfugiés dans leur lit, Philippe et Françoise regardent le foot à la télé. À l'écran, les deux commentateurs lancent l'intervention de Pierre : « Et on retrouve Pierre Blanchot sur le bord du terrain avec le Lusitanien Ricardo Parvo. » Le teint blême, Françoise monte le son pour jouir à loisir des transcendances linguistiques de son fils. « *Então Ricardo, não era UMA PARTIDA FÁCIL mas vocês souberam como CONSTRUIR e REAGIR. O que foi seu ESTADO DE MENTE durante esta PARTIDA ?* » interroge le brillant journaliste, qui n'a décidément qu'une seule question à son répertoire.

— Il parle bien portugais notre fils… Au fait, il s'est libéré pour mon anniversaire. J'espère que d'ici là, l'autre nigaud aura déguerpi, espère Françoise.

Sans réaction de son époux, elle se tourne vers lui, mais Philippe demeure silencieux, un regard vitreux de psychopathe rivé sur l'écran. D'un coup, ses nerfs lâchent :

— Jamais, il ne partira ! C'est une malédiction ce type.

— C'est pas faute de te l'avoir dit !

Après cette remarque aussi cassante qu'inutile, Françoise explore les solutions qui s'offrent à eux.

— Et si on lui donnait de l'argent pour qu'il se trouve un logement… La location d'un mobil home ça ne doit pas être cher…

— Ce crétin m'a sacrifié une bouteille à 200 euros pour accompagner des couilles de mouton et 600 balles de timbres rarissimes pour poster des coupons de loterie du *Reader's Digest*, et toi tu veux encore lui filer du fric ?

Françoise ne répond pas.

— Tu veux pas lui rembourser ses dettes tant que t'y es ?

Agacé par l'absence de réponse de sa femme, Philippe se tourne vers elle mais celle-ci a disparu.

— Françoise ?

D'une porte ouverte parviennent les bruits que fait sa femme qui vomit.

— Putain, un vin de garde… soupire-t-il, abattu à l'extrême.

*

C'est mercredi ! Le couple se lève aux aurores pour récupérer les enfants de Cécile. 6 h 30 : voilà bien un an que leur réveil n'a pas sonné si tôt, ni même sonné tout court. Pour eux, c'est un retour violent à la vie active. En outre, le repas de la veille a laissé des séquelles à Françoise. Le teint pâle, les paupières lourdes et l'estomac fragilisé, seul un cachet de Maalox et un autre de Doliprane lui servent de petit déjeuner. En ce jour sacré de l'épanouissement infantile, chacun prend sa voiture afin de se répartir les activités. Philippe s'occupe ainsi de Félix, et Françoise de Juliette. Solfège pour le premier, GRS (Gymnastique Rythmique et Sportive) pour la seconde. La première partie de journée, bien que bruyante, permet aux deux grands-parents de s'asseoir au chaud.

L'abrutissante matinée n'est cependant pas la pire épreuve, car les choses vont très vite se compliquer. L'urgence est partout : le planning serré oblige à tout minuter. Midi, retour pour le déjeuner. 12 h 15, arrivée à l'appartement. Poissons panés-riz, onze minutes de cuisson. 12 h 30, repas. 12 h 45, préparation des sacs et tenues pour l'après-midi. Philippe n'a pas le temps de faire la sieste et Françoise de regarder les titres du journal de 13 heures, que déjà les enfants les appellent pour repartir. Équitation pour Juliette et rugby pour Félix, l'après-midi s'annonce bucolique mais surtout humide, les averses printanières pointant à l'horizon.

*

D'abord ravie par l'atmosphère britannique du club d'équitation de Juliette, Françoise ne tarde pas à perdre ses illusions. Elle qui pensait se prélasser comme une aristocrate au prix de l'Arc de Triomphe, découvre avec effarement que les gamins sont livrés à eux-mêmes pour équiper leurs canassons, et que les parents sont fortement incités à mettre la main à la pâte. Très vite ramenée à la réalité spartiate des activités parascolaires, Françoise est mise à contribution et goûte aux plaisirs rustiques des paddocks. C'est ainsi qu'elle se retrouve séquestrée dans un box exigu, les pieds dans le crottin de cheval, et doit aider Juliette à seller Pimpon, un shetland poussiéreux à la mine dépressive.

— Tiens, mamie, toi qu'étais dentiste, tu peux lui mettre le filet ? Je vais chercher un licol.

La gamine sort du box. Seule avec l'équidé modèle réduit, Françoise se débat à démêler l'ensemble de sangles en cuir afin d'en comprendre le sens. Après avoir observé un jeune voisin plus habile, elle s'approche de l'animal apathique. La pauvre monture lui fait pitié, condamnée à tourner en rond toute la journée avec des gamins sur le dos. Bien heureuse néanmoins de constater la docilité du triste Pimpon, Françoise essaie sans crainte d'ouvrir la gueule du poney, lequel se rebelle et la mord.

— Aïe ! Saloperie de bestiole ! Attends de finir en lasagnes, toi !

*

La pluie s'est de nouveau invitée à la fête et le terrain de rugby de Bagatelle est dépourvu de tribune pour s'abriter. Philippe observe donc sous l'averse le match de mini-poussins où joue Félix, très motivé à l'idée de montrer à son grand-père son courage de guerrier. En dépit des conditions climatiques détestables, Philippe regarde avec tendresse et amusement ces tout-petits maladroits se bousculer, se ruer avec joie dans la gadoue en guise de plaquages, prendre des airs de méchants gros durs alors qu'ils ont des visages d'anges, et lutter pour ne pas pleurer lorsqu'ils se font mal. Mais l'harmonie de ce combat désuet est rapidement perturbée par les quelques pères venus soutenir l'équipe de leurs gosses. « Nique-le ! Mets-y la tête ! » crie l'un. « Plaque, fais-lui mal : t'es pas une tafiole ! » gueule un autre. La consternation de Philippe atteint son paroxysme à la première pénalité sifflée par l'arbitre : « Va chier l'arbitre, on va brûler ta femme et violer ta voiture ! » hurle l'un d'eux, qui déclenche les rires gras des autres papas.

*

Condamnée à suivre les exploits équestres de sa petite-fille et à s'émerveiller au moindre changement de pas comme si elle assistait à une représentation du Cadre noir, Françoise est désormais elle aussi sous la pluie dans une carrière démunie d'abris. Elle regarde ainsi Juliette tourner en rond et le temps lui paraît long. Les pieds crottés et les cheveux trempés, elle grelotte, maudissant sa fille et jalousant les autres femmes. Ces mamans très BCBG sont en effet équipées de parapluies de golf et sont chaussées de bottes Aigle, deux accessoires chics et indispensables dont Françoise est dépourvue. Outre l'inconfort climatique, elle découvre la rudesse de l'éducation équine. Elle constate que l'ambiance du lieu est assez éloignée de l'atmosphère acidulée de *Mon poney magique* et que la candeur enfantine ne suffit pas à faire avancer un bourricot. Elle est sidérée par la monitrice qui, au milieu du cercle, éructe ses conseils aux enfants et frappe avec sa cravache les chétifs destriers récalcitrants. La tonique jeune femme ne fait pas dans la demi-mesure, son comportement oscillant entre garçon manqué et dominatrice sado-maso : « Avance, Suzanne… Eh bien, mets-lui une fessée… Tire sur les rênes, Amélie !… Tu te réveilles, Apolline… Arrête de pleurer, Hortense, et donne des coups de talons… » Françoise sursaute chaque fois que ça claque. Stressée par cette séance, elle finit par demander aux autres mamans quelques éclaircissements.

— Elles font combien de tours de manège ?

— Ce n'est pas un manège, c'est une carrière.

— Et ce ne sont pas des tours, ce sont des heures ! Et aujourd'hui c'est une reprise de deux heures, ajoute la seconde.

Deux heures ! Deux heures de torture pour elle, mais aussi deux heures de torture pour ces pauvres shetland martyrisés par ces sales gosses de riches enivrés par la domination : Françoise est traumatisée.

*

— C'est sympa de nous ramener ! remercie l'entraîneur de Félix avec un fort accent du Sud-Ouest.

— De rien, répond Philippe, passablement fatigué au volant de sa voiture embuée, au milieu des embouteillages. *Mais qu'est-ce qui m'a pris de dire oui ?* pense-t-il alors en regardant le solide bestiau de 120 kilos assis à son côté, un filet de ballons crasseux sur les genoux. Derrière, Félix et deux copains sont encore dans leurs tenues pleines de gadoue et Philippe regrette déjà de s'être pâmé devant les plaquages des minots.

— Désolé pour les sièges, les douches étaient en panne, s'excuse l'entraîneur.

Entre les embouteillages et la buée sur les vitres, tout concourt à se sentir à l'étroit, à suffoquer. Il n'en faut pas plus pour déclencher les sueurs froides de Philippe : les signes avant-coureurs d'une nouvelle crise de claustrophobie se déclarent et, dès les premiers spasmes, il ouvre sa fenêtre pour mieux respirer.

Comme la voiture avance au pas, l'entraîneur cherche à faire passer le temps et se retourne vers les trois garçonnets : « Une petite chanson les gars ? » Un « Ouais ! » unanime encourage le coach à lancer sa jolie comptine.

Connaissez-vous l'histoire de la petite Suzon,
qui aimait bien à rire, avec tous les garçons ?...

Vitre baissée, Philippe se déride enfin grâce à cette chansonnette dont le premier couplet sonne joliment, quand arrive à sa hauteur une voiture de flics : une policière le dévisage au moment où en chœur, les enfants reprennent le refrain.

Ah... LA... Salope, va laver ton cul malpropre,
car il n'est pas propre tirelire,
car il n'est pas propre tirela...

Philippe remonte sa vitre en urgence tandis que les rugbymen font gigoter la voiture dans tous les sens.

*

Cette immersion dans le quotidien de leurs petits-enfants fut en tous points instructive pour Françoise et Philippe, consternés par la violence et l'intensité de ces loisirs qu'ils n'avaient jamais infligés à leurs propres enfants. Au-delà de l'emploi du temps contraignant et de la fatigue imposée aux jumeaux, l'omniprésence de la compétition dès le plus jeune âge leur semble contre nature et disproportionnée. Participer à ce qu'ils considèrent comme un embrigadement est pour eux un supplice : entre éveiller les sens et formater des bêtes à concours, il y a une distinction que Philippe et Françoise font parfaitement.

La nuit est presque tombée sur cette journée apocalyptique, lorsqu'ils arrivent de concert devant leur maison à bord de leurs voitures respectives. Ils en sortent exténués, abrutis et enrhumés. Complètement défaits, ils constatent qu'ils n'ont rien à envier l'un à l'autre.

— Ils m'ont pourri la voiture avec leurs crampons.

— Moi je pue le poney et j'ai plus de main droite.

Dévastée et surtout proche du désespoir, Françoise en vient à supplier son mari entre deux éternuements.

— On doit aider Cécile financièrement.

— Tu sais ce que ça veut dire ? Soit on utilise l'argent du cabinet, soit… On casse notre PEL… précise Philippe comme s'il s'agissait de choisir une main à amputer.

— Je sais, mais on n'a pas le choix ! Tu te souviens de ce qu'a dit Max ? « Si on dit oui une fois, c'est mercredi tous les jours. » On doit prêter les 20 000 euros à Cécile, sinon on est morts !

Refroidi par cette épopée parascolaire, Philippe se rend à la raison. Toutefois, il ne se range pas totalement à l'avis de Françoise, une idée plus subtile semblant leur offrir de meilleures perspectives.

— Et si on faisait d'une pierre, deux coups ?

Chapitre 8

Il est 7 heures du matin et la maison est toujours endormie lorsque le lendemain, Françoise descend à la cuisine. Après s'être assurée que nul ne la surprendra, elle ouvre le dernier bac de son congélateur et en extrait une boîte en carton Picard de gâteau aux noix. Toujours à l'affût du moindre bruit, elle ouvre l'emballage sur la table et en sort un paquet entouré de papier d'aluminium doublé de cellophane. À l'intérieur, les 30 000 euros restant de la cagnotte du cabinet restituée par Jérôme, divisée en trois liasses. Françoise reste un instant figée devant son trésor, tiraillée entre l'envie de le conserver intact et le besoin de s'en servir.

— Ah, c'est là que tu l'avais planqué ! la surprend alors Philippe.

Françoise tressaille et cette décharge d'adrénaline efface les dernières somnolences que ce lever anticipé avait fait perdurer.

— Tu pourrais prévenir, tu m'as fait peur.

— C'est pas très malin, le congélo, l'autre idiot est toujours fourré dedans, il aurait pu tomber dessus.

— Il a horreur du gâteau aux noix. À chaque fois que j'en sers, il prend une glace. Il dort encore ?

— Il reste au moins trois heures avant qu'il émerge.

Françoise s'empresse malgré tout de remettre les 10 000 euros restants dans la boîte, de la recoller soigneusement et de la replacer dans le congélateur. Philippe, lui, joue avec les deux autres liasses, le sourire en coin.

— Bon, tu m'expliques ton idée maintenant ? s'impatiente Françoise.

*

À 11 heures, encadré par Françoise et Philippe déjà sur le pied de guerre, Arnaud, encore en T-shirt et caleçon, est attablé et écrit une carte, très concentré malgré la fortune en petites coupures disposée devant lui. Philippe lui dicte un texte comme à un gamin de CM2. Entre les « Pas trop vite ! » et le fameux « Avant le petit déj, je ne suis pas réveillé » d'Arnaud, le couple presse le lambin qui reste docile, tout heureux de la solution qu'ont trouvée ses beaux-parents pour le sortir de son ornière financière.

— … Et ainsi nous pourrons repartir sur des bases saines et sereines. Tu me manques…

Ivre de joie, Arnaud relève la tête vers Philippe et Françoise.

— Vraiment vous me sauvez la vie, c'est si généreux de votre part. Je ne sais pas comment vous remercier.

— En terminant cette carte, s'impatiente Philippe

— Et en mettant un « s » à MANQUE. Elle a horreur des fautes d'orthographe.

Le mollasson corrige et signe tandis que, les mains tremblantes, Françoise saisit les deux liasses de billets et les fourre dans une grande enveloppe.

— Et c'est pas mieux, si je lui amène moi-même ?

— Tu saurais mentir à Cécile ? Lui expliquer d'où vient cet argent ? le questionne Françoise.

Arnaud, encore tout ébouriffé de sa nuit, ne sait que répondre et son silence est en soi un aveu de faiblesse.

— Alors laisse faire les pros ! lui conseille crânement Philippe.

*

Plus motivés que jamais de régler leur problème au plus vite, Philippe et Françoise s'invitent à la maison de retraite l'après-midi même. Cette visite imprévue n'est pas du goût de Cécile, qui les reçoit sans aménité. Le couple pénètre dans son bureau encombré de dossiers et la jeune femme, qui est au téléphone, leur fait signe de s'asseoir. Devant elle, une boîte à bijoux qui semble être au cœur du problème qu'elle cherche à résoudre. Les deux parents sont dans leurs petits souliers, assis sagement, espérant ne pas faire les frais de l'emportement de leur fille, remontée à l'extrême.

— Mais, monsieur Lecaire, vous êtes inconscient, je ne peux pas vous envoyer les bijoux de votre maman par la poste, surtout au Maroc… Non, ça fait dix fois que je vous le dis, il y a des papiers à signer… Oui… Oui… Bon ben, j'appelle votre fils. OK. Merci. Au revoir.

Cécile raccroche violemment le combiné, ulcérée par l'attitude des familles à l'égard de leurs aïeuls.

— C'est pas croyable ! Le type, il gère le décès de sa mère comme s'il fermait un compte d'épargne ! Je vous jure : loin des yeux, loin du cœur, c'est pas faux !

— On ne peut pas tous vivre les uns à côté des autres ! tente de la convaincre Philippe qui se sent implicitement concerné.

— Oui, mais ça complique tout ! Tous ces gens qui habitent à l'autre bout de la Terre, c'est pénible…

— Ceci dit, si j'ai bien entendu, ils ont de la famille à Paris, souligne Françoise.

Cécile replace la boîte à bijoux dans le coffre-fort de son bureau.

— Encore heureux ! Bon, j'ai pas trop de temps. Qu'est-ce qui vous amène ?

Après avoir une dernière fois consulté son mari du regard, Françoise ouvre son sac et en sort avec fébrilité la grande enveloppe en papier kraft. Cécile est troublée par la gravité de ses parents, qui confère à ce moment une solennité étrange et inhabituelle.

— C'est quoi ?

— Arnaud est passé nous la déposer. C'est pour toi.

Françoise tend à sa fille le pli qu'elle ouvre avec circonspection avant d'en retirer les deux liasses de billets… À la vue du pactole, Françoise déglutit avec difficulté. Cécile, quant à elle, reste sur sa réserve et lit, impassible, le petit mot qui est joint.

— Alors ? Qu'est-ce que t'en dis ? s'impatiente Philippe à l'affût du verdict.

— J'en dis qu'on dirait une lettre d'excuses de mon fournisseur Internet !

Non sans peine, Philippe masque sa vexation de voir son style littéraire ainsi critiqué tandis que Françoise embraie.

— Eh bien moi, il m'impressionne ! Je t'assure, il remonte dans mon estime, s'exalte-t-elle.

— S'il croit m'acheter…

— 20 000 euros, tu te rends compte ? se cabre sa mère.

— 131 000 francs ! convertit instantanément Philippe.

— Eh ouais, c'est énorme, mais il paie ses dettes et c'est normal.

— Normal ? s'indigne Françoise. Sa mère a vendu sa bague de fiançailles pour te rembourser.

Philippe est impressionné par l'inventivité de la repartie de son épouse et croit lire chez elle une certaine fierté pour ce coup de maître.

— La grosse avec l'émeraude, les sept diamants et le berceau en argent ? demande Cécile avec une pointe de regret pour ce bijou qu'elle convoitait.

Françoise, qui ne suspectait même pas l'existence d'une telle bague deux secondes plus tôt ne peut qu'acquiescer :

— Oui, celle-là !

Les trésors d'imagination de sa femme le galvanisant, Philippe attaque à son tour en vantant le courage de son gendre et des sacrifices qu'il a consentis.

— Et puis c'est pas tout : il a fermé sa boîte. Fini les pertes, les déficits et les trous de trésorerie !

— Il est au chômage, quoi ! synthétise Cécile. De mieux en mieux !

— T'es un peu sévère avec lui !

— J'y crois pas ! C'est lui la victime et moi la salope ?

— On ne dit pas ça, tente de la calmer Françoise, on dit juste qu'il a bien mérité de revoir ses enfants et de s'en occuper.

— Mais j'ai pas besoin de lui pour m'aider avec Félix et Juliette, puisque je vous ai vous !

L'ingénuité de l'argument sonne comme une fin de non-recevoir et met le couple en fâcheuse posture. Le malaise se prolonge tandis que Cécile leur tend à son tour deux feuilles :

— D'ailleurs, tenez ! Ça, c'est leur emploi du temps.

Désarmés, les yeux exorbités, les grands-parents piégés font mine d'étudier le document tout en cherchant une échappatoire.

— Oui mais là, ça ne va plus être possible, s'énerve Philippe.

— Mais hier…

— On t'a dépannée, mais… hésite Françoise, qui peine un peu à trouver une parade.

Puis, se souvenant des conseils prodigués par Odile Alliot, elle contre-attaque.

— Mais d'habitude on a… aquagym le mercredi. Une prescription de mon kiné !

Philippe percute automatiquement, lui emboîte le pas, et improvise à son tour en indiquant ici et là des indisponibilités imaginaires.

— Et la chorale le jeudi… C'est le cardiologue qui nous a conseillé ça pour le souffle…

— Et le club de scrabble du neurologue.

— Chérie, tu oublies le golf pour les lombaires… le vendredi.

— Et vous ne pouvez pas annuler ?

— Impossible ! s'exclame Philippe. En cas d'absences répétées, on perd nos places…

— Putain, comment je vais faire ?…

La réflexion de Cécile estomaque Françoise, délestée de son pactole. La mère change alors de ton.

— Comment ça, comment tu vas faire ? Tu vas te payer une nounou, tiens.

— C'est vrai, maintenant que t'as plus cette dette à rembourser à la banque… enquille Philippe.

— Je bosse quatorze heures par jour ! Il me faudrait une esclave vingt-quatre heures sur vingt-quatre ou *Mary Poppins* !

— On n'a pas le portable de *Mary Poppins*, mais on a celui de *Mrs Doubtfire* ! la contre sèchement sa mère.

— Pardon ?

— Appelle Arnaud ! lui ordonne Philippe, lassé de ces palabres.

*

Avant qu'il ne se rende à son premier baby-sitting, Philippe et Françoise ont briefé Arnaud. Garder ses distances avec Cécile, ne pas forcer son affection, ne pas chercher à rester, telles sont les consignes. Ils lui ont même acheté le DVD de *Mrs Doubtfire*, dont les similitudes avec son cas ne font aucun doute. La tactique est claire, prouver à Cécile qu'il est un mari idéal.

Le premier soir du retour d'Arnaud, Cécile quitte son bureau avec appréhension. Le seul contact qu'elle a eu avec son mari depuis trois semaines s'est limité à un échange de SMS pour sa convocation. Elle redoute ces retrouvailles. Elle craint, comme le lui a prédit son frère, de succomber à la pitié. Non, il faut qu'elle soit forte et qu'à la moindre effusion elle éjecte le boulet hors de chez elle. En poussant la porte de l'appartement, Cécile est cependant agréablement surprise : l'entrée est dégagée, les manteaux sagement suspendus. Nul désordre, rien ne traîne, tout est propre. Le linge est lavé et repassé, la cuisine est rangée et aucun jeu, aucune console ne sont allumés dans le salon. Le masque sévère qu'elle affichait en entrant a disparu. Elle continue à se décontracter quand soudain Arnaud surgit du couloir et se retrouve face à elle. Instinctivement, Cécile se raidit à nouveau et Arnaud ose à peine lui dire bonsoir.

— Les enfants sont lavés, ils ont fait leurs additions pour demain, le dîner est prêt et la table est mise, explique-t-il alors timidement.

Cécile reste interdite et ne desserre pas les dents. Sans savoir si son examen de passage est réussi, Le papa *non grata* ramasse son blouson, son casque de vélo et s'efface.

— Bon ben, j'y vais.

— C'est ça.

Tandis qu'Arnaud se dirige vers l'entrée, Cécile, qui lui tourne le dos, jubile.

— Demain même heure ? demande-t-il avec anxiété en entrouvrant la porte.

— Une demi-heure plus tôt, s'il te plaît, lui indique Cécile, qui a du mal à reprendre un ton froid et distant.

— Pas de problème !

En pleine extase, Arnaud referme la porte derrière lui et descend quatre à quatre les escaliers de l'immeuble, sautant et hurlant comme un fou.

*

Déjà en pyjama, Philippe et Françoise attendent le retour d'Arnaud, histoire de prendre la température de sa soirée. Persuadés de la réussite de leur gendre, ils veillent tout en poursuivant leurs études comparatives de travaux et de devis sur leur iPad.

— Il va falloir faire des choix. C'est soit le hammam dans la dépendance, soit la salle de ciné au sous-sol. Mais pas les deux, enfin pas tout de suite, réfléchit Françoise.

— Je suis sûr qu'on peut trouver moins cher et avoir les deux maintenant !

Le retour soudain d'Arnaud les surprend et interrompt subitement leurs spéculations. Ils planquent en urgence leur tablette avant d'accueillir le héros.

— Alors ?

— Je crois que j'ai marqué des points ! les rassure Arnaud, empli d'optimisme. D'ici peu, tout redeviendra comme avant…

Le couple sourit tout en conservant la placidité nécessaire pour ne pas trahir la dimension vitale que ce succès revêt pour eux.

— C'est tout le bien qu'on te souhaite ! se réjouit Philippe avec retenue.

— J'vais me coucher, faut que je sois en forme, j'y retourne demain. Bonne nuit.

— Repose-toi bien ! Tu l'as mérité !

Philippe et Françoise observent Arnaud disparaître dans l'escalier, retenant une explosion de joie. Le claquement de la porte de sa chambre leur donne enfin le signal pour se laisser aller.

— Et voilà le travail ! se félicite Philippe.

— Sors l'iPad ! Les affaires reprennent !

Satisfaits de l'efficacité de leur plan, ils se tapent dans la main comme deux footballeurs qui viennent de marquer un but.

*

Les jours se succèdent et Arnaud poursuit son baby-sitting sans encombre. Philippe et Françoise en profitent pour peaufiner leur sélection de joujoux pour leur villa, obligeant chaque fois Cécile à faire appel au corvéable papa.

Ils peuvent dès lors écumer les zones commerciales de grande banlieue et préciser la liste de leurs envies. Ils essaient ainsi un modèle de jacuzzi dans une grande surface spécialisée. Alors qu'ils s'allongent tout habillés dans une sorte de mini-piscine vide à huit places, Philippe craint d'être dérangé par sa fille.

— Qu'est-ce que t'as dit à Cécile ?

— Aquabike ! Elle appelle Naud-Naud !

Il sourit, ferme les yeux et se détend comme s'il était déjà dans un bain à bulles chauffé à 40 °C.

À mesure qu'Arnaud retrouve ses responsabilités parentales, cette question devient un jeu. Ainsi, dans une jardinerie, tandis que Françoise essaie des gants d'horticulteur et que Philippe s'assoit au volant d'un tracteur-tondeuse, la boutade revient.

— T'as répondu quoi à son SMS ?

— Randonnée culturelle ! Elle appelle Naud-Naud !

Les jours passent ainsi, consolidant la situation d'Arnaud au sein de son foyer. Françoise et Philippe en ont confirmation lorsque confortablement installés dans un show-room de home cinéma, le son à fond, la question rituelle revient.

— Cécile, t'as dit quoi pour le bilan ORL à l'hosto ? hurle Philippe.

— Rien. Elle n'a pas appelé ! s'égosille Françoise.

Plus de demande ! Là c'est sûr, tout est en train de redevenir normal. Prochaine étape : le retour d'Arnaud dans ses pénates.

*

Cécile travaille sur un dossier quand on frappe à sa porte. « Entrez ! » dit-elle d'un air distrait, la tête plongée dans sa lecture. Sans qu'elle y prête attention, un type sublime entre dans son bureau. L'homme, au regard clair, pas très grand mais avec un corps d'athlète, s'approche d'elle, le sourire en coin.

— Bonjour, je suis le petit-fils de Mme Lecaire.

Surprise qu'il ne s'agisse pas d'un membre du personnel, Cécile se redresse, confuse. La vue du bellâtre l'éblouit instantanément.

— Je viens récupérer les effets de ma grand-mère.

Cécile en reste tétanisée. Elle le dévore du regard, ce qui amuse beaucoup le charmant jeune homme.

— Vous m'avez appelé… Daniel Lecaire… vous vous souvenez ?

La jolie directrice réagit à contretemps, riant presque bêtement de sa fascination paralysante.

— Oui… Bien sûr.

Le charme de Cécile, qu'il imaginait plus vieille et surtout austère comme les lieux, semble aussi agir sur lui. Plus qu'une simple attirance physique, cette rencontre est un choc, un coup de foudre réciproque.

*

Occupée à choisir la nouvelle gamme de produits d'entretien des Pissenlits, Line est avec Joséphine, une femme de service, dans un local technique dont les fenêtres donnent sur le parking. Face à elle, les échantillons de détergents et de désodorisants qu'elle teste sont exposés sur une table. Line pulvérise une bombe de parfum de toilettes.

— Non ! Celui-ci il pue le septuagénaire dopé au Viagra. Et pour le liquide W.-C. idem, la violette tu supprimes, c'est pire que les tranchées de Verdun !

Joséphine, visiblement un peu excédée par les exigences de la vieille dame, prend en note les instructions. Line en profite pour jeter un œil par la fenêtre et aperçoit Cécile qui raccompagne Daniel à sa voiture, une splendide Aston Martin. La grand-mère prend plaisir à voir sa petite-fille rougissante et empruntée, avec ce sublime mâle. Rien n'échappe à la sagacité de l'octogénaire : l'homme plaît à Cécile et lui la drague. Line est enchantée.

— Dis-moi Joséphine, tu connais ce monsieur ? Son visage me dit quelque chose.

— C'est le petit-fils de Mme Lecaire, lui répond-elle après avoir regardé vite fait.

— Daniel Lecaire ? s'amuse Mamiline qui semble elle aussi le reconnaître.

— Peut-être, ouais... Et pour le sol, la fleur d'oranger, c'est bien ?

— Oui, oui, tu peux lancer la commande ! accepte-t-elle sans discussion, tant ce qu'elle vient de voir occupe déjà toutes ses pensées.

*

Le soir venu, avant de quitter les Pissenlits, Cécile fait son détour rituel pour dire bonsoir à sa grand-mère. Encore perturbée par sa rencontre, elle est sur son petit nuage lorsqu'elle entre dans la chambre de Mamiline.

— Je pars... Tu veux que je te ramène quelque chose, demain ?

L'œil espiègle, la vieille dame dévisage la jeune femme, qui ne peut retenir un petit rire complice.

— Quoi ? Me regarde pas comme ça !

— Toi, tu as rencontré George Clooney.

Cécile est obligée de passer aux aveux et se prête au jeu avec plaisir auprès de sa seule confidente.

— Presque. Il est beau, il n'est pas très grand mais il est large d'épaules, sportif, et gagne bien sa vie, ce qui ne gâte rien. Il s'appelle Daniel.

— Célibataire ?

— Oui.

— Alors fonce, qu'est-ce que tu attends ?

Cécile s'assoit une seconde, l'air un peu ennuyé.

— J'ai un souci : Arnaud, ça va le tuer !

— T'es pas obligée de lui dire !

— C'est vrai.

— Vis ta vie, ma Cécilou, et occupe-toi de ton Daniel, il me plaît beaucoup, celui-là.

Cécile se régale des paroles de Mamiline et anticipe déjà tous les avantages qu'il y a à jouer sur les deux tableaux.

— Bon, j'y vais. Au fait, tu ne m'as pas dit, tu veux que je te ramène quelque chose demain ?

Line ramasse un calendrier.

— Une dédicace de Dan Lecaire !

Cécile découvre un calendrier de rugbymen dénudés. Le mois de mai c'est Daniel, nu au milieu d'une grange. La vue du corps de l'adonis éveille tous les fantasmes de la jeune femme. Elle ne réalise qu'après coup que sa grand-mère vient de la mener en bateau.

— Ça te donnera une raison valable de le rappeler !

Cécile irradie de bonheur et quitte Mamiline après un dernier câlin.

*

Cécile n'a pas eu le temps de rappeler le bel athlète, sous le factice prétexte de la dédicace, que ce dernier l'a déjà invitée. Bien qu'un peu honteuse, elle profite des services d'Arnaud pour se libérer. Afin de se déculpabiliser, elle se dit qu'après tout, il n'a rien demandé de plus que de pouvoir s'occuper de ses enfants. À mesure que les sorties se succèdent, ses scrupules disparaissent et elle finit par concevoir ces baby-sittings d'Arnaud comme une forme originale de garde partagée !

L'esprit enfin libre, son idylle est parfaite, et elle vit un vrai conte de fées. Daniel l'emmène dans les plus grands restaurants, au théâtre. La moindre balade est l'occasion de s'attarder dans une galerie d'art, car il aime la peinture. Curieux, sensible, attentionné, bien loin de tous les clichés du rugbyman bourrin et violent, le gentleman fait chavirer le cœur de la belle.

*

Incapables d'imaginer que Cécile a déjà trouvé un successeur à Arnaud, Philippe et Françoise continuent d'entretenir leur gendre. Le plus pénible est sans conteste l'étape du ravitaillement et en cette fin de semaine, ils tirent la gueule en poussant leur Caddie chez Leclerc. Si auparavant leurs escapades ludiques au pays des mille gadgets les divertissaient au plus haut point, les courses au supermarché sont devenues une vraie corvée depuis qu'Arnaud a débarqué chez eux. Avant, ils se plaisaient à fureter pour dénicher le moindre petit plaisir gourmet. Aujourd'hui la logistique déployée pour contenter leur gendre castre leur gourmandise.

L'instinct de Philippe se réveille néanmoins lorsque les odeurs orientales d'un couscous l'attirent. Au détour du rayon boucherie, il découvre un Marocain en tenue traditionnelle qui remue de la sauce devant un stand promotionnel. Réflexe pavlovien oblige, Philippe marque l'arrêt, la truffe en éveil et les babines humides : il est complètement à l'ouest – ou plutôt à l'orient –, contrairement à Françoise, arc-boutée sur sa précieuse liste de courses qu'elle pointe méticuleusement. Déjà affolée par le total affiché sur son scan-achat.

— Je préférais quand il était déprimé, il bouffait moins ! râle Françoise. 170 euros et on n'a pas encore acheté le fromage ! Tu m'étonnes que Cécile ait du mal à finir ses fins de mois !

Les ronchonnements de Françoise résonnent comme l'hallali et Philipe recouvre ses esprits.

— Prends des merguez, c'est pas cher, propose-t-il à la grande veneuse du code-barres.

— Non, moi l'agneau, j'peux plus, refuse-t-elle, la nausée des testicules de mouton, les fameuses animelles, ressurgissant aussitôt.

L'estomac plus solide et toujours envoûté par les effluves des épices, Philippe ne peut s'empêcher de ressasser le débat qu'ils avaient eu au moment de choisir leur destination finale.

— C'est dommage qu'on n'ait pas choisi le Maroc. Tu te rends compte que pour une femme de ménage portugaise, tu as trois serviteurs là-bas ! Et les impôts sont nuls !

— Le Portugal, c'est le même plan mais avec la sécurité sociale en plus ! Tu ne vas pas revenir là-dessus !

Cette chicanerie est interrompue par Franck et Odile Alliot qui les retrouvent. Les rites ont la vie dure, ainsi que l'emploi du temps des retraités. Leur rencontre n'a donc rien de fortuit et cette apparition, promesse d'un amusement certain, leur fait retrouver un peu de gaieté. Les salutations d'usage expédiées, le Caddie d'Odile, rempli de merdes hyperglycémiques pour les gosses, intrigue et amuse Françoise.

— On dirait que ton fils t'a encore refilé sa marmaille ? se moque-t-elle.

— Non. Ce coup-ci c'est ma fille, rectifie Odile. C'est les vacances de la zone A ! Les Bretons !

— Ça va, c'est juste deux semaines !

— Oui, mais après y a la zone B, celle de notre cadet qui habite à Limoges, se lamente la grand-mère. La carte scolaire m'emmerdera jusqu'à la fin de mes jours !

Le chariot débordant de Françoise étonne également Franck. Au fait des suspicions de sa femme concernant un éventuel divorce chez les Blanchot, il se tourne vers Philippe.

— Vous aussi, vous avez des enfants chez vous ?

— Non, on héberge juste un réfugié politique quelques jours !

— L'humanitaire ! C'est important les activités caritatives, sinon on passe pour des égoïstes.

— Nous, on aide au Secours alimentaire le vendredi : ça force ma belle-fille à prendre ses RTT et à récupérer ses gosses plus tôt, sinon elle nous les laisse jusqu'au samedi, intervient Odile.

Françoise saisit alors un énorme pot de Nutella dans le Caddie de sa copine.

— Tu leur donnes ça, aux gamins ? C'est cancérogène !

— CancérIgène, tu veux dire ! la corrige Philippe.

— Non, on dit CancérOgène ! s'horripile Françoise. Je suis dentiste, je sais ce que je dis.

La querelle linguistique du couple n'a pas le moindre intérêt pour Odile qui reprend le pot et le jette dans son chariot, comme on balance une couche à la poubelle.

— L'un ou l'autre on s'en fout : je serai déjà morte quand ces merdeux commenceront leur chimio, alors en attendant, je ne vais pas m'emmerder avec les menus.

Décidément, les Alliot nous surpassent, ne peut s'empêcher de penser Françoise. Leur détachement est une source inépuisable d'inspiration pour leur nouvelle vie. La retraite décomplexée, c'est eux ! Mais Odile n'en reste pas là, car elle meurt d'envie de connaître la vérité.

— Bon, et si tu me disais qui est revenu chez vous ? C'est qui votre réfugié politique ? Cécile ou Pierre ?

— Ni l'un ni l'autre.

— C'est bon, pas à nous ! rigole Franck.

— C'est Arnaud, avoue Philippe. Cécile l'a foutu à la porte. Mais c'est en voie de résolution ! s'empresse-t-il d'ajouter.

— Votre gendre ? Chez vous ? Vous êtes des grands malades ! hallucine Odile.

Françoise leur explique alors par le menu les raisons de cet accueil, leur stratégie et leur projet au Portugal. Admiratifs du stratagème et conquis par leur quête, les Alliot sont emballés par cette aventure et se proposent encore une fois de les aider si nécessaire. Et le couple Blanchot ne compte pas se priver de leur expérience, l'offre ne tombe donc pas dans l'oreille de sourds.

*

La popularité de Mamiline au sein des Pissenlits est un atout pour Cécile mais devient aussi une terrible contrainte. Déterminée à faire de ce lieu une maison où il fait bon vivre, la vieille dame peu commode impose à tous ses idées, ses goûts et ses envies, quitte à en malmener certains comme Mario, le chef cuisinier, qu'elle adore mais qu'elle ne peut s'empêcher de faire tourner en bourrique. Cécile n'est pas non plus épargnée par les choix arbitraires de sa grand-mère. Qu'elle le veuille ou non, aujourd'hui c'est loto, ce qui met la jeune directrice dans tous ses états.

Pour sa part, très zen, Mamiline se concentre tandis que Denis, en veste à paillettes, annonce au micro les chiffres qu'il tire.

— Le 25… On regarde bien, si on a le 25…

Line pioche un haricot blanc sec dans son tas et le pose sur sa grille. Cécile, elle, scrute l'état des patients.

— Des haricots blancs… Sûre que Mario va nous faire un cassoulet cette semaine, rouspète la pensionnaire.

— T'exagères…

— La semaine dernière, ils étaient rouges et on a eu du chili !

Denis tire un nouveau numéro, le 54. Une vieille dame s'excite et crie en s'égosillant : « Je l'ai ! » Cécile sursaute.

— Décontracte-toi ! T'es toute tendue ! s'amuse Mamiline.

— T'es gentille, mais si quelqu'un fait une crise cardiaque, c'est pour ma pomme. Mourir pour un CD de Frank Michael ce serait un peu stupide.

— Ce qui est plus stupide encore, c'est de laisser Arnaud réinvestir ta vie comme ça. Il risque de se faire des illusions.

— T'inquiète : je garde mes distances.

Trop contente d'être secondée, Cécile refoule cet aspect du problème qui la soulage des contraintes ménagères quotidiennes et lui permet de sortir à loisir avec Daniel.

— Oui mais quand même, se servir de lui pour sortir avec ton nouvel amant, c'est pas très correct !

— Il voit ses enfants, c'est déjà pas mal !

— Ne me prends pas pour plus gâteuse que je ne suis, s'il te plaît ! Tu vois très bien ce que je veux dire.

— Mais comment veux-tu que je fasse ? Mes parents ne sont jamais libres. Tu ne connais pas la dernière ? Ils se sont inscrits comme bénévoles au Secours alimentaire !

— Bénévole ? Ta mère ? Eh ben, si les ex-dentistes s'intéressent aux sans-dents, moi je fais du naturisme à Abou Dabi !

— C'est pas net !

— Non, comme tu dis : c'est pas net ! confirme la vieille sage, l'esprit en alerte.

Denis annonce une nouvelle boule : « Et le 49 ! » « Bingo ! » hurle Line, faisant sursauter Cécile. Une ultime fois.

*

La clairvoyance de la vieille dame est de la simple logique. Plus le jeune papa reprend pied dans son foyer, plus il pense le retour à la normale possible. Et puis quitter ses enfants devient de jour en jour insupportable pour Arnaud, et même injuste au regard des efforts qu'il produit.

Le moment le plus douloureux pour lui est sans conteste celui du coucher. Arnaud borde ses enfants tendrement et doit se retirer comme un vulgaire baby-sitter.

— Allez, les monstres, c'est l'heure de dormir. Maman va bientôt rentrer.

— Câlin, papounet.

Arnaud s'exécute avec bonheur. Il serre une dernière fois sa fille dans ses bras et ferme les yeux. Le déchirement est imparable. Une larme perle et il renifle.

— Tu pleures, papa ? s'inquiète la fillette.

— Non… je dois partir.

— Et pourquoi tu restes pas ? s'enquiert son fiston. T'aimes plus vivre avec nous ?

— Si, bien sûr, mais maman ne veut pas.

— Pourquoi elle veut pas ? insiste Juliette.

— C'est des histoires de grands. Elle trouve que je ne suis pas un très bon papa…

— Mais elle, c'est pas une super maman. Elle est jamais là ! se révolte Félix

Arnaud voit le débat lui échapper et perd pied.

— Si si, c'est une super maman…

— J'suis d'accord : elle est nulle ! Elle crie tout le temps ! surenchérit la petite fille.

— Non, non, faut pas dire ça, panique Arnaud.

— Nous, on veut habiter avec toi ! lui déclare Félix.

— C'est pas possible, j'ai pas assez d'argent…

— Et c'est pour ça que maman elle t'aime plus, parce que t'es pauvre ?

La déduction de la petite fille déstabilise un peu plus Arnaud. Que dire ?

— Ben c'est…

— Tu dors dans le métro ? s'inquiète alors Félix.

L'angoisse de ses enfants le pousse cette fois à dire la vérité pour les rassurer.

— Mais non, j'habite chez papy et mamie…

La réponse paraît d'un coup éteindre l'incendie, mais Arnaud se reprend, prenant conscience que cette information le met en péril.

— Mais vous dites rien à maman ! C'est notre secret.

Les enfants promettent de ne rien dire et Arnaud reprend le contrôle de la situation.

— Bon allez, il est 9 heures et y a école demain. Faut faire dodo maintenant.

À peine remis de cette joute émotionnelle, Arnaud revient de la chambre des enfants quand Cécile rentre enfin. Encore sous le choc, il ne veut pas s'attarder et c'est tête basse qu'il ramasse ses affaires pour partir sans demander son reste. Cécile, qui le connaît par cœur, l'observe, intriguée par ses reniflements.

— … soir… ça s'est bien passé ?

— Oui. Je viens de les coucher, tu peux aller les voir, ils ne dorment pas encore.

— OK. Merci…

Cécile est attendrie par son abnégation et, suite à l'échange avec Mamiline, elle culpabilise un peu de le faire souffrir ainsi. Elle lui propose alors de rester boire un verre deux minutes, mais essuie un refus. « Non, non, là faut que j'y aille », lui répond Arnaud encore perturbé car il sait qu'il a dégoupillé une grenade avec ses enfants. Par crainte des dégâts collatéraux, il s'échappe en vitesse.

Restée en plan, Cécile est étonnée par cette réaction insolite, mais se réjouit aussitôt à l'idée de retrouver ses enfants. Elle disparaît dans le couloir en annonçant « Je suis là, mes chéris d'amour… », sans savoir qu'elle va se jeter dans une toile d'araignée où ses petits arachnides s'apprêtent à la dévorer.

Chapitre 9

En ce vendredi, la valse des SMS de Cécile a repris de plus belle, ce qui a mis en alerte rouge Philippe et Françoise. Pourquoi n'appelle-t-elle pas Arnaud ? Ils l'ignorent et repoussent l'échéance de l'explication tant l'insistance de leur fille ne présage rien de bon. Toujours est-il que, piégés par le mensonge qu'ils ont fait avaler à Cécile concernant leur vocation pour le bénévolat, ils sont bel et bien obligés de rejoindre les Alliot au Secours alimentaire pour justifier leur indisponibilité et surtout leur silence. Ainsi, recrutés de force, ils préparent à la chaîne des colis de nourriture sous la houlette de Franck. Françoise lit une étiquette de raviolis.

— Quand c'est périmé, on fait quoi ?

— Un geste pour l'environnement : un coup de marqueur, lui explique Franck, l'ancien d'Areva reconverti dans l'écologie.

Françoise surligne la date jusqu'à ce qu'elle disparaisse et met la boîte dans le sac.

— Vous ne deviez pas aller voir des climatiseurs, aujourd'hui ?

— Si, mais Cécile nous court après depuis ce matin, raconte Philippe.

— Faut dire qu'elle pose de plus en plus de questions sur nos activités, se plaint Françoise. Je crois qu'elle se méfie. Ici au moins, elle ne pourra rien nous reprocher.

Odile Alliot aperçoit alors Cécile qui débarque comme une furie.

— Je crois que vous avez bien fait ! On va vous laisser…

Odile s'écarte tandis que Cécile fond sur ses parents.

— Qu'est-ce que fout Arnaud chez vous ? fulmine-t-elle.

— Comment tu le sais ? s'étonne Philippe.

— Les enfants. Mais c'est pas la question !

— Il ne savait pas où aller, se défend-il.

— Mais dans quel camp vous êtes, là ?

Abusant du lieu, Philippe prend l'auditoire à témoin afin de réfréner l'évidente hystérie de sa fille.

— Si on ne peut plus recueillir chez soi un sans domicile fixe !

— Et pourquoi pas un migrant, tant que t'y es ?

— On l'a fait pour que Juliette et Félix puissent voir leur père… s'énerve Françoise. T'es pas mécontente de ses services, que je sache !

— Eh bien moi, je ne veux plus qu'il les voie. Cet enfoiré m'a fait passer pour une ordure auprès d'eux. Du coup Félix m'envoie chier à tout bout de champ et Juliette ne me parle plus.

L'esclandre attire tous les regards et lorsqu'elle aperçoit les Alliot, Cécile baisse d'un ton.

— Alors maintenant, vous allez me faire le plaisir de virer Arnaud et d'assumer votre boulot de grands-parents !

— T'es gentille, mais on a plein de choses à faire, tu le vois bien, s'oppose Françoise.

— Tu peux comprendre, on a une vie nous aussi… insiste son père.

Cécile s'emporte à nouveau et les bénévoles commencent à stopper leur travail pour mieux suivre l'altercation.

— Vous êtes vraiment deux gros égoïstes !

— On n'est pas égoïstes ! La preuve : on aide les pauvres ! s'exclame Philippe.

— Et moi, vous pouvez pas ? Tu touches combien de retraite ?

Posée en public, de plus devant une assistance modeste, la question embarrasse Philippe.

— Où tu veux en venir ?

— Réponds !

— 2 500… murmure-t-il.

— Pardon ? 2 500… Et toi ? demande-t-elle à sa mère.

— … Tu sais, j'avais pas tous mes trimestres…

— Combien ?

— 3 000… avoue Françoise encore plus inaudible et oubliant au passage l'apport de sa complémentaire.

— Je croyais que vous étiez fauchés ?

— On te l'a déjà dit : on a beaucoup de charges, à commencer par ta grand-mère ! argumente Philippe.

— 5 500 balles, c'est énorme ! s'effare la jeune femme.

— C'est beaucoup moins qu'avant ! relativise l'ex-dentiste.

— Et beaucoup plus que moi ! la mouche Cécile.

— Oh ! Ça va ! On ne l'a pas volé ! s'emporte Philippe. On a cotisé toute notre vie !

— Pour VOS parents. Aujourd'hui c'est MON salaire, MES charges sociales qui payent VOS retraites ; alors la moindre des choses, c'est de m'aider !

Françoise et Philippe sentent tous les regards des bénévoles fixés sur eux, dont ceux des Alliot. Entre honte et gêne, Françoise tente de calmer sa fille.

— T'énerve pas, on va s'arranger.

— Oui, on va se débrouiller, la suit Philippe.

Déterminée, Cécile les fixe.

— Parfait ! Les enfants sortent à 15 h 30. C'est vendredi, vous connaissez le planning ?

Les grands-parents enregistrent l'ordre avec terreur.

— Voici les clefs de la maison !

— Et Arnaud ? demande Philippe. On en fait quoi ?

— Démerdez-vous, c'est plus mon problème !

Cécile repart d'un pas décidé et passe devant les Alliot qui restent stoïques.

— Ça y est, ils sont baisés ! conclut Odile avec le cynisme dont elle est coutumière.

*

Les cris de Cécile ne sont rien en comparaison de la torture auditive qui les attend l'après-midi même. Philippe se tape deux heures de répétition musicale de Félix, une fanfare d'enfants qui joue faux *L'Hymne à la joie*. Pas mieux lotie, Françoise assiste au cours de claquettes de Juliette durant lequel vingt-cinq gamines piétinent bruyamment un plancher stratifié, tandis que la prof hurle : « Clap, step, stand, step, brush… » sur la musique de *Chantons sous la pluie.*

Pour finir ce vendredi en apothéose, le couple se retrouve au gymnase. Abrutis, ils regardent Juliette et Félix qui jouent au ping-pong dans une salle remplie de tables ; l'acoustique est épouvantable, la réverbération double en écho le son des balles, le bruit est insupportable et leurs tympans hors d'usage.

*

La coupe est pleine et c'est exténués que Philippe et Françoise rentrent chez eux.

— J'ai mal à la tête… se plaint Françoise en poussant la porte.

Philippe pénètre en premier et sursaute en retrouvant Arnaud de nouveau déguisé en majordome.

— Bonsoir, messieurs dames ! La maison Poujol est heureuse…

— C'est quoi cette odeur de merde ? le coupe Françoise aussitôt écœurée.

— Des pieds paquets, une spécialité marseillaise… Des pieds et des tripes d'agneau. C'est très fin.

Le mutisme de ses beaux-parents l'inquiète et il n'ose plus l'ouvrir, espérant que sa surprise décontractera l'atmosphère. Comme des zombis, Philippe et Françoise font quelques pas vers le salon et aperçoivent « la table de restaurant » de nouveau dressée. Philippe remarque aussitôt une de ses bouteilles de vin et Françoise un énorme bouquet de fleurs.

— C'est les fleurs de votre jardin ! Ça rend bien, non ?

À bout de nerfs, le couple oublie toute diplomatie et l'attaque sans ménagement.

— Tu as parlé aux enfants, hier soir ? l'interroge Françoise.

— Heuuuuu oui, admet Arnaud qui comprend à la seconde ce à quoi elle fait allusion.

— Tu vas aller voir Cécile pour t'excuser ! lui commande Philippe.

— Demain ! ordonne Françoise.

— Je peux lui amener le bouquet ? demande-t-il timidement.

— Prends ce que tu veux ! lui hurle Françoise, mais si tu ne te réconcilies pas avec Cécile, c'est pas la peine de remettre les pieds ici !

— Compris ? martèle Philippe.

Arnaud hoche la tête, trop apeuré pour prononcer le moindre mot.

*

Une balle de golf est posée à l'entrée d'un tuyau d'évacuation en PVC.

— C'est bon, Mario, bouge plus, j'essaie, annonce Mamiline, un club à la main.

Elle « put », la balle passe dans le tuyau, rebondit dans un entonnoir, circule dans un autre tuyau, arrive sur une arène cerclée d'une vieille jante de chaise roulante et file droit vers un trou dans lequel elle tombe.

— *Yes !* s'exclame la vieille dame, fière de son *Eagle*.

Mario lâche le manche de sa bêche pour applaudir. La joie de l'exploit est alors entamée par l'arrivée de Cécile qui découvre le parcours de golf miniature bricolé au milieu de ce qui était un parterre de fleurs.

— C'est quoi ? Vous avez ruiné tout le jardin ! explose-t-elle déjà très stressée.

Mais Line et Mario le cuistot ne se démontent pas, très fiers de leur œuvre.

— Ben tu vois, on construit un mini-golf ! dit Mario, étonné par la question.

— C'est quand même plus marrant que d'attraper des escarres à nourrir les pigeons sur un banc, s'empresse d'ajouter Mamiline qui récupère sa balle pour jouer un nouveau coup.

La jeune directrice reste sans voix, mais sa stupeur ne semble pas être due au seul fait de découvrir ce chantier.

— Au fait, tu me cherchais ?

— Oui. Arnaud est à l'accueil avec un bouquet, qu'est-ce que je fais ? panique-t-elle en recouvrant ses esprits.

— Achève-le ! lui rétorque la grand-mère impassible.

— Pardon ?

— T'es amoureuse de ton Daniel ?

— Ben oui !

— Ça se passe bien entre vous ?

— Oui, super.

— Alors dégage Arnaud ! Rends-lui ce service ! C'est trop cruel de lui laisser croire que tout peut redevenir comme avant !

Malgré son caractère tranchant et impulsif, Cécile se sent cette fois-ci fébrile. Elle doit faire un choix. Désormais, elle est face à ses responsabilités, et tout donne raison à Mamiline.

— T'as fait le plus dur, le virer ! Si tu lâches maintenant, t'es piégée jusqu'à la fin de tes jours ! Deux minutes de courage, c'est tout ce qu'il te faut ! la recadre l'impétueuse confidente.

*

Pour ne pas fléchir face à Arnaud dans un lieu trop intime, Cécile décide de le recevoir dans la salle polyvalente où Denis a organisé un atelier tricot et broderie. Tous les petits vieux épient avec tendresse le couple assis face à face à une table. Denis, l'animateur, qui circule d'atelier en atelier en profite pour espionner également la conversation. Arnaud est mis en confiance par la douceur affable de Cécile, mais arbore encore un sourire craintif.

— Je voulais m'excuser pour l'autre soir. Je m'en veux d'avoir craqué. J'aurais dû me maîtriser. Je voulais que tu saches que c'est vraiment involontaire de ma part. Je ne voulais pas mêler les enfants à tout ça…

La gentillesse et l'humilité du tendre pénitent ne permettent pas à Cécile d'adopter la posture que lui a suggérée Mamiline. Elle lui sourit, pose sa main sur la sienne avec délicatesse et lui répond, pleine de bonté.

— Je te crois. Je sais que tu es sensible et dénué de méchanceté.

Arnaud respire et reprend confiance. Ce soulagement, il le partage avec l'assistance. Il se sent en effet soutenu au milieu des petits vieux aux sourires bienveillants. Ces derniers, trouvant la situation romantique, tournent leurs chaises, montent le son de leurs sonotones et assistent à l'échange intime sans le moindre scrupule : c'est comme s'ils regardaient en *live* un épisode des *Feux de l'amour*.

— J'avais tellement peur que tu me prennes pour un salaud, un mesquin, un pervers. Alors tu acceptes que je revienne vivre à la maison ?

Cécile se crispe en voyant que sa douceur est mal interprétée. Elle infléchit sa position et adopte une approche plus pédagogue.

— Écoute, Arnaud, j'ai beaucoup d'amitié pour toi, mais c'est de l'amour qu'il me faudrait pour qu'on vive de nouveau ensemble. C'est fini entre nous !

— Comment ça, fini ? réagit vivement l'éconduit. Mais c'est auprès de toi que je veux vieillir et finir mes jours !

L'expression défibrille Cécile, qui ouvre de grands yeux, soupire et change cette fois radicalement de ton, celui-là même que Mamiline lui avait conseillé : incisif, précis et radical.

— Tu parles d'un projet ! 95 % de mes pensionnaires sont des femmes veuves, la plupart ont gaspillé quinze ans de leur vie à soigner leur mari avant qu'il ne clamse enfin ! C'est ça le rêve que tu me proposes ?

— J'suis en bonne santé…

— Et t'es déjà une enclume ! Regarde-toi, Arnaud ! T'as presque 40 ans et t'es moins autonome que mes petits vieux centenaires !

— Mais j'ai fait des efforts…

— Des efforts ! Pour payer tes dettes par exemple ? Tu me répugnes !

L'allusion de Cécile échappe totalement à Arnaud, qui ne sait rien du mensonge de la bague. Il est perdu et balbutie un « Mais… » interrompu par Cécile qui se lève pour partir.

— Si c'est cette médiocrité que tu veux inculquer à nos enfants, je ne veux plus que tu les approches ! Et moi non plus. Compris ?

Cécile s'en va sans qu'il puisse répondre puis s'arrête deux pas plus loin et se retourne pour lui assener le coup de grâce.

— Et casse-toi de chez mes parents ! C'est les miens, pas les tiens !

Cécile se retire avec un soupir de soulagement. Après quelques secondes Arnaud se lève à son tour et se dirige à pas lents vers la porte, apathique. Sa sortie déclenche alors les applaudissements des petits vieux, persuadés d'avoir assisté à un happening. Une vieille dame interpelle alors Denis, encore remué par ce qu'il vient de voir.

— C'était bien, j'adore le théâtre. C'est vous qui l'avez écrite, cette pièce ?

— Oui, je me suis dit qu'une petite tragédie… improvise Denis pour conforter le public dans ses illusions.

*

Line et Mario opèrent les derniers réglages d'un pont à bascule sur le parcours de golf miniature, lorsque Cécile revient, songeuse et honteuse de son ignominie.

— Alors ? T'as suivi mes conseils cette fois-ci ?

— Une vraie salope de compétition, se désespère Cécile. Le pauvre, il est si gentil.

— Pauvre et gentil, c'est la bonne définition ! synthétise Mamiline qui semble insensible au sort d'Arnaud. Mario, t'as une idée de ce qu'on pourrait prendre pour faire le moulin ? change-t-elle brutalement de sujet.

*

Afin d'échapper à une réunion de l'école de Félix et Juliette, mais aussi pour éviter de s'attirer les foudres de leur fille suite à la visite d'Arnaud, le couple Blanchot a de nouveau fait appel aux Alliot, sûr que ces derniers auront en réserve de quoi les occuper.

C'est ainsi que Philippe et Françoise se retrouvent dans un *club house* écossais, une grande salle à boiseries aux allures de pub, ornée de toutes parts d'armoiries, de drapeaux et de photos à la gloire des highlanders. Au menu du jour, un cours de danse traditionnelle, le *ceilidh* (prononcez kèdiche), pour lequel le kilt est de rigueur, tenue prêtée pour l'occasion par Franck et Odile, ravis de convertir leurs amis à ce passe-temps. La convivialité de l'endroit et la chaleur des participants emballent le couple qui regarde un petit orchestre s'installer sur une estrade.

— Ne vous inquiétez pas, on répète les chorégraphies d'abord sans musique ! La prof va tout nous expliquer ! les prévient Franck.

Et en effet, une femme monte sur le podium et prend le micro… mais en anglais et avec un très fort accent écossais, incompréhensible en somme. Qu'à cela ne tienne, l'assistance commence à organiser au ralenti des rondes, des passements de mains, des petits ponts de bras, des changements de direction ; chacun rigole, se trompe, l'ambiance est très bon enfant. Philippe et Françoise paraissent se régaler, ils sont conquis.

*

Pendant ce temps-là, loin d'être autant à la fête, Arnaud erre dans les rues d'un quartier piétonnier, hagard. La violence verbale de Cécile a tué en lui tout espoir de regagner son cœur : le verdict est sans appel. Mais pourquoi ? Quel crime a-t-il commis pour subir un tel réquisitoire ? Son incompréhension est totale et son impuissance face à cette injustice brûle ses dernières forces. Et puis il ne sait plus où aller. Cécile lui a ordonné de quitter la maison de ses beaux-parents, lesquels lui ont également dit de ne pas revenir en cas d'échec. Seul. Il se sent seul. Son regard se perd dans le ciel ; il suit sans y penser le vol des pigeons et avance avec eux. Emporté par leur migration, Arnaud traverse une rue sans regarder et… se fait renverser par une voiture de police en patrouille.

*

Une musique celte rapide et agaçante rythme à présent le *ceilidh* : la répétition ludique s'est transformée en un ballet hystérique. Aux anges, les Alliot, habillés en Highlanders, sont côte à côte dans une rangée de danseurs, face à Philippe et Françoise déjà essoufflés et en sueur.

— Mais qu'est-ce qu'on fout là ? On devait aller choisir du carrelage… rumine Françoise, rouge pivoine et le souffle court.

— C'était ça ou la réunion pour la kermesse de l'école, je te rappelle. Si Cécile veut vérifier, elle sait où nous trouver, lui répond son mari tout aussi exténué.

Mais Philippe a à peine le temps de finir sa phrase qu'Odile l'empoigne, lui fait quitter sa rangée et l'entraîne dans un tunnel de bras dans une cavalcade asphyxiante. Une seconde après, extirpée de son rang par les mains moites de Franck, Françoise subit le même sort. Sourires crispés, Philippe et Françoise enchaînent les combinaisons de chorégraphies paysannes, farandoles et rondes, malmenés dans tous les sens. Ils croisent et recroisent sans cesse leurs amis, qui contrairement à eux s'éclatent.

À la fin d'une danse, alors qu'ils sont pliés en deux, essoufflés et déjà soûlés, les Alliot les rejoignent.

— Génial, non ?

— Top ! se force à répondre Françoise.

— C'est physique, souffle Philippe.

— En même temps, c'est beaucoup plus drôle que l'aquagym !

— J'allais le dire ! se moque Françoise avec ironie.

« *Come on fellows*, on y retourne, c'est pas encore la pause ! » les relance la prof de danse. Soudain, le portable de Philippe sonne.

— Allô ? Oui, c'est moi…

Philippe écoute, son visage se ferme et la consternation se lit sur son visage.

— C'est l'hôpital ! annonce-t-il gravement à sa femme tout en continuant à écouter son interlocuteur.

Françoise se tourne alors vers ses hôtes, une détresse hypocrite dans les yeux.

— C'est vraiment dommage, mais là je crois qu'on va être obligés de partir !

Chapitre 10

Les deux policiers qui ont renversé Arnaud ont également rendu un rapport accablant qui les dédouane de toute responsabilité : il s'est jeté sous leurs roues, c'est une tentative de suicide, point. Toujours méfiants à l'égard des forces de l'ordre quand ils blessent quelqu'un, les urgentistes ont tenté à leur tour d'avoir la version de la victime. Mais Arnaud, à la fois K.-O. par l'impact et encore traumatisé par sa rupture, n'a pu fournir qu'une explication très vague des faits. Lorsque aux admissions on lui a ensuite réclamé le nom de quelqu'un à prévenir, il a donné le numéro de téléphone de Philippe. De son beau-père et non celui de sa femme ? « Elle vient de me quitter… » s'est-il justifié, offrant à l'urgentiste une confirmation de la version des flics et un diagnostic psychiatrique évident.

C'est abandonné dans un couloir au milieu des brancards que Philippe et Françoise retrouvent Arnaud. Il est assis, sanglé dans une chaise roulante, le corps avachi, le visage inerte, la bave à la bouche et quelques pansements ici et là. Face à lui, ses beaux-parents portent toujours leurs costumes écossais, faute de temps pour se changer, et le regardent désabusés.

— Même un suicide, il n'est pas capable de le réussir ! constate Françoise.

— Je sais pas ce qu'ils lui ont donné mais ils ont eu la main lourde sur les médocs.

— Ils auraient pu le garder quelques jours ! se scandalise Françoise.

— Surtout que les enfants viennent demain pour ton anniversaire... Qu'est-ce qu'on va faire de lui ? se préoccupe Philippe.

C'est alors qu'un médecin d'origine pakistanaise s'arrête auprès d'eux, leur envoie un « *Hello* » et leur tend un sachet de médicaments accompagné d'une ordonnance.

— *Here are the pills he needs to take ; you gonna find the doctor's prescription inside. Be careful with the antidepressants : as you can see, they are powerful.*

Les deux Écossais occasionnels ne pigent pas un traître mot et ne sont donc pas en mesure de répondre.

— C'est ça les hôpitaux maintenant, y a plus un médecin français, peste Françoise, toujours prompte à critiquer l'APHP et ce qu'elle appelle les médecins d'importation.

— Mais je suis français, réagit aussitôt l'interne sans le moindre accent. Vous n'êtes pas écossais ?

Consciente de la xénophobie, voire du racisme ordinaire de ses propos, Françoise rougit. En posture gênante, le couple toujours soucieux des convenances s'empresse alors de multiplier les excuses et les flagorneries sur le bilinguisme du médecin, avant de s'intéresser à la fameuse ordonnance qu'il vient de leur remettre.

*

Assommé par les somnifères et les antidépresseurs, Arnaud ronfle comme un bienheureux sur un matelas installé dans le grenier, ce qui met Philippe en joie, tandis que lui parvient l'écho des voix de Pierre et Jessica, déjà arrivés pour l'anniversaire de sa chère épouse.

Il redescend et retrouve Françoise dans la cuisine tout en parlant à Pierre resté dans le salon. « Ouvre le champagne, Cécile nous a dit de ne pas l'attendre ! » « OK », répond Pierre qui s'exécute aussitôt. La maîtresse de maison, de son côté, finit de dresser un plateau de canapés et, à voix basse à son mari :

— Alors ? Il dort bien ?

— Comme un député après le digestif ! T'as vu le paquet dans l'entrée ?

— Je suis sûre que cette idiote m'a encore acheté un cadeau de vieux.

— T'as pas aimé son puzzle de 4 000 pièces à Noël ? la taquine Philippe.

Françoise hausse les épaules et part dans le salon avec son plateau rejoindre ses invités. Une fois les zakouskis posés, elle se plie au rituel qu'impose la présence d'un bébé : l'idolâtrie flagorneuse. Ainsi elle se penche sur le parc de son petit-fils qui encombre la pièce, un ignoble enclos à bébé, customisé en stade de foot, d'une laideur assumée.

— Qu'est-ce qu'il a grandi… se force à s'extasier Françoise.

— Il est mignon, hein ? Mon *Ronaldoleu.*

Françoise tarde à répondre et pour cause : tout comme son parc, le bébé de 10 mois est lui aussi customisé. Affublé d'un maillot de foot du Real Madrid au nom de Ronaldo, ses rares cheveux gélifiés en crête et le diam's à l'oreille, l'enfant les observe avec un regard bovin, fixe et perçant, limite flippant. Apeurée par ces yeux de psychopathe, Françoise cherche ses mots. Bien qu'elle ne trouve aucun charme à son petit-fils, elle se sent néanmoins obligée de répondre à la question piège de sa belle-fille.

— Très mignon en effet. Ronaldo ? coucou ! minaude-t-elle, espérant au moins un sourire du poupon taciturne.

— C'est Cristiano, Françoise, pas Ronaldo ! la corrige Jessica.

— Ah oui, c'est vrai ! feint de s'excuser Françoise.

La torture prend fin lorsque Pierre distribue les flûtes.

— Merci, mon chéri.

— Joyeux anniversaire, maman.

« Joyeux anniversaire ! » reprennent en chœur Jessica et Philippe avant que tous ne trinquent.

Après une gorgée, Jessica se précipite sur son paquet cadeau et le tend à Françoise.

— Hop là ! On fa pas attendre le dessert ! Choyeux annifersaire Françoise.

— Oh merci, fallait pas… ironise-t-elle avec la complicité de son mari. Je suis impatiente de découvrir ce que c'est !

— Moi aussi, se gausse Philippe.

— Ch'étais partie pour fous offrir le dernier lifre de Michel Drucker, *Mes infités du Père-Lachaise*, mais ch'ai eu un flash.

Françoise ouvre le paquet et à sa grande surprise découvre un sublime collier orné d'une grosse pierre bleue sertie d'argent.

— Alors là, t'as bien fait. C'est magnifique ! s'émerveille la belle-mère, sincèrement ravie par ce présent et surprise à l'extrême.

Également subjugué, Philippe lui accroche autour du cou la sublime parure.

— Faut que Pierre fous explique comment ça marche, précise Jessica.

— Pardon ?

Pierre retourne alors le pendentif et lui montre une ouverture à l'arrière du caillou bleuté.

— Oui, là tu vois, derrière tu as une mini-prise USB pour le programmer.

— Programmer un collier ?

— Oui. Si fous fous sentez mal, fous appuyez sur la pierre bleue, ça envoie un SMS à un de fos proches, explique la belle-fille, fière de son achat. Il suffit de rentrer le numéro.

— Et le GPS incorporé donne ta position aux secouristes, ajoute le fils.

— C'est le flash de l'enterrement de fotre coussin qui m'a donné l'idée. Si ça se trouve, s'il en afait eu un, il serait encore en fie.

Françoise reste scotchée d'être rangée dans la catégorie « en sursis » le jour de son anniversaire, tandis que Philippe retourne en cuisine pour ne pas exploser de rire. L'apéro devient dès lors interminable pour le couple, la conversation se limitant aux anecdotes footballistiques du fils et aux poncifs parapédiatriques et pseudo-psychologiques de Jessica. L'arrivée de Cécile et de ses enfants trois quarts d'heure plus tard, un bouquet à la main, est contre toute attente ressentie comme un soulagement, la relève tant attendue.

Le plat principal est encore sur la table quand Félix et Juliette quittent la cuisine, repus de jambon-coquillettes préparés à leur intention. Ils s'apprêtent à monter à l'étage quand Françoise les intercepte, paniquée à l'idée qu'ils ne découvrent leur père déliquescent dans le grenier.

— Non, vous allez jouer dehors, y a Ronaldo qui dort.

— Cristiano, pas Ronaldo ! la reprend Jessica.

— Mais y fait froid ! se plaint Félix.

— Eh bien vous mettez un manteau ! s'impatiente Philippe.

— Non, mais c'est pas grave si le petit se réveille, tempère Pierre.

Cette phrase classique des pères absents a le don d'exaspérer Françoise qui sait que son fils ne bougera pas le petit doigt si le bébé se réveille.

— Bon écoute, j'ai acheté cette immonde balançoire pour Félix et Juliette, c'est pas pour les avoir dans les pattes pendant les repas. Pour une fois qu'on peut avoir un peu de tranquillité…

— Allez-y, les enfants… obéissez à mamie, conclut Cécile, soucieuse de ne pas énerver sa mère le jour de son anniversaire.

Les gamins obtempèrent, prennent leurs manteaux et sortent. La discussion précédente peut ainsi reprendre en toute quiétude.

— Alors, tu disais ? relance Cécile.

— Che me suis lancée dans le *hôme staginegue* ! raconte Jessica avec son fort accent alsacien.

— Tu fais la cuisine à domicile ? intervient Philippe.

— *Staging*, pas tagine, traduit Pierre. Elle fait de la déco, pas du couscous !

— Et ça marche ? T'as des clients ? s'intéresse poliment Françoise.

— Ça commence.

— Cool ! se réjouit Cécile.

— Je l'ai branchée avec les Landel au bout de votre rue, se vante Pierre. Elle a refait toute leur déco et résultat, ils ont vendu leur baraque en moins de quinze jours ! Un million cent.

— Oui, on sait ! répond sèchement Françoise.

Découvrir que sa belle-fille a un réel talent l'énerve plutôt, mais qu'en plus elle soit à l'origine de la vente de la maison de ses voisins, elle ne le digère pas. Sa jalousie est décuplée par le fait qu'elle-même n'a pu modifier quoi que ce soit dans sa maison à l'exception de quelques rafistolages techniques, deux ou trois cache-misère en papier peint et le choix de divers tableaux. Hélas pour elle, l'humiliation ne fait que commencer.

— Elle a fait un gros boulot ! poursuit Pierre.

— Faut dire que c'était *hâsse bine* à l'intérieur, encombré… Une maison de retraités, *quoua* !

— Tiens, d'ailleurs ici, insiste Pierre, je suis sûr que si elle vous refaisait tout, vous pourriez revendre la baraque pas loin d'un million cinq !

La remarque dézingue le couple sur le coup tandis que Jessica observe le salon et commente :

— Là aussi y a du boulot ! On sent que tout est d'époque. Ça me rappelle la maisson dans ceu fieux film avec la fieille dame dans la chaise roulante qui poignarde la fille sous la douche…

— *Psychose* ! sourit Cécile.

— C'est ça ! Ch'adore les films d'horreur ! Mais depuis que che l'ai fu, ch'feux plus de rideau de douche !

La belle-fille n'en loupe pas une pour vexer ses beaux-parents, qui n'osent pas relever, de peur qu'on ne les questionne sur leurs propres transformations. Hélas…

— Mais fous afez changé quèque chose ici ? remarque la bavarde.

— C'est vrai, ça paraît plus spacieux… s'étonne aussi Cécile. C'est tout vide sur les meubles.

— On a juste viré quelques bibelots… minimise Philippe.

— C'est plus pratique pour le ménage, dit Françoise pour couper court. Bon, je ressers quelqu'un ? Jessica ?

— Non merci.

Françoise s'apprête à se lever pour ramener le plat en cuisine et contenir ses énervements quand soudain Pierre change de sujet, s'adressant à Cécile.

— Et ton divorce, ça avance ?

— J'ai pris un avocat.

Françoise se rassoit aussitôt.

— Quoi ?

— T'as bien fait ! la soutient son frère. C'est un naze, un raté, faut le renvoyer au vestiaire ! J'espère que cette fois-ci tu ne reviendras pas sur ta décision !

— Tu ne peux pas parler des gens comme ça, le coupe autoritairement Philippe

— Il est hors jeu ! Elle n'aurait jamais dû l'épouser !

— C'est un garçon gentil, prévenant, le défend Françoise.

— Maman, c'est un toquard, assène Pierre. Il est pas foutu de construire quoi que ce soit, de réagir, avec un tel état d'esprit, il mérite amplement l'expulsion.

— Donc, je divorce ! conclut Cécile.

La sentence de la jeune femme enflamme Philippe déjà chauffé à blanc par le champ lexical atrophié de son fils.

— Pour moi c'est prématuré : il a juste eu un petit trou de trésorerie. C'est ça votre souci, rien d'autre !

— Comme si ce n'était qu'un problème d'argent ! réagit Cécile, un brin sarcastique.

— Bien sûr ! intervient Françoise. Il suffirait qu'il trouve un job stable pour que tout s'arrange dans votre couple, crois-moi !

— Papa et maman font des pieds et des mains pour que je le reprenne ! se plaint Cécile auprès de son frère.

— Alors vous, vous ne renoncez jamais ! Vous êtes graves ! les invective le journaliste.

— J'avoue ! approuve la frangine.

Confrontée à la nonchalance complice des frère et sœur, la susceptibilité de Philippe se meut en colère. Il tape du poing sur la table.

— Non, on ne renonce jamais car on a tous besoin d'une seconde chance dans la vie ! Mais c'est quoi cette mentalité ? C'est ça, les valeurs qu'on vous a transmises votre mère et moi ?

Surpris d'avoir autant provoqué leur père, Cécile et Pierre se sentent un peu merdeux. Françoise rompt alors le silence pour appuyer les propos de son mari sur un ton plus posé.

— En plus, Arnaud a beaucoup changé.

— C'est vrai ! Il n'a pas l'air, mais c'est un gars plein d'énergie, c'est un battant ! insiste Philippe qui retrouve peu à peu son sang-froid.

Mais nul ne semble plus les écouter. Cécile, Pierre et Jessica se taisent comme s'ils étaient victimes d'une hallucination. Dans l'escalier, Arnaud, en slip kangourou et marcel, les cheveux ébouriffés, fait une apparition fantomatique pour aller au frigo, tandis que Françoise poursuit son plaidoyer.

— Depuis qu'il a fermé sa boîte, il n'a qu'une idée en tête : rebondir. Franchement tu le verrais, c'est plus le même homme !

Voyant que tous ont les yeux braqués vers la cuisine, Françoise cesse de parler.

— Moi je ne trouve pas, réplique cyniquement Pierre.

Philippe et Françoise se retournent alors et aperçoivent Arnaud en train de déambuler en sens inverse et remonter vers son grenier comme un somnambule, une bouteille de lait à la main.

— Qu'est-ce qu'il fout encore là ? questionne Cécile, habitée d'une colère froide.

— T'étais au courant et t'as laissé faire ça ? lui reproche Pierre.

— Demande-leur !

— Il devait partir, mais il a eu un petit contretemps, se justifie Françoise.

— Vous attendiez surtout que Cécile le reprenne. Mais il faut vous le dire dans quelle langue ? Il n'est plus sur la feuille de match !

— Et pourquoi il est stone comme ça ? s'inquiète Cécile.

La question de la jeune femme offre l'opportunité à Philippe de la faire culpabiliser.

— C'est les tranquillisants ! Hier, il a tenté de se suicider. Il s'est jeté sous une voiture…

— Mais c'est horrible ! s'exclame Jessica.

— C'est du bidon, il a deux égratignures ! dédramatise Pierre.

Mais l'état d'Arnaud est loin d'être une simulation et Cécile, bien consciente des dégâts occasionnés par sa dernière conversation avec lui, essaie de rejeter sa part de responsabilité sur ses parents.

— Vous pouvez être fiers de vous ! À force de lui faire croire que tout peut redevenir comme avant, vous l'avez totalement détruit.

Philippe et Françoise, pris à revers, en restent interdits, incapables de réagir à ce jugement sans appel qui les accable. Ils savent qu'elle a en grande partie raison et Cécile ne leur laisse même pas le temps de trouver une parade. Elle se lève soudain, empêchant toute contre-attaque de leur part.

— Où vas-tu ?

— Je pars, j'ai pas envie que mes enfants croisent leur père dans cet état !

Cécile sort dans le jardin et hèle ses enfants.

— Les enfants, on y va.

— Déjà ? râlent-ils en chœur.

— Oui, j'ai reçu un SMS, y a un colis qui doit arriver à la maison…

Le départ précipité de Cécile a jeté de nouveau un froid parmi les convives. Françoise referme la porte d'entrée et se rassoit à table. Pierre fixe alors ses parents l'air accusateur.

— Qu'est-ce que tu voulais qu'on fasse ? réplique Philippe, que le jugement de son fils insupporte.

— Le virer ! lui renvoie-t-il sévèrement. C'est le coup de sifflet final, il ne fait plus partie de la famille ! C'est l'heure du transfert : qu'il dégage !

Les parents restent songeurs, tripotant leurs couverts la tête basse. Confrontée à leur embarras, Jessica se sent alors un devoir de les réconforter, de les soutenir face à une décision humainement difficile à prendre.

— C'est sûr, c'est cruel, mais Pierrot a raison : faut lui dire de partir. Nous, quand il a fallu exclure Hans de la tribu des Coubawas parce que physiquement y poufait pas aller à l'épreufe du cochon pendu, il s'est pas suicidé, il a très pien compris qu'il defait quitter l'afenture.

Philippe et Françoise relèvent alors lentement la tête vers elle, consternés.

— Bon, ben je vais chercher le dessert ! abrège Françoise.

*

Le soir, réfugiés dans leur lit, Philippe et Françoise, visages fermés, regardent un match de foot.

— Tu n'as pas mis ton beau collier pour dormir ? plaisante Philippe.

Françoise, qui ne partage pas son envie de blaguer, lui renvoie un sourire grimacier.

— Aujourd'hui, on a touché le fond avec l'autre gourde ! commente Philippe. Et Pierre, tu as vu ses airs supérieurs, c'est insupportable.

— Et pour couronner le tout, le neurasthénique qui nous fait passer pour des salauds auprès de Cécile. On a eu la totale ce midi ! ressasse-t-elle.

— En même temps, ça prouve qu'elle tient encore à lui.

Philippe glousse alors de sa déduction et Françoise semble déceler une lueur d'espoir dans son attitude.

— À quoi tu penses ? lui demande-t-elle, indisposée par ses ricanements.

— Que tout n'est pas perdu ! C'était pas con ton histoire de job stable. Je l'ai, la solution !

— Faudrait déjà le sortir de sa léthargie…

— Tu peux ?

— Bien sûr ! C'est quoi ton idée ? Tu ne veux rien me dire ?

Sourire machiavélique aux lèvres, Philippe fait non de la tête et monte le son de la télé, le coup de sifflet final semblant avoir retenti. « Et on retrouve Pierre

Blanchot sur le bord du terrain avec Luigi Cappelo, le joueur transalpin. » Pierre apparaît alors à l'écran. « *Allora Luigi, non è stata una* PARTITA FACILE *ma avete saputo* COSTRUIRE E REAGIRE. *Quale era il* SUO STATO D'ANIMO *durante* LA PARTITA ? »

Françoise l'observe sans la moindre émotion :

— Il est con dans toutes les langues, notre fils !

Chapitre 11

De bon matin, Françoise part faire quelques courses nécessaires au rétablissement de son gendre.

De son côté, Philippe a passé son temps enfermé dans son bureau à téléphoner, tout en veillant à maintenir sa femme à l'écart de ses tractations. Lorsqu'elle revient de ses emplettes, il semble satisfait. Il est arrivé à ses fins mais refuse toujours d'exposer son plan à Françoise, qui commence à trouver lourdingues ses mimiques pseudo-mystérieuses.

Vers midi, ils réveillent en fanfare Arnaud, lequel émerge péniblement de son coma artificiel sans le moindre souvenir du passage de Cécile. En descendant au ralenti l'escalier, il découvre dans le salon Françoise et Philippe qui ont concocté un somptueux petit déjeuner agrémenté de quelques tonifiants préparé à son intention. Cette gentillesse le touche au plus haut point. Arnaud est au bord des larmes et s'installe dans le canapé, cerné par ses beaux-parents aux petits soins. Alors qu'il se rassasie, un plateau sur les genoux, Philippe l'incite à choisir une boisson énergisante parmi la collection exposée sur la table basse, pendant que Françoise lui administre des cachets.

— Prends-en deux ! Même trois !

— Ça va me faire dormir ?

— Plutôt l'inverse. Du jus d'orange ?

Docile, Arnaud avale ses pilules tandis qu'assis face à lui, Philippe entame la discussion.

— Tu vois, Arnaud, je crois que tu es arrivé à un moment de ta vie où il faut que tu prennes le taureau par les cornes. Du café ?

— Non, merci. J'aimerais bien vous faire plaisir, mais je ne sers plus à rien.

— Mais si, on sert toujours à quelque chose, le détrompe Françoise.

Ayant toujours en mémoire l'injonction de ses beaux-parents qui lui avaient promis de le mettre à la porte en cas d'échec avec Cécile, Arnaud se sent toujours rejeté. Il sait désormais que sa place est ailleurs.

— Je vais retourner chez ma mère. Cécile a raison : c'est contre nature que je sois chez vous.

— Mais pas du tout, le contredit aussitôt Philippe. Et tes enfants ont besoin de toi. Bois du café quand même.

— Même pour ça je suis inutile : vous vous occupez si bien d'eux.

— Oui, mais rien ne remplace un papa ! bêtifie Françoise.

— Vous croyez que je suis un exemple pour eux ?

La question cueille sa belle-mère, qui doit faire un gros effort pour rester positive.

— Pas à cet instant, mais tu dois te reprendre et redevenir le jeune père dynamique que tu étais auparavant. Tiens, prends un Guronsan !

— Et pour ça, je t'ai trouvé un travail ! annonce triomphalement Philippe.

— Génial ! s'exclame Arnaud qui tout à coup se sent revigoré.

Françoise, elle, n'en revient pas et fixe son mari, incrédule au plus haut point.

— Mais comment t'as fait ?

— Tu sais, en quarante ans de carrière, je me suis fait des amis, fanfaronne-t-il.

— Mais t'étais contrôleur fiscal !

Cette réflexion pleine de bon sens fait perdre la face à Philippe, contrarié d'avoir été coupé dans son élan et un peu vexé de voir sa carrière réduite à son aspect le plus funeste. « Bon, laisse tomber », la rembarre-t-il sèchement. Puis, pressé de reprendre le fil de sa proposition, il force son sourire et poursuit son échange avec Arnaud.

— Alors voilà, si le domaine de la vente t'intéresse, je t'ai décroché un entretien d'embauche.

— Mais bien sûr, que ça m'intéresse ! Vous êtes géniaux ! Et dire que je croyais que vous ne me supportiez plus !

Au sommet de leur art, les fallacieux duettistes affichent un sourire vainqueur, puis Françoise de conclure :

— Finis ton Redbull !

*

Deux jours plus tard, Arnaud est convoqué pour un entretien d'embauche dans la PME que Philippe avait sollicitée. Il est reçu par une sublime quinqua, femme d'affaires avisée, tirée à quatre épingles, l'œil malicieux et une allure de séductrice, voire de croqueuse d'hommes : Isabelle Lancry. P-DG de sa société Girly and co, il apparaît très vite que cette belle femme est une intime de Philippe. À l'entendre parler de lui avec autant de chaleur, la valeur ajoutée de cette relation comptable est plus que douteuse. Pourtant, Arnaud ne suspecte rien, il n'est pas intrigué, mais plutôt anxieux à l'idée de réussir son entrevue que d'essayer de comprendre ce qui peut unir une entrepreneuse à son contrôleur fiscal. Malgré tous ses efforts de présentation, l'embauche s'avère en revanche moins aisée que prévu.

— Philippe est un amour, j'aimerais lui faire plaisir, mais mon problème c'est que d'habitude je ne travaille qu'avec des femmes comme représentantes.

— Alors, c'est raté… en déduit Arnaud, défaitiste.

— Pas encore. Il m'a dit que vous aviez déjà un gros portefeuille de clientes ?

— En effet, dans mon ancienne société, les femmes composaient 90 % de ma clientèle.

— Ça, c'est intéressant ! *Girly and Company* est un réseau de déstockage de produits destinés aux femmes via la vente à domicile.

— Je vois : petit électroménager, produits de nettoyage…

— Non. Je ne vends pas des trucs pour que bobonne reste à la maison, bisque un peu la manageuse. Comment pourrais-je vous expliquer ?…

Isabelle Lancry observe Arnaud et étudie son comportement. Elle détecte chez lui son manque d'assurance et sent sa propension à la timidité avec les femmes, à la limite de la soumission. Comme avec sa cliente du club de gym, Arnaud est emprunté, timoré. Isabelle libère alors un sourire vorace. « Nos produits c'est plutôt… » Et elle dégrafe trois boutons de son chemisier, se lève et contourne son bureau. Arnaud hallucine, il rougit de confusion, et ne sait plus où se mettre. L'entreprenante entrepreneuse présente à son otage ses seins mis en valeur par un splendide soutien-gorge. Lascive, elle lui fait l'article.

— Vous aimez ?

— Heu… Oui.

— Notre best-seller : *Balcon sur la mère*.

Elle lève sa jupe et dévoile son porte-jarretelles.

— Soie de Lyon. Touchez !

Où se termine la séduction et où commence le harcèlement sexuel, Arnaud hésite, sentant sa vertu en danger. Mais sous la pression, il s'exécute d'une main tremblante.

— C'est doux.

— Maintenant, caressez ma main !

Là, Arnaud ne pige pas trop où se niche l'érotisme du geste et lui caresse la main, perplexe.

— C'est doux aussi…

— Hydrosilk ! 10 000 flacons vendus l'an dernier. Touchez ma cuisse, maintenant…

Isabelle saisit sa main et la guide avec fermeté vers son entrejambe : là, Arnaud comprend mieux l'étape précédente.

— C'est lisse, hein ? Épilateur à lumière pulsée, idéal pour l'intégrale. Effet peau d'abricot assuré. 400 pièces parties en une semaine.

Puis elle se penche sur lui en maintenant ses seins à la hauteur de son visage : Arnaud est totalement déstabilisé, le nez planté dans le corsage de la nymphomane.

— Sentez !

— Rosebud ?

— Bravo ! Trois palettes écoulées. 250 000 de bénéfice.

— Impressionnant… lui répond-il avec de la terreur dans le regard.

Isabelle l'observe encore un instant et se redresse d'un coup, comme si elle avait décidé d'épargner sa proie. Froidement, elle referme son chemisier et se rassoit à son bureau.

— Je suis désolé… s'excuse Arnaud, persuadé qu'il faut coucher pour être embauché.

— Pas moi ! lui rétorque-t-elle, sur un ton sévère.

— Je ne comprends pas… s'étonne-t-il, convaincu d'avoir échoué.

— C'était juste un test de résistance, je ne vais pas envoyer un queutard vendre des strings à mes clientes : je n'ai pas envie de finir en tôle pour proxénétisme ou pire, complicité de viol.

— Et alors ? C'est bon ?

— Vous réagissez bien ! Vous avez une fragilité assez charmante… ça peut être amusant de tester mes méthodes de vente avec vous.

— Vous ne serez pas déçue.

— Alors affaire conclue. Je vous prends à l'essai trois mois. Je vais vous fournir un véhicule.

*

Profitant de l'absence d'Arnaud, Françoise et Philippe ont convoqué M. Alvès, un maçon portugais qui fait le relais pour son cousin, entrepreneur local de la banlieue de Lisbonne. Il est venu à bord d'un misérable camion-benne, le coup classique pour rassurer les clients quant à l'honnêteté des devis, les véhicules trop rutilants jetant à l'inverse quelques suspicions de marges abusives. Pourtant, l'homme devait sans doute posséder une de ces onéreuses Mercedes dont raffolent les habitants de la péninsule Ibérique. 40 ans, propre sur lui, l'entrepreneur n'a rien du cliché du vieux bricoleur mal rasé et taché de plâtre. Professionnel et intelligent, M. Alvès donne confiance, respire le travail bien fait, le chantier propre et les finitions impeccables. Ensemble, ils étudient les devis, en particulier celui de la cuisine. Catalogue Ikea en main, le trio épluche chaque détail. Malchance oblige, M. Alvès, travailleur détaché, a un très fort accent portugais.

— Oui pas dé problème, vous mé dites et mon couchin y va à Ikia à Alfragide. Facile, près Lisboa.

— Alors voilà, commence Françoise, on voudrait une cuisine Tingues-raille-raille.

— No, Tineug… sride, la corrige Philippe, pas plus à son aise avec le suédois.

— Tchinegchr-de ? tente de comprendre le maçon.

— Non : TINGSRYD. Comme Ingrid, mais avec un « t », précise le mari.

L'homme note consciencieusement la référence sur son bloc-notes.

— Avec des robinets Torkmüd… moude… s'applique à articuler Françoise.

Philippe saisit alors le catalogue et montre la photo à M. Alvès.

— Enfin, comme ça !

— Ch'est pas Tokmoude, Ch'est Rine-cha, rectifie le maçon.

— Oui, Ringue scar, rinegeu skar… s'énerve Françoise.

L'homme prend en note et, sans même relever la tête, demande :

— Avé lé cassolier !

— Lé cassolier ? C'est suédois ? s'étonne Philippe.

— Non ch'est franchais. Lé cassolier, lo moble por les cassoles !

— Les casseroles ? Ah oui, on en veut un, valide Françoise.

— Et pour le plan de travail, on avait pensé à Noxe heult.

— Kou… ounch… houlte ?

— On va dire ça ! transige la décoratrice amateur.

Philippe et Françoise raccompagnent le maçon à son camion-benne, usés par les traductions.

— Bon, y'appelle Lisboa pour la pichine et lé yaccuzi et yé vous dis por la cochine Ikia…

— La cochine Ikia… ? demande Philippe.

— Laisse tomber, le coupe sa femme. C'est ça, appelez votre cousin et on se reparle très vite.

Le maçon remonte dans son camion et démarre. Aussitôt, Françoise se tourne vers son mari : « Mais pourquoi t'as pas pris le catalogue Habitat ? » Philippe ne tente même pas de se justifier et retourne vers la maison quand un coup de Klaxon l'arrête. C'est Arnaud qui arrive à bord d'une New Beetle rose siglée du logo GIRLY AND CO. La vue du véhicule stupéfie Françoise.

— Me dis pas que t'as appelé l'autre pute ?

— On n'avait pas le choix : dans toute ma carrière, c'est le seul redressement qui ne s'est pas terminé dans la douleur.

— Tu sais choisir tes mots, toi !

— En attendant, les affaires reprennent ! se réjouit Philippe.

Avec la prestance d'un golden boy, Arnaud sort de la voiture et se dirige vers eux, rayonnant.

— Regarde-moi ce *winner* ! Je ne donne pas quinze jours à ta fille pour craquer de nouveau pour lui, se félicite Philippe.

— C'était qui, le camion que j'ai croisé ? leur demande aussitôt le gendre servile. Vous savez, la maçonnerie c'est vraiment un truc que j'adore ! Qu'est-ce qu'il faut réparer ?

— Non, non c'est…

— Un collectionneur de timbres, invente Françoise.

— Brésil et anciennes colonies portugaises. Mais dis-nous plutôt : ça a donc marché !

— Oui !

— Bravo ! se force à le complimenter Françoise.

— Merci ! Mais tout ça c'est grâce à vous, Philippe !

Le beau-père est embarrassé par ce compliment qui met en avant sa relation extra-professionnelle avec la sulfureuse contribuable.

— Non ! Tout le mérite te revient, ce n'était pas gagné !

— Et ça ne l'est toujours pas, je ne suis qu'à l'essai. Au fait, Mme Lancry vous embrasse et elle m'a dit qu'à l'occasion, si vous pouviez l'éclairer sur un point de fiscalité... Une histoire de plus-values compensatoires...

Le message subliminal n'échappe pas à Françoise qui dévisage Philippe d'un regard assassin. Isabelle Lancry est sans nul doute un vieux dossier qui mine encore leur couple. « On verra... » répond laconiquement Philippe sous l'étroite surveillance de sa jalouse et rancunière épouse.

*

Avec la résurrection d'Arnaud, une nouvelle ère d'optimisme s'ouvre enfin pour Philippe et Françoise. L'heure est à la pacification des relations avec leur fille et ils ne rechignent plus à lui donner quelques coups de main afin de se racheter : sortie d'école, baby-sitting ponctuel, les grands-parents compensent l'absence d'Arnaud, désormais très occupé, et qui reste quoi qu'il en soit indésirable chez Cécile. Apaiser leur fille d'un côté, de l'autre relancer une vie professionnelle pour Arnaud afin de les réunir à nouveau le moment venu, tel est leur plan, et il ne faut plus tarder, car il ne reste guère que deux mois avant le grand départ.

Et pour l'instant, ça marche. Arnaud se découvre un vrai talent dans la vente et devient très vite un commercial performant et rentable. La relation de confiance presque affective qu'il avait durant cinq ans développée avec ses clientes est toujours intacte, et il récolte les fruits de sa bienveillance. Accueilli sans crainte, il multiplie ainsi les réunions à domicile et donne de sa personne, régalant ses harems de produits éclectiques. Chez une quinquagénaire par exemple, il présente des dessous sexy à des participantes et l'une d'elles, un peu boudinée dans sa lingerie, défile devant l'assistance. Les encouragements et les conseils d'Arnaud font le reste. Chez la trentenaire du club de fitness, il n'hésite pas à se tartiner le visage de crèmes antirides. Concombre et masque de beauté vert sur la bouille, il fait rire le groupe de copines, les amuse et enchaîne les commandes.

S'ils peuvent suivre les brillantes évolutions professionnelles d'Arnaud, en revanche, ce qu'ignorent toujours Philippe et Françoise, c'est la révolution sentimentale de Cécile. Toujours soucieuse de mener son existence comme elle l'entend, elle ne veut pas que ses parents interfèrent dans son intimité. Le discours qu'ils ont tenu la dernière fois sur la vie de couple est sans doute la cause de cette mise à l'écart. Tout comme eux avec leur projet au Portugal, elle attend le moment opportun pour leur dévoiler sa relation avec le beau rugbyman qui la gâte et la couvre d'affection. Et elle n'est pas pressée ! Le secret protège la fulgurance de ses sentiments et la libère de toutes ses inhibitions. Daniel lui fait l'amour comme un animal infatigable. Chez lui, dans une chambre d'hôtel et même dans le bureau de Cécile, aucun lieu ne résiste à leurs insatiables désirs. Habituée aux coïts répétitifs dont les effets soporifiques sont immédiats chez l'homme marié de longue date, les exploits sexuels de l'athlète réveillent chez elle des pulsions oubliées. Au-delà des orgasmes purement physiques, la plénitude de son plaisir dépasse ses émotions furtives et fait surgir des sentiments plus profonds. L'énergie que lui procure cette aventure lui fait espérer plus, et peu à peu, elle laisse Daniel conquérir sa vie. Lui-même désireux de retrouver la chaleur d'un cocon familial qu'il n'a plus connu depuis son enfance, la perspective de joindre leurs destins se dessine naturellement et bien sûr, elle le présente à ses enfants.

Son bonheur est palpable, son épanouissement éclatant. Cécile rayonne ainsi à la grande joie de tous. Ses parents sont les premiers à s'en féliciter, persuadés que cet équilibre retrouvé va favoriser un rapprochement avec Arnaud.

*

Le déroulement harmonieux des occupations de chacun procure une sérénité à Françoise et Philippe, qu'ils mettent à profit pour débuter le gros du déménagement en entreposant dans le garage vide les cartons déjà préparés. Alors qu'ils opèrent ce transfert, le portable de Philippe sonne.

— Oui, ma chérie, ça va… Lui aussi… C'est gentil de t'inquiéter pour lui. Tu sais, depuis qu'il a retrouvé du boulot il va mieux, beaucoup mieux.

Françoise félicite son mari le pouce en l'air et, d'un moulinet de la main, l'encourage à enchaîner sur l'étape suivante, remettre Arnaud dans les pattes de leur fille.

— D'ailleurs il se proposait d'aller chercher les enfants demain, ce qui nous arrange parce que… Ah bon ?

Ce « Ah bon ? » stoppe net Françoise, bien que Philippe ne paraisse ni inquiet ni méfiant. Il écoute juste sa fille avec un air étonné.

— Ben, très bien, c'est pour ça que t'appelais… C'est très bien… OK… Bisous.

Il raccroche et se tourne vers sa femme, déboussolé par ce qu'il vient d'entendre.

— Tu vas jamais me croire. Visiblement elle a trouvé une solution pour ses enfants. Elle m'a dit : un plan béton, du solide !

— Elle a embauché une nounou ?

— Je sais pas… On vire Naud-Naud ?

— Sûrement pas ! Si dans un mois elle nous dit encore que ça lui coûte une fortune, mieux vaut l'avoir sous la main.

*

La solution de Cécile n'est autre que Daniel, qui n'a pas tardé à se faire aimer de Félix et Juliette. Il faut dire qu'il n'est avare ni de son temps ni de ses attentions. Il leur achète des pains au chocolat là où les grands-parents se contentent de baguette, les emmène au parc au lieu de rentrer tout de suite à la maison, les couvre de cadeaux… Bref, il est cool !

Mais c'est au rugby que Félix est le plus fier. La venue de Daniel ne passe pas inaperçue. Sans chichis, il se prête au jeu de la célébrité et anime gentiment l'entraînement des enfants du club. Sous l'œil admiratif de Cécile et Juliette venues pour l'événement, Daniel multiplie les selfies avec les parents impressionnés et dédicace les ballons des enfants.

Alerté lui aussi de la venue du champion par les e-mails du club, Arnaud fait un détour pour soutenir son fils et immortaliser cette rencontre. En voyant Cécile, il reste en retrait et observe la scène de loin. Hélas, sa joie ne fait pas long feu lorsqu'il aperçoit Daniel se bécoter avec Cécile et les enfants lui faire la fête. Aussitôt, Arnaud comprend sa défaite : tout comme un joueur de Fédérale 3 ne peut arrêter une star du Top 14 lancée à pleine vitesse, un VRP en petites culottes ne fait pas le poids face à une idole sponsorisée comme Daniel Lecaire. Impuissant mais lucide, Arnaud s'éloigne et, sans qu'ils l'aient vu, se retire pudiquement.

*

Deux semaines passent encore, le garage de Françoise et Philippe est désormais plein. Le couple déborde d'énergie et d'optimisme, un dynamisme qu'Arnaud redoute de briser. C'est pourquoi il ne dévoile pas le secret de Cécile à ses beaux-parents. Il a en effet la certitude qu'ils souhaitent plus que tout sauver son mariage et qu'à coup sûr, cet inévitable divorce va les traumatiser ! Même s'il désespère de reconquérir le cœur de sa belle, Arnaud poursuit ses batailles commerciales avec pour ultime objectif de trouver un nouveau logement.

*

Voilà donc un mois et demi que Cécile est avec Daniel à l'insu de ses parents. Ils ignorent toujours ce qui se trame derrière leur dos et ce ne sont pas les rares visites qu'ils rendent à Mamiline qui vont éventer la nouvelle. Non, ce qui va accélérer la révélation c'est l'emménagement de Cécile chez Daniel. Avec son expérience en matière d'usure domestique de l'amour, Cécile a l'intention de tester au plus vite la solidité de son nouveau couple et veut savoir si elle s'est trompée ou non. Ainsi, lorsque Daniel lui propose de venir vivre avec lui, c'est sans hésitation qu'elle accepte… d'essayer !

Il lui faut peu de temps pour migrer avec ses enfants de son petit trois-pièces vers l'immense appartement de Daniel, une mutation plébiscitée par les jumeaux, tout heureux d'agrandir leur espace vital. Rares sont les divorcés qui déménagent pour plus grand et plus confortable. Dans ce cas exceptionnel, nulle nostalgie et nul regret ne viennent parasiter le départ du foyer originel. Le bonheur réinitialise le disque dur des souvenirs.

Chapitre 12

Ce n'est qu'une fois installée que Cécile finit par informer ses parents de sa stupéfiante idylle.

À mille lieues de se douter d'un tel renversement de situation, Philippe et Françoise sont littéralement anéantis par la nouvelle. Tout dans les actes de Cécile relève en apparence du coup de tête et l'inconséquence de la jeune femme les met hors d'eux. En outre, elle ne parle que de tentative, de réglage du quotidien. Rien de stable en somme, rien qui permette de partir au Portugal en toute sérénité ! Ce contrat tacite entre Cécile et Daniel, réduit à une période d'essai ou un CDD, rend leur propre avenir indéterminé. De plus, cet événement annihile tous leurs efforts pour « retaper » Arnaud. Et puis, vont-ils gagner au change ?

Afin de se rassurer, ils googlisent en panique le profil de Daniel Lecaire. Lorsque leurs recherches Internet leur font découvrir que Dan est une célébrité, une star du rugby, leur défiance diminue subrepticement. Sa réussite, tant sportive que pécuniaire, est aussitôt un gage suffisant pour infléchir leur position. À mesure que se consolide leur connaissance du CV de Daniel, ils se persuadent que la détermination et les décisions de leur fille vont dans le sens de cette autonomie qu'ils chérissent tant. Bien qu'hallucinant, ce bouleversement aventureux n'est donc pas pour leur déplaire, et face à l'éminente supériorité de Daniel sur Arnaud, Françoise et Philippe s'inclinent avec plaisir. S'ils sont mis devant le fait accompli, eux qui s'apprêtent aussi à surprendre tout le monde, se réjouissent en effet de voir leur fille heureuse et de constater que les vaches – ou plutôt les enfants –, sont bien gardées.

*

Le moment des grandes présentations est ainsi arrivé tout naturellement. Cécile a convié à dîner toute la famille dans son spacieux appartement. La chose peut paraître superficielle, mais dans son ancien logement ce plaisir lui était interdit, à moins d'être tous les uns sur les autres. Et la jolie maîtresse de maison de goûter à l'insouciance des grands volumes et à la volupté du grand standing qui illumine son hôte d'une grâce exponentielle… L'effet sur les invités est immédiat dès leur arrivée. La mère énervée et débordée qu'ils connaissent s'est métamorphosée en somptueuse Lauren Bacall qui en impose. En plus de la prestance de leur fille, Françoise et Philippe sont agréablement surpris par l'élégance du lieu. Ils avaient imaginé débarquer dans un loft à l'américaine, truffé de coupes, de trophées, encombré de baby-foot, de flippers, équipé d'un bar imposant… une garçonnière en somme. Or là, rien de tout cela, si ce n'est quelques photos discrètes de grands événements comme la victoire du Championnat de France où l'on voit Daniel brandir le bouclier de Brennus. Le style Art déco de l'appartement est respecté : l'ameublement confortable et design souligne la finesse et la culture de son propriétaire. Rien n'est ostentatoire, pas même les œuvres d'art, souvent très prétentieuses dans ce type d'environnement. Daniel a du goût, de la sensibilité, en toute simplicité. Alors qu'ils croyaient leur fille aveuglée par les strass et les paillettes d'une célébrité en mal de famille, ou même perdue dans un plan cul de quelques années avec un « nouveau riche », la découverte de l'appartement rassure Philippe et Françoise sur la pérennité de cette relation. Le rugby est un sport de voyous pratiqué par des gentlemen, dit-on, et le cadre qui les entoure le confirme.

L'apéritif est presque terminé lorsque Daniel s'absente pour coucher Félix et Juliette, très agités par cette soirée hors normes. Beaucoup plus calme en apparence mais tout aussi excitée intérieurement, Mamiline se délecte du spectacle. Restée silencieuse, assise une coupe de champagne à la main, la doyenne scrute les réactions et décortique les attitudes de chacun, tandis que tous profitent de l'absence du nouveau fiancé pour livrer leurs premières impressions à Cécile.

— Il est charmant ! complimente Françoise.

— Et puis l'appart… c'est taupe leuvelle ce style ! commente Jessica.

— Je connais Majorelle, mais Topelevelle, ça ne me dit rien, s'étonne Philippe.

Le débat transcendant sur l'art décoratif avec sa surestimée belle-fille avorte aussitôt.

— Elle veut dire *top level*, traduit Mamiline. Tu devrais regarder la téléréalité plus souvent !

— En tout cas c'est splendide, je t'envie ! s'émerveille Françoise.

— Et ça se passe bien… entre vous… les gamins ? questionne Philippe, curieux de prendre le pouls de cette nouvelle vie.

— Oui, super ! Juliette et Félix sont ravis, ils ont chacun leur chambre !

— Et lui, il n'a pas d'enfant ? demande Pierre.

— Non. Pas à sa connaissance ! plaisante Cécile.

— J'espère que ce n'est pas un coureur.

— Papa, j'ai emménagé chez lui avec mes enfants ; tu crois qu'il s'embarrasserait de nous si c'était le cas ?

— Espérons qu'il les supporte ! glisse Françoise dans l'oreille de Philippe.

Daniel débouche du couloir, ce qui met fin à l'échange et surtout aux derniers doutes des parents.

— Ça y est, les enfants sont couchés, on va pouvoir passer à table.

— Ils n'ont pas fait trop d'histoires ? s'inquiète Cécile.

— Non, ils ont été adorables.

— Je dois dire que Dan s'en occupe très bien !

— Je confirme ! appuie Françoise, ça fait trois semaines que tu ne nous as rien demandé.

— Merci, mon amour.

Et Cécile baise très sensuellement les lèvres de Daniel.

— Bon, ça va ! se lasse Pierre. Vous n'allez pas vous galocher toute la soirée !

— Ton frère a raison ! acquiesce Daniel avec gêne. Ce n'est pas très convenable devant tes parents et surtout ta grand-mère !

— Un peu d'érotisme buccal n'est jamais pour me déplaire, le contredit Mamiline.

— Et après tout, coucher les enfants mérite bien une petite récompense, soutient Françoise.

Pierre hausse les yeux, affligé par l'argument de sa mère et se redonne de l'importance en évoquant une anecdote de leur élite sportive.

— Mais dis-moi, Dan, tu sais que je t'ai déjà interviewé !

Le rugbyman est surpris. Ils se dévisagent, les yeux dans les yeux. Daniel réfléchit, fouillant dans sa mémoire à la recherche d'un souvenir qui lui fasse gagner ce défi.

— T'as déjà commenté du rugby toi ? se gausse Line.

— C'était pas un match… précise-t-il.

Pierre sourit, Daniel fronce les sourcils ; tout le monde se prête au jeu, y allant de sa suggestion. Daniel scrute le regard de Pierre à la recherche d'un indice, quand soudain il se détend et offre un sourire espiègle et complice à son adversaire.

— Quand je jouais encore… J'ai trouvé ! Il y a deux ans : j'étais parrain de l'opération les Gilets de l'espoir !

— Exact, confirme Pierre en lui tendant sa main pour un check viril.

— Tu ne pouvais pas le piéger, il a une super mémoire, exulte Cécile.

— Les Gilets de l'espoir, c'est bien ! le félicite Françoise. Moi aussi je donne régulièrement des habits aux associations.

— C'est pas la même chose, la rabroue Pierre. Là ils envoyaient des gilets de sauvetage en Libye.

— Et donc Daniel, vous étiez professionnel ? le relance Philippe.

— Oui, je viens de prendre ma retraite, comme vous !

Philippe fait mine d'apprécier le trait d'humour maladroit.

— Dan travaille maintenant dans le marketing sportif, le sponsoring, enchaîne Cécile.

— Et, je ne me souviens plus, tu jouais arrière ? le questionne Pierre, tout disposé à établir une certaine connivence masculine.

— Ignare ! le tacle Mamiline. Demi de mêlée ! Le meilleur du Top 14 !

— Il ne faut rien exagérer, rétorque modestement Dan.

— Il est aussi le mois le plus sensuel du calendrier des hercules de l'Ovalie ! provoque la doyenne trop heureuse de jouer la grand-mère indigne.

— Maman ! s'offense Philippe.

— Laissez, je le prends comme un compliment, surtout de la part d'une supportrice !

— Sans vouloir être désagréable, nous on est plutôt foot, commente Françoise.

— Je comprends, on vous ennuie.

— Mais non, pas du tout ! le rassure Philippe. Et puis, si ça permet à Félix de jouer en Top 14…

Tous s'esbaudissent à l'unisson, à l'exception de Cécile, visiblement préoccupée.

— Au fait, je pense qu'il serait quand même bon que les enfants voient un peu leur père.

La gravité inopinée de la jeune mère surprend les deux retraités. Soucieux d'offrir à Dan l'image de grands-parents responsables et pleins d'humanité, ils emboîtent le pas à leur fille dans ce registre compassionnel.

— Nous aussi, abonde Françoise.

— Il meurt d'envie de les voir. C'est vital pour lui ! plaide Philippe.

— Il est toujours chez vous ?

La question paralyse Françoise et Philippe, d'autant que Pierre les regarde avec insistance. Hélas, le moment est mal choisi pour l'esquiver.

— Euh… oui…

La componction de Cécile se volatilise sur-le-champ et elle laisse éclater sa joie.

— Génial ! Je voudrais qu'il les garde ce week-end, Dan m'emmène en Grèce.

Conscients de s'être fait avoir, ils se disent que cette escapade a tout d'un voyage de noces, et quitte à choisir entre Arnaud et Daniel…

— Oui, Arnaud sera super heureux de passer deux jours avec eux…

— Quatre ! On fait le pont !

— Eh bien, va pour quatre ! valide Philippe, paré au sacrifice.

Contre toute attente, Pierre ne condamne pas la faiblesse de ses parents vis-à-vis d'Arnaud. Bien au contraire.

— Et moi, je n'ai pas de match ce week-end, on pourrait y aller avec eux ? propose-t-il.

— Bah ouais, super ! acquiesce Jessica.

— Et vous vous incrustez, comme ça ? réagit Cécile qui semble complètement ahurie.

— Pourquoi ? Ça t'ennuie ? Ça pourrait être sympa ! la supplie Pierre.

Cécile interroge Daniel du regard.

— Ouais, c'est une bonne idée ! approuve Dan. Tu joues au tennis ?

— Deuxième série : 2/6, pérore Pierre. J'amène mes raquettes, je te prends quand tu veux !

Heureuse de cette complicité entre les deux garçons, chose qu'elle n'avait jamais connue entre Arnaud et Pierre, Cécile se tourne vers ses parents.

— Donc vous aurez les trois enfants ! expose Cécile.

— Génial ! se force à se réjouir Philippe.

Amusée de voir les deux grands-parents coincés pour le week-end, Mamiline savoure la situation et trempe ses lèvres dans son champagne pour parfaire son plaisir.

*

Resté seul à la maison, Arnaud trompe sa solitude en travaillant. Loin d'être totalement isolé, il est en pleine conversation vidéo sur Skype avec une cliente, pour laquelle il prépare une réunion. En vérité, même s'il savait pertinemment que Philippe et Françoise dînaient chez Cécile, leur absence l'arrange bien compte tenu du type d'article dont il est en charge pour cette vente : des sex-toys. Bien que dépourvu d'une expérience érotique encyclopédique, Arnaud trouve cette présentation plutôt ludique et instructive. Son innocence le ferait presque passer pour un puceau. Cela amuse sa cliente qui se voit à maintes reprises obligée de lui expliquer l'usage de certains objets et surtout la jouissance qu'il y a à en tirer. Un peu dominatrice, elle prend ainsi un malin plaisir à lui faire la leçon et à lui réclamer ses meilleurs articles. Après toutes sortes d'objets insolites et de gels érogènes, Arnaud présente à la caméra un godemiché fluorescent.

— Ça c'est pas mal, même dans le noir on peut le retrouver.

— Parce que vous faites l'amour dans le noir, vous ?

La question déconcerte le commercial qui enchaîne.

— Mais c'est pas tout !

Arnaud active l'objet électrique qui commence à chanter *Pour le plaisir* d'Herbert Léonard en se tortillant en rythme.

— Le MP3 synchronise la vitesse de rotation : il suffit de télécharger votre musique préférée.

La cliente est alors subjuguée.

— Ah oui, ça c'est bien. Faudra l'amener, aussi. Je suis sûre que c'est dément avec du Lady Gaga.

— Alors vous serez huit, c'est ça ?

— Bonsoir ! lui lance Françoise qui vient de rentrer.

Surpris par son arrivée, Arnaud jette le gode derrière lui et pique un fard. « Bonsoir… » répond-il alors que Philippe passe la tête dans l'entrebâillement de la porte. « Tous ces produits sont hypoallergéniques et répondent aux normes NF et CE… », poursuit le commercial pour leurrer les importuns. Conscients de le déranger en plein travail, ses beaux-parents lui font signe qu'ils vont se coucher, bien soulagés de ne pas avoir à lui faire un compte rendu le soir même.

*

Plus tard, réfugiés dans leur lit, Philippe et Françoise regardent une émission de foot, un de ces débats ineptes où des « chroniqueurs » en sous-capacité pulmonaire ou néphrologique condamnent les contre-performances des sportifs de haut niveau, réquisitoires de bistrot qui n'intéressent qu'eux mais qu'ils jugent de la première importance. L'animateur lance les images : « Et écoutons ce que disait hier à l'issue de ce match le Kid de Liverpool, David Grass, au micro de Pierre Blanchot ». Pierre apparaît alors à l'image : « *So David, it was never an EASY MATCH but you succeed to BUILD and REACT. What was YOUR THINKING during this MATCH ?* »

— Il serait peut-être temps de déclencher le Brexit avec Arnaud, soupire Françoise en coupant le son de la télé. On n'a plus besoin de lui, maintenant.

— T'as raison. La comédie a assez duré. Demain, je lui parle.

— Et pourquoi pas maintenant ?

— Parce qu'il est tard ! Il doit être couché, maintenant, se défausse une fois de plus Philippe.

C'est alors qu'Arnaud frappe à leur porte et s'invite dans leur chambre, à la grande joie de Françoise. Il entre timidement, avec une démarche étrange. Il semble pris de tics nerveux et de spasmes.

— Je vous dérange ?

— Non non, au contraire. Philippe voulait te dire quelque chose. Hein, chéri ?

Pas très heureux de devoir faire le sale boulot le soir même, mais acculé par l'entrée en matière de sa femme, Philippe se fait violence.

— Oui… Alors voilà : on a une bonne et une mauvaise nouvelle à t'annoncer…

La formule afflige Françoise qui soupire bruyamment, déconcentrant un peu Philippe, déjà mal à l'aise en cet instant de vérité.

— Qu'est-ce que je disais… Ah oui, la bonne c'est que tes enfants viennent passer tout le week-end à la maison.

— Super, merci. Et la mauvaise j'imagine, c'est que Cécile a quelqu'un dans sa vie.

— Tu le savais ? s'étonne Françoise.

— Oui, depuis quelque temps déjà, mais j'osais pas vous le dire, vous êtes si attachés aux valeurs du mariage…

Le couple est à la fois soulagé par sa réaction et stupéfié par la crétinerie de son explication.

— Vous n'êtes pas trop tristes ?

— Un peu quand même… commente Françoise, éberluée par la position d'Arnaud.

— Eh bien moi je suis content pour elle, ajoute-t-il. Si elle est heureuse, les enfants le seront aussi. Et puis Dan Lecaire, c'est quand même quelqu'un d'exceptionnel !

— C'est bien que tu réagisses ainsi, le félicite Philippe tout en pensant : *Soit c'est Jésus, soit il est débile !*

Toujours secoué par des spasmes, Arnaud semble hésiter à ajouter autre chose. Puis il se lance, visiblement embarrassé.

— Et je ne veux pas que vous pensiez que je ne suis pas bien chez vous, mais… Une de mes clientes a un petit studio qui se libère, et elle me le propose. Je vais vous quitter.

Le couple se retient de ne pas éclater de rire, tant l'imbécile heureux déjoue tous les pronostics et comble tous leurs espoirs. L'un se mord les babines pour ne pas sourire, l'autre avale sa salive pour préparer une phrase.

— Écoute, c'est normal que tu veuilles avoir ton indépendance, ton chez-toi, on le comprend et on l'a toujours encouragé. N'est-ce pas, Françoise ?

— Bien sûr ! Un jour il faut quitter le nid ! appuie-t-elle.

— Vous me soulagez, j'étais un peu nerveux de vous l'annoncer…

— Pourquoi ? Faut pas… le rassure sa belle-mère avant de prendre un ton tracassé. Mais lève le pied sur le Redbull, ces spasmes, ce n'est pas très bon signe.

Arnaud, d'abord déconcerté par le conseil, se met à rire en comprenant l'objet de la remarque. Hilare, il ouvre sa chemise et dévoile son torse équipé de patchs reliés à des fils électriques.

— Vous n'y êtes pas ! Je teste un appareil d'électro-musculation pour mes clientes !

La méprise éclaircie, le couple s'autorise enfin à rire ouvertement. Arnaud, qui y voit un nouveau signe de leur sympathie à son égard, est une fois de plus ému.

— J'aurais aimé vous avoir comme parents ! Allez, je vous laisse dormir, j'ai assez abusé de vous comme ça. Bonne nuit.

Il les embrasse d'un geste et se retire, un sourire niais accroché aux lèvres. Aussitôt la porte fermée, Philippe fixe Françoise du regard, médusé par tout ce qui leur arrive.

— Putain, on a gagné ! Il se barre !

— Et un et deux et trois zéro… commence à scander Françoise tandis que Philippe se jette sur elle.

— Et voilà que le numéro 10 entre dans la surface de réparation… GOOOOOAL !

Chapitre 13

Aller chercher ses gosses chez son rival est toujours humiliant. Dans un sens, c'est reconnaître sa défaite, déposer les armes aux pieds du vainqueur et se contenter pacifiquement du reliquat affectif de ses enfants que l'ennemi vous a octroyé dans sa magnanimité. Mais pour Arnaud, en dépit de ses blessures, le jeu en vaut la chandelle et comme convenu, la veille du fameux week-end prolongé, il se rend chez Cécile pour récupérer ses petits anges. Il a l'adresse et le code de l'immeuble majestueux où ils vivent désormais. Lui qui va habiter un minuscule studio débarque dans un hall de plus de 100 mètres carrés qui laisse déjà présager les vastes appartements de leurs fortunés propriétaires. *Jamais je n'aurais pu lui offrir ça !* se flagelle-t-il. Alors qu'il recherche le nom de Daniel sur l'interphone, il remarque que Cécile a ajouté le sien : Blanchot et non Poujol. Le choc est violent et la prise de conscience qu'il n'est déjà plus son mari, douloureuse. Toutefois, la joie de récupérer sa progéniture l'emporte sur son amour-propre. « Troisième droite », répond une voix féminine au fort accent asiatique.

En l'occurrence, il s'agit de celle de la femme de ménage, une jeune Philippine au faciès impénétrable et au verbe rare, qui ouvre à Arnaud et le fait attendre dans l'entrée sans le moindre commentaire. Alors qu'il patiente en observant la décoration du vestibule, Daniel vient à sa rencontre, avenant comme à son habitude.

— Salut, tu dois être Arnaud.

— Oui.

— Reste pas dans l'entrée, viens, suis-moi.

Arnaud l'accompagne dans le couloir qui débouche sur le sublime salon. Là, il découvre Juliette qui danse devant un jeu sur Kinect face à un écran géant. Arnaud est impressionné et ne peut s'empêcher de penser que le luxe et l'espace dont ses enfants jouissent à présent a dû jouer un rôle non négligeable dans leur domestication si rapide.

— Juliette, Félix, votre papa est là !

Juliette se retourne à peine tandis que Félix arrive du couloir sur un hoverboard, une planche à roulettes électrique, et poursuit son circuit sans s'arrêter.

— Eh bien, je vois que vous les avez gâtés, constate-t-il avec un peu de jalousie.

— C'est trois fois rien.

— Cécile n'est pas là ?

— Non, je passe la prendre à son travail et on part directement à l'aéroport.

— Les enfants, je suis là ! Faut y aller ! s'impatiente alors Arnaud, pas très à l'aise de voir ses gamins si heureux sans lui.

Mais sa présence ne déclenche pas les effusions d'affection qu'il espérait : Félix refait un passage éclair sous son nez sur son hoverboard et Juliette continue de jouer. Tout comme Cécile le fameux soir de leur rupture, Arnaud se voit relégué au rang d'emmerdeur de service.

— Bon, les enfants ça suffit ! Maintenant vous venez dire bonjour à votre papa ! les interpelle calmement Daniel.

Aussitôt les jumeaux rappliquent, et Arnaud se vexe en constatant que l'autorité de Daniel est bien plus forte que la sienne.

— Je vois qu'ils vous obéissent plus qu'à moi, tente-t-il de dédramatiser sur le ton de l'autodérision.

— Tu peux me tutoyer ! lui recommande Daniel, un peu gêné par cette distance.

Mais Arnaud ne répond pas, plus préoccupé de câliner ses bébés qu'à se lier d'amitié avec celui qui lui pique sa femme et accessoirement ses enfants.

— Bonjour, mes amours... Vous prenez vos affaires ?

— Regarde ce que Daniel il m'a acheté pour ma Barbie !

Juliette ramasse alors une encombrante voiture, une New Beetle rose identique au véhicule de fonction de Girly and Company. Daniel l'a-t-il fait exprès ? Même si cette hypothèse lui traverse l'esprit, Arnaud n'ose la valider. Toujours est-il qu'il ne s'éternise pas non plus, chaque minute supplémentaire apportant son lot d'humiliations.

*

Loin de l'euphorie qu'il avait imaginée pour ces retrouvailles, Arnaud est confronté aux bouderies de ses enfants, qui traînent et rechignent à le suivre. Ils ont désormais pris des goûts évidents de luxe et de confort.

— On va où ? ronchonne Félix.

— Tu verras bien !

— C'est grand, chez toi ? demande Juliette.

— Très grand.

— Je croyais que t'étais pauvre !

— On va chez papy et mamie ! J'habite encore chez eux.

— Et ils t'ont prêté leur voiture ?

— Non. J'ai pris la mienne ! C'est celle-là !

Arnaud stoppe et les enfants découvrent alors la chatoyante voiture de leur père.

— C'est ça ta voiture ? Mais c'est une voiture de fille ! s'effare Félix.

— Ouah, elle est top ! Comme celle de ma Barbie !

— Moi je monte pas dedans, c'est trop la honte ! se rebiffe Félix.

La réflexion du garçon achève d'attrister Arnaud, déjà affecté par la condescendance involontaire de Daniel. Pour la première fois, son amour-propre prend le dessus sur sa patience.

— Bon, Félix, tu m'emmerdes, tu montes et tu ne fais pas d'histoires, sinon je te supprime tous les écrans ce week-end ! Compris ?

Les deux enfants se regardent, stupéfaits, peu habitués aux foudres de leur père. Ils deviennent soudain dociles et prennent place dans la citadine.

*

Parcs d'attractions, cinéma, Aquaboulevard, Arnaud ne ménage pas sa peine et profite de ses premiers revenus pour en mettre plein la vue à ses enfants et transformer ces quelques journées parisiennes en de véritables vacances. Surenchère infantile pour prouver à Juliette et Félix qu'il est à la hauteur de Daniel, peu importe car très vite renaît leur complicité, avec un papa qui sait redevenir insouciant au contact de ses enfants.

Les excursions du trio ne sont pas pour déplaire à Françoise et Philippe, déjà débordés par la garde de Cristiano. Seul désagrément : la nourriture. Entre les pique-niques à prévoir, les goûters copieux et surtout le retour affamé des monstres qui dévorent leur dîner, la logistique est infernale.

Au supermarché, Françoise remplit le coffre de courses pendant que Philippe s'énerve en attachant Cristiano dans le siège bébé.

— Putain que ça fait chier ce truc.

— 250 euros de courses ! À ce prix-là, on aurait mieux fait de leur payer les billets d'avion des enfants pour qu'ils les prennent avec eux. Qu'est-ce que ça va être quand ils vont venir nous voir en vacances !

— Au Portugal, ça nous coûtera deux fois moins cher. C'est bon, se satisfait-il après avoir harnaché le poupon morose.

Pour finir, Philippe enfile la tétine dans la bouche de Cristiano comme on visse un bouchon sur un jerrican. Constatant que sa femme est passablement énervée, il la rejoint pour l'aider à mettre les derniers sacs dans le coffre, qu'il referme avec une sérénité de vainqueur. Puis, tel Napoléon offrant la Malmaison à Joséphine, il lui annonce, comme auréolé de majesté :

— Je crois, ma chérie, que les astres nous sont favorables : il est temps que je parle à ma mère !

— Ce week-end ?

— Pourquoi attendre ?

La détermination de Philippe revitalise Françoise qui embrasse avec fougue son impérial époux.

*

L'organisation est parfaite et c'est l'esprit libre que le couple rend visite à Mamiline. Ils ont confié Cristiano à Arnaud pour la matinée. Juliette se fait une joie de jouer à la poupée avec le bébé et Félix se réjouit d'avoir carte blanche pour s'user la rétine devant des jeux vidéo. Bref, une formalité ! Décidément tout leur sourit, la chance est avec eux : espérons que Mamiline le soit aussi.

*

En l'absence de Cécile, l'ancêtre s'est octroyé tous les pouvoirs, telle une reine douairière qui régente ses sujets. Le plus concerné par ses diktats est sans doute Mario, le cuistot souffre-douleur qu'elle convoque pour valider les menus.

— Et le bourguignon, tu valides ?

— Non Mario, je ne valide pas ! Un bourguignon sans vin, j'appelle ça du pot-au-feu et c'est fade… En plus tu vas nous fourguer les restes de viande sous forme de hachis Parmentier le jeudi et les légumes en soupe fadasse le vendredi.

— Moi, j'ai un budget à tenir. On n'est pas au Ritz !

— Pourtant, c'est les mêmes tarifs ! Tu sais combien je paie chaque mois ?

Mario ne sait que répondre à cette vérité incontestable. En ultime recours, il essaie de lui forcer la main.

— Moi, je dois envoyer les menus par mail à Cécile avant 14 heures, alors faut faire des concessions, sinon on ne va pas s'en sortir.

Line regarde sa montre et retrouve le sourire.

— Ça nous laisse encore trois heures !

Philippe et Françoise se dirigent tout sourires vers la chambre de Line quand ils croisent Mario qui en sort subitement en claquant la porte. « Putain de vieille carne, à la prochaine canicule je lui fais bouffer des laxatifs ! » maugrée-t-il sans prêter attention à leur présence. Du coup, le couple perd un peu de sa vaillance. Le moment est-il propice ? Timidement, ils pénètrent dans la chambre et, voyant que son occupante paraît détendue, ils lancent un joyeux « Surprise ! » pour annoncer leur venue.

Après lui avoir fait la bise, Philippe et Françoise s'assoient face à Line et très vite – après quelques échanges aimables sur le séjour des enfants chez eux –, un silence gêné s'installe, un de ces tunnels muets qui s'instaurent entre gens qui n'ont rien à se dire et que seules quelques banalités permettent de franchir.

— Bref, on s'est dit qu'en l'absence de Cécile vous vous sentiriez moins seule si on passait… explique Françoise qui déploie pour l'occasion une gentillesse outrancière.

— C'était pas la peine, j'ai plein de boulot. En plus, on doit répéter avec des amies, on fait un concert de pop anglaise : Beatles et Rolling Stones.

La réponse ayant coupé la chique à Françoise, Philippe prend le relais, usant de la première formule éculée qui lui vient à l'esprit.

— Et tu ne manques de rien ?

— Si ! D'une table de mixage, celle de Denis n'a que quatre pistes.

— Je voulais dire, pour ton confort.

— Toi, t'as quelque chose à me demander.

— À vous offrir, plutôt, Line ! intervient Françoise.

— Tiens donc !

— Voilà, Jérôme nous a fait part de ses calculs pour le viager… tâtonne Philippe.

— Enchaîne.

— Et je te comprends quand tu dis que c'est désagréable de savoir qu'un « vautour » tourne au-dessus de ta tête.

— Philippe ! trépigne Mamiline, échauffée par ses périphrases qui n'annoncent rien de bon.

— Bref, avec Françoise on s'est dit qu'on aimerait bien acheter ton appartement.

Line ne réagit pas, mais son œil scintille. Loin d'être convaincue par la pureté de leur intention, elle prend soin de réclamer des explications.

— Je croyais que vous étiez fauchés depuis la retraite ! Vous ne pouviez même pas prêter 20 000 euros à Cécile !

— C'est justement cette histoire qui nous a fait réfléchir ! se justifie Françoise. On était tellement frustrés de ne pouvoir l'aider…

— Et maintenant, vous pouvez ?

— Oui car depuis, j'ai reçu un reliquat de la vente de mon cabinet. Un imprévu !

— Et quand Jérôme nous a donné les montants du viager, on s'est dit que ton appart, c'était un bon placement pour nos vieux jours.

— En plus, il resterait dans la famille…

Line prend un instant avant de répondre, suspectant une entourloupe. Néanmoins, elle en accepte le principe. Le couple est ravi et la tension retombe jusqu'à ce que la vieille dame les interroge à nouveau :

— Sinon, vous n'aviez rien d'autre à me dire ?

Dans son élan de gaieté, Philippe s'apprête alors à lui dévoiler la vente de la maison, mais Françoise, sentant l'instant mal choisi, le coupe aussitôt :

— Non, rien, tout va pour le mieux !

*

Alors qu'ils reprennent leur voiture, Philippe s'étonne de la réaction de Françoise. Pourquoi ne l'a-t-elle pas laissé lui annoncer la vente de la maison ? Sa tactique lui échappe.

— Mets-toi à sa place ! Parce que tu t'imagines qu'elle aurait accepté de nous vendre son appart si elle savait pour la maison ?

La réflexion tombe sous le sens et Philippe est soulagé d'avoir évité cette erreur fatale.

— On signe d'abord, et on parle après ! assène-t-elle sans réplique.

C'est donc tout guillerets que Philippe et Françoise reviennent chez eux. Le trajet est l'occasion de quelques révisions linguistiques. Un CD dans l'autoradio les plonge déjà dans leur future vie.

— « Bonjour, ça sent bon chez vous !... *Bom dia, cheira bem na sua casa !* » dicte une voix chaude et cuivrée

— *Bôme dia, chéra baime na soua caza !* répètent-ils en chœur.

— « Antonio a tué le chien du voisin avec un parpaing... *O Antonio matou o cão do vizinho com um tijolo.* »

— *O Antonio mâtou o chiao do viche-inho como tirolo*, s'appliquent-ils avec difficulté.

— « Non, je n'ai pas oublié vos étrennes... *Não me esqueci das vossas broas de Natal...* »

Brutalement ils freinent, terrifiés. Devant leur maison, Cécile sort d'un taxi la tête basse : elle a l'air d'une loque. La scène est sans équivoque : quel que soit le drame qui est survenu, le week-end de rêve a tourné au cauchemar. En un instant, tout s'effondre.

— Qu'est-ce qu'elle fait là ? se demande Philippe en pleine panique.

Françoise pour sa part reste hébétée, tandis que le CD tourne toujours : « Que c'est détendant d'écouter du fado quand la nuit tombe... *È um descanso ouvir fado aõ anoitecer.* »

*

Afin que Félix et Juliette n'entendent pas la teneur de leur conversation, les adultes se sont retranchés dans la cuisine. Assise comme une malheureuse sur un tabouret, Cécile fait le récit d'une voix monocorde de ce qui s'est passé en Grèce. Debout à côté d'elle, Arnaud, Philippe et Françoise l'écoutent religieusement. Un blessé, une engueulade, un vol ? Toutes les hypothèses sont évoquées mais Cécile les réfute l'une après l'autre et finit par leur raconter.

— Ça se passait super bien. Il faisait beau, l'eau était chaude, on prenait des bains jusqu'à plus d'heure, on sortait le soir, l'éclate quoi. Et puis la journée, les garçons jouaient au tennis tout le temps. Alors avec Jessica on en avait un peu marre et on est parties faire du shopping.

Jusque-là personne n'ose presser Cécile tant elle fait pitié, mais son récit devenant plus rébarbatif qu'une séance de diapo, Philippe la bouscule un peu.

— Et alors ? s'impatiente-t-il.

— Mais moi, j'aime pas le shopping…

Et voilà que Cécile fond en larmes. Françoise assassine son mari du regard comme s'il était responsable de cette crise. Philippe se défend par des gestes, tandis que Cécile se mouche et poursuit son histoire.

— Alors je suis rentrée au bout d'une heure… La maison était vide… j'ai cherché les garçons partout… Cuisine, chambres, couloirs… personne.

— Les salauds ! Ils s'étaient barrés avec des filles, croit deviner Françoise.

Cécile lève les yeux vers sa mère avec crainte, hésite à continuer puis se lance.

— Non… ils étaient là, dans la salle de bains. Tous les deux…

Françoise n'ose comprendre, tandis que Philippe ne capte carrément rien.

— Et ils étaient avec des filles !

— Non papa, ils étaient seuls, allongés l'un contre l'autre, dans la même baignoire.

Là, tous ont très bien compris. L'image des deux jeunes hommes enlacés frappe les esprits, même les moins imaginatifs.

— Mon portable a sonné. C'était Jessica… les garçons se sont alors tournés vers moi… ajoute-t-elle, le regard dans le vide.

La révélation scotche tout le monde, chacun semble visualiser la scène avec autant d'effroi que Cécile et compatir à sa douleur.

— J'ai pris le premier avion ce matin. Voilà. Vous connaissez toute l'histoire… Je me suis fait piquer mon mec par mon frère…

— Mon fils est pédé ! lâche Philippe.

— Pas pédé : homosexuel ! le corrige aussitôt Françoise.

— Bon ça va ! C'est mon fils, j'ai le droit ! Et puis on est entre nous !

— Les choses étaient si évidentes, si sereines dans cette baignoire tout étriquée… poursuit Cécile presque admirative. L'amour dans ce qu'il a de plus pur…

— Si tu peux nous épargner les détails… s'énerve Philippe.

— C'est horrible ! compatit Arnaud. Et la pauvre Jessica…

L'évocation de leur bru, qu'ils trouvent hors de propos, agace un peu plus les parents. Mais comme un automate, Cécile lui répond.

— Elle ne sait rien ! Je lui ai juste dit que j'avais une urgence à la maison de retraite et que je devais rentrer.

— Tant mieux ! Et plus tard elle le saura, mieux on se portera ! conseille Philippe avec fermeté.

— Oui, ce n'est pas la peine de la faire souffrir inutilement ! complète Françoise pour donner un peu d'humanité à l'emportement de son mari.

Un long silence méditatif s'installe alors. Tandis que Cécile revit encore et encore son cauchemar, Françoise et Philippe entrevoient le leur, mesurant pleinement l'ampleur des dégâts et les incidences sur leurs plans. Toujours en décalage, Arnaud, pour sa part, continue de se préoccuper de l'état psychologique de chacun et s'épanche :

— Et moi qui croyais que Pierre me prenait pour un con alors qu'en fait, le pauvre, il était juste pas bien dans sa peau !

Tous, y compris Cécile, sortent de leur torpeur, le regardent avec un air incrédule, mais valident son explication hasardeuse pour ne pas l'accabler. Après tout, même s'il est à côté de la plaque, sa réflexion explique en partie l'animosité chronique de Pierre.

— En tout cas, il est hors de question que je retourne dans l'appartement de Daniel.

— Tu m'étonnes… la soutient sa mère.

— Donc tu retournes dans ton appartement ? l'interroge Philippe, seul à demeurer terre à terre.

— Ben, j'ai rendu les clefs et je ne sais pas s'il est encore libre ! Tu sais, à Paris, les locations…

— Et si c'est pas le cas, tu comptes faire quoi ?

— Je pourrais rester ici, le temps de me retourner, si ça ne vous dérange pas.

— Mais non, pas du tout, rebondit Arnaud.

Philippe et Françoise sont pris de court par la réponse de leur gendre. Il reste à peine un mois avant leur départ et si Cécile s'installe chez eux, tout est foutu.

— Mais y a pas la place ! s'insurge Philippe en désespoir de cause.

— Ben si, intercède Arnaud. Je lui laisse ma chambre et je dormirai par terre dans le bureau.

— Mais c'est pas confortable. Avec ton boulot il faut que tu dormes bien, insiste Françoise.

— C'est l'histoire de quelques nuits, le temps de récupérer mon studio.

Ce con a réponse à tout ! se disent Françoise et Philippe qui, piégés par le candide, doivent se ranger à cette solution. Cécile pour sa part est touchée par l'altruisme du naïf et le regarde tendrement… Une petite flamme…

*

Le soir, réfugiés dans leur lit devant une énième émission de foot qui a pour seul mérite d'être animée par une femme à la gouaille masculine et au décolleté insolent, Philippe et Françoise font le point sur la situation :

— Tu crois qu'il pourrait trouver assez vite un appart à Cécile, l'agent immobilier ?

— Lapie ? T'es sérieux, là ? Tu veux vraiment rappeler ce crétin ?

— Et comment veux-tu faire ? On ne va tout de même pas lui filer l'appart de maman ?

Françoise se tait. Déjà prête à refourguer à sa fille cet appartement qu'elle déteste, elle est séchée par la remarque de son mari, qui lui coupe l'herbe sous le pied. À cet instant, elle est plus préoccupée par ce qui arrive à ses enfants que par ses propres aventures immobilières et cherche à se rassurer.

— Le seul point positif dans cette histoire, reprend-elle, c'est que j'ai gagné un fils homo qui s'occupera bien de moi quand je serai vieille et seule.

— Oh le cliché ! Si c'était vrai, ton fils serait également sensible et cultivé.

— En tout cas, s'ils adoptent un petit chien, je ne leur garde pas !

Polémiquer plus longtemps sur les préjugés de Françoise s'avérant sans fin et épuisant, Philippe se tait. Cependant les raccourcis stéréotypés de sa chère épouse ne sont pas la seule cause de son soudain mutisme. En effet, il digère beaucoup moins bien qu'elle cette révélation et rumine dans son coin. En réalité, Philippe est vexé de s'être fait balader par son fils et culpabilise en même temps de ne s'en être pas rendu compte lui-même durant toutes ces années.

— Ce que je ne comprends pas, c'est qu'il aurait pu nous en parler… On est ouverts d'esprit, quand même !

— Surtout toi ! se moque Françoise.

— Mais moi j'ai rien contre les pédés ! Enfin les homosexuels ! se corrige-t-il. En plus ça se voit pas. Y a aucune honte…

— Tu peux être plus clair ?

— Pierre c'est pas une ces folles hystériques…

À la télé, la journaliste au regard coquin et à la diction dominatrice lance avec un rictus ironique la diffusion de l'interview que le fiston a réalisée le jour de la visite de Cécile dans les vestiaires de foot.

— Tu vois, il présente bien… Franchement pour savoir qu'il est… gay.

Peu concentré sur son interlocuteur, Pierre a l'air tout émoustillé au milieu des joueurs nus qui partent à la douche. Philippe réalise alors son aveuglement, ce qui amuse Françoise.

— En tout cas, maintenant tu comprends pourquoi son métier le passionne ! conclut-elle avant d'éteindre.

Chapitre 14

Cécile n'attend pas la fin du week-end pour retourner aux Pissenlits. Encore un peu défaite, elle compte noyer sa douleur dans le travail, oublier ses déboires et pour le moins se faire consoler par sa grand-mère. Mais quand le chat n'est pas là… Elle ne trouve personne, pas même Mamiline. Suite aux informations récoltées auprès d'aides-soignantes, Cécile se dirige vers le réfectoire. Personne, là encore. Soudain, des voix lui parviennent : « Check… relance de dix… Elle est à combien la blinde ? » Cécile pousse la porte de la cuisine qui jouxte la salle à manger et trouve Line en train de jouer au poker avec Denis, Mario et Jean-Louis. Ils fument des cigares et boivent du cognac.

— Vous fumez dans la cuisine ?

Le groupe se fige comme pour une descente de police dans un tripot clandestin. Excepté Mamiline, qui demeure concentrée sur son jeu et lui répond par réflexe :

— Oui, c'est le seul endroit où il n'y a pas de détecteurs de fumée !

Ont-ils joué toute la nuit ? Sans doute. Mais Cécile ne sait plus si elle doit crier ou rire tellement la scène la sidère.

— Mais t'es pas en Grèce ? s'étonne Mamiline à contretemps.

— Vous pouvez nous laisser ? demande Cécile aux autres joueurs qui se retirent sans se faire prier.

Une fois les partenaires de jeu de Mamiline enfuis, Cécile s'écroule sur une des chaises et ne cherche plus à sauver les apparences. Elle profite du cognac laissé par les lascars et tripote les jetons, pensive. Sans une larme cette fois-ci, elle relate à nouveau son aventure hellénique, l'épouvante du cheval de Troie, son rêve noyé dans l'Achéron, ses désillusions emportées par le Styx. La grand-mère l'écoute sans grande réaction. Cécile, qui prend à présent un peu de recul, commence à s'autoflageller. Comme la plupart des femmes, elle ne peut s'empêcher de s'attribuer tous les torts et se reprocher sa naïveté, ce qui fait enfin réagir Mamiline.

— C'est le propre des homos de savoir cacher leur jeu, c'est sans doute ce qu'ils ont de plus féminin en eux. Mais Pierre ! Ça a toujours été une évidence pour moi.

— Quoi ? Et depuis quand tu le sais ?

— Depuis tout petit ! Il a toujours regardé les garçons d'une manière spéciale.

— Mais il s'est marié, il a eu un enfant !

— Dis-toi bien que quand on épouse une fille comme Jessica, c'est qu'on n'aime pas vraiment les femmes !

— Je ne sais pas comment je dois le prendre, ce que tu viens de dire.

— Toi c'est différent, t'étais l'alibi parfait pour un rugbyman !

La jeune femme admet l'argument, mais connaissant le flair de sa grand-mère, son intuition féminine aiguisée, elle commence à douter. Mamiline l'aurait-elle laissée se perdre dans les bras de Daniel en toute connaissance de cause ?

— Et t'as rien vu venir ?

— Rien ! Je t'assure, sinon je ne t'aurais jamais laissée partir. J'ai beau avoir l'esprit ouvert, je coince encore un peu sur les partouzes familiales. Y a pas marqué Sophocle ! dit-elle en passant un doigt sur son front.

Convaincue, Cécile sirote son cognac tandis que Line rallume un cigarillo tout en réfléchissant. La volute de fumée qu'elle éjecte lui inspire une autocritique.

— En même temps, j'aurais dû me méfier : un demi de mêlé c'est toujours imprévisible ! Surtout lui ! Quel joueur ! Il alternait sans cesse le jeu : tantôt il écartait, tantôt il jouait dans le dos, des chandelles magnifiques et dès qu'il pouvait il prenait le… l'intervalle.

Mais Cécile ne l'écoute plus, perdue dans ses pensées.

— Qu'est ce que je suis conne ! J'ai viré le seul homme qui m'aimait vraiment, et j'ai plus d'appart.

La réflexion de Cécile attendrit la vieille dame qui pour une fois oublie son cynisme et lui offre sa bienveillance.

— Tu l'aimes encore ?

— Je vais te décevoir si je te dis oui ?

— Tu sais, on a les défauts de ses qualités…

— Et Arnaud a beaucoup de défauts… s'attendrit Cécile.

— Alors je t'autorise à l'aimer ! la bénit Mamiline affectueusement.

La jeune femme se lève pour rejoindre sa grand-mère et l'enlacer. Très vite, la pétulante coach passe à l'étape suivante et invite son élève à se projeter plus loin.

— Bon, ben maintenant il faut trouver un logement pour ta petite famille !

— Ouais… opine Cécile sur un ton découragé.

— Fais pas cette tête ! T'as juste à virer tes parents de chez eux et à reprendre la maison.

— Tu ne lâches rien, toi !

— Ah, mais je suis très sérieuse ! Après je pourrai mourir tranquille !

— Comment veux-tu que je fasse ? demande Cécile, défaitiste.

— Facile, assure la vieille dame, ils ont racheté mon appartement !

— Quoi ? s'exclame sa petite-fille.

— Ils me l'achètent pour leurs vieux jours et ils ne sont plus tout jeunes !

La facétieuse grand-mère déguste cet instant de surprise qui relance les intrigues familiales dont elle raffole. Malgré l'explication bancale au sujet des investissements financiers de ses parents, Cécile digère mal ce nouveau secret, ce nouveau mensonge, qui lui est dévoilé : *Décidément, tout le monde me prend pour une conne !* se dit-elle. Inversement, l'honnêteté d'Arnaud et son absence de calculs lui apparaissent comme une vertu bien plus précieuse que toutes les supposées sécurités financières et affectives que son éducation lui avait inculquées.

*

Lorsqu'elle rentre chez ses parents, Cécile est encore partagée entre une envie irrépressible de leur rentrer dedans et la soif de se faire pardonner par Arnaud. Toutefois la conclusion qui s'impose à elle est bien moins égocentrée : *Finalement je ne suis pas si différente d'eux, ma mesquinerie vaut bien la leur !* Ce désir d'apaisement se consolide quand elle sort de sa voiture et s'approche de la fenêtre du salon, d'où lui parviennent des rires. Sans faire de bruit, elle observe toute la famille en train de jouer au jeu du mime, Arnaud n'hésitant pas à se ridiculiser pour faire deviner le nom d'un personnage célèbre. Tout le monde est réuni sur le canapé, se prête au jeu captivant et drôle, même Philippe, qui tient Cristiano sur ses genoux. La bonhomie du spectacle, la concorde familiale, la douceur des joies simples, tout concourt à la faire renoncer au moindre esclandre. Ainsi ressourcée, Cécile pousse la porte d'entrée et rentre radieuse dans la maison : « Quasimodo ! » s'écrit-elle, surprenant tout le monde.

*

Cécile prit le temps d'expliquer à ses enfants sa rupture avec Daniel. À l'aide de mots simples, elle raconta qu'il aimait quelqu'un d'autre, plus qu'elle. Elle avoua son chagrin mais aussi son erreur. Les enfants l'écoutèrent attentivement, prenant d'office son parti, puis l'envie de jouer et de rire avec leur maman permit de passer très vite l'éponge, de chasser l'amertume et de jouir du bonheur d'être réunis.

*

Au moment de rejoindre ses pénates, Arnaud se sent de nouveau heureux et des ailes lui poussent. Après un instant d'hésitation, il fouille dans son sac mais s'affole de ne pas mettre la main sur ce qu'il cherche. Sa peur disparaît d'un coup lorsqu'il parvient à ses fins. Il monte ensuite à l'étage pour dire bonsoir aux enfants, lesquels ne sont pas dans leur chambre. Pensant les trouver dans la salle de bains, il passe devant la chambre de Cécile qui est déjà couchée. Il jette un œil discret par l'embrasure de la porte et découvre Félix et Juliette en pyjama, qui s'agitent et sautent sur le lit de leur mère sans ménagement. Il savoure à la dérobée la grâce de cet instant magique, cette harmonie familiale qui lui a tant manqué. Arnaud reste un long moment à les épier, le plus discrètement possible afin de ne pas rompre le charme. Il redécouvre la douceur maternelle de Cécile et le regard tendre qu'elle offre à ses enfants. Oubliées les tensions du quotidien qui avaient miné leur amour, oubliées les disputes futiles et les reproches systématiques, cet instant est une parenthèse enchantée qui emplit Arnaud de bonheur. Comme bercée par ses souvenirs d'enfance, Cécile partage avec ses bébés le plaisir de retrouver ses jouets d'antan. Elle aussi, emportée par cet amour évident et sans calcul, elle se délecte de cette insouciance, cadenassée au fond d'elle-même depuis tant d'années.

— J'ai nettoyé les cheveux de toutes tes Barbie parce qu'elles étaient pleines de poussière et que j'arrêtais pas d'éternuer.

— Et t'as trouvé l'avion ?

— Y a un avion ?

— Oui et aussi la clinique vétérinaire Playmobil.

— Et tu sais où ils sont les Playmobil ? l'interroge Félix avec envie.

— Oui ! Mais je verrai ça demain, il est tard !

Hélas, fidèle à sa maladresse, Arnaud perd l'équilibre et bouscule la porte qui s'ouvre malgré lui. Cécile l'aperçoit et son visage s'illumine.

— Entre !

Confus, Arnaud avance alors dans la chambre. Un peu embarrassé d'avoir été surpris comme un vulgaire espion, il relance ses enfants pour se donner de la contenance.

— Les enfants, faut aller se coucher. Il est presque minuit et maman a eu une grosse journée…

— Oh non ! on n'a pas école demain… se rebiffe Félix.

— Pas de discussion ! ordonne-t-il.

Toujours à l'affût d'une dissension parentale pouvant tourner à leur avantage, les jumeaux tentent d'amadouer leur mère.

— Non, pas tout de suite, la supplie Juliette.

— Allez ! Au lit. Obéissez à papa ! Bisous…

Bien obligés d'obtempérer, les enfants sortent en faisant la moue à leur père, qui les interpelle dans le couloir.

— Vous vous brossez bien les dents et vous laissez les DS dans la salle de bains.

Cécile, impressionnée, ne cache pas son admiration, ce qui trouble Arnaud.

— Qu'est-ce qu'il y a ? Pourquoi tu souris ?

— Rien. Il y a quelque chose qui a changé chez toi…

— Tu trouves ?

— Assieds-toi une seconde, l'invite-t-elle en tapotant son matelas.

Timidement, Arnaud s'approche et s'assoit au bord du lit.

— Maman m'a dit que ça marchait bien pour toi.

— On peut dire ça.

— Ça se sent. T'as plus d'assurance…

— Faut pas croire, je suis toujours aussi maladroit.

— Comme lorsque tu t'es électrocuté en réparant l'aspirateur ?

— Et quand je suis tombé de l'arbre de tes parents.

— Le fameux élagage…

— Tu oublies la gouttière chez ma mère…

Le visage de Cécile se pare d'une soudaine gravité, elle hésite.

— Et la voiture de police ?

— Pas vue arriver, révèle-t-il joyeusement avec une totale autodérision, ignorant que tous croient à une tentative de suicide.

La spontanéité de la réponse ne laisse aucun doute sur la véracité des faits. Et puis Cécile le sait bien, Arnaud est incapable de mentir. En presque dix ans de vie commune, elle ne lui a connu que de fréquents oublis, des omissions involontaires et des gaffes permanentes. Même faire une surprise agréable est un exploit pour lui, incapable qu'il est de garder un secret. Cette révélation sonne donc comme une libération.

— C'est pas vrai ! souffle Cécile, soulagée qu'il ne s'agisse pas d'une conduite suicidaire dont elle aurait été responsable.

— Ils roulaient à contresens… se justifie-t-il. Et je suis toujours en vie. Faut croire que la mort ne veut pas nous séparer…

Consciente de l'avoir fait souffrir avec cette rupture et surtout avec son aventure extraconjugale, Cécile se sent coupable et lui prend la main.

— Moi aussi je suis maladroite. Tu me pardonneras un jour ?

Il lui caresse la main à son tour… Amoureux…

— Tu m'aimes ?

— Je crois que je l'avais oublié, mais maintenant je sais que oui… Oui je t'aime !

Transporté par cette déclaration d'amour qu'il espérait tant, Arnaud sort un écrin de bague de sa poche et le lui tend, ouvert.

— Alors, tu veux bien redevenir ma femme ?

— Bien sûr, imbécile !

Et ils s'embrassent tendrement. Puis Arnaud prend la main de Cécile et lui glisse la bague au doigt. Elle contemple le bijou avec émotion quand soudain un doute la saisit.

— Mais c'est la bague de fiançailles de ta mère ?

— Oui. Elle me l'avait envoyée pour nos sept ans de mariage.

Cécile a un regard d'incompréhension.

— Tu ne l'as pas vendue ?

— Ben non, pourquoi ?

Cécile en déduit aussitôt que le remboursement des 20 000 euros de dettes a été financé par ses parents. Après l'achat de l'appartement de Mamiline, cette nouvelle révélation lui fait tout interpréter de travers. Elle imagine que ses parents ont agi en sous-main pour sauver son bonheur. Elle croit déjà avoir affaire à des saints ou plutôt des anges gardiens, qui pudiquement ont tout sacrifié pour la rendre heureuse. Son émotion la domine, l'envahit.

— Elle ne te plaît pas ? s'inquiète Arnaud qui tout à coup trouve sa réaction étrange.

— Si, beaucoup. Tu ne sais pas à quel point !

— Il ne reste plus qu'à nous trouver un nouveau chez-nous.

— Pourquoi ? On n'est pas bien ici ? lui demande-t-elle, des larmes de bonheur aux coins des yeux.

*

Cécile et Arnaud ont passé la nuit ensemble. Ils ont fait l'amour de la plus douce et la plus sensuelle des manières, ne formant plus qu'un corps, qu'une respiration, qu'un cœur. Des caresses pour seules paroles, des regards pour seules pensées, un sommeil paisible comme réconciliation, telle fut leur nuit. Aussi, lorsqu'elle se réveille, Cécile est chargée d'ondes positives, elle est galvanisée par ce nouveau départ. L'ivresse de sa plénitude est telle que même les ronflements d'Arnaud sont pour elle une musique délicieuse. Le visage détendu de son amoureux, qui témoigne d'une paix intérieure retrouvée, la comble de quiétude. Discrètement, elle se glisse hors du lit, enfile un jean et un T-shirt et quitte la chambre.

*

Au lieu de descendre se restaurer, Cécile n'a qu'une idée en tête : monter au grenier retrouver ses jouets pour faire plaisir aux enfants dès leur réveil, une sorte de Noël avant l'heure. Mais arrivée en haut, elle est intriguée : les combles sont vides et balayés. Repensant aux rangements qu'ils avaient remarqués avec Jessica lors de l'anniversaire de sa mère, Cécile se dit que son trésor est ailleurs, sans doute dans le garage.

Lorsqu'elle pénètre au sous-sol, elle reste médusée en se heurtant à un mur de cartons. Le garage est plein à craquer. Bien que l'opération rangement de ses parents lui paraisse disproportionnée, Cécile poursuit sa recherche, bien décidée à satisfaire ses enfants. « Playmobil… Playmobil… » Après un long moment, elle finit par trouver un carton « Jouets ». Mais ce dernier est marqué « Emmaüs ». Elle le tire, le pose et l'ouvre. « Mais c'est pas vrai, ils ne vont pas donner mes Playmobil à Emmaüs ! » s'insurge-t-elle. Lorsqu'elle se redresse, à travers l'espace laissé par ses jouets, elle remarque une autre rangée de cartons. Elle ouvre de grands yeux en lisant la mention sur l'un d'eux où est inscrit « Portugal ». Son regard scanne alors les autres rangées et les autres étiquettes : Portugal ici, et ici, et encore là, et comprend aussitôt le projet de ses parents.

Cécile ne peut contenir un petit rire nerveux tant elle trouve sa découverte incroyable. Toutefois, l'inquiétude la saisit : le plan qu'elle a échafaudé avec Mamiline serait-il compromis ou au contraire favorisé par ce déménagement ? Persuadée de pouvoir tirer son épingle du jeu, elle décide d'éclaircir cette affaire au plus vite.

*

Toute guillerette, la malicieuse Cécile remonte du garage et se rend dans la cuisine pour boire un café. À sa grande surprise, elle y retrouve ses parents en robe de chambre et visiblement exténués par la nuit qu'ils viennent de passer en compagnie du bruyant nourrisson. Françoise porte Cristiano tandis que Philippe prépare le biberon, dosette en main : « Deux… Trois… » Mais l'apparition de leur fille éclaire leurs visages de sourires entendus, les retrouvailles nocturnes avec Arnaud ne leur ayant pas échappé.

— Hello ! les surprend Cécile.

— Déjà levée ? demande Françoise, sur le ton de la connivence.

— Bonjour, ma chérie, alors… bien dormi ? plaisante-t-il à son tour.

— Franchement, t'es lourd ! lui reproche sa femme.

— Oh, ça va ! C'est son mari…

La réconciliation des tourtereaux égaie cette matinée mais a déconcentré Philippe qui s'est perdu dans le nombre de doses.

— Merde ! Où j'en étais ? s'énerve-t-il en étudiant le niveau de poudre.

— Ben prends-en un autre ! lui dit Françoise, lassée d'attendre le précieux breuvage.

Philippe met de côté son biberon et recommence l'opération avec un autre.

— C'est combien déjà ?

— 180 millilitres et six dosettes de poudre, soupire Françoise.

Sans rien dire, Cécile se sert un café alors que son père s'applique de nouveau à verser des doses de lait en poudre : « Un… deux… trois… »

— Alors comme ça vous déménagez au Portugal ! lâche-t-elle soudain.

Le couple se fige et sent poindre des sueurs froides.

— Comment tu sais ?

— Les cartons, dans le garage !

Pris la main dans le pot de confiture en pleines agapes matinales, ses parents restent interdits. Faute de pouvoir nier l'évidence, Philippe décide alors d'avancer à tâtons pour recueillir son sentiment.

— Et t'en penses quoi ?

— Bah… que c'est une super idée !

Fallait-il mettre cette réaction sur le compte de l'euphorie d'une nuit d'amour ou la logique d'une femme moderne ? À cet instant, Françoise et Philippe n'en ont rien à faire, tant l'attitude de Cécile dément toutes leurs prédictions.

— C'est vrai ? Tu trouves !

— Évidemment ! Vous êtes encore en pleine forme, vous avez bossé toute votre vie, vous avez le droit de vous éclater, d'avoir des projets !

— Ouf, je suis soulagé. Avec ta mère, on ne savait pas comment tu le prendrais.

— Super bien, tu vois.

— Ma chérie, je n'en attendais pas moins de toi ! la flatte Françoise.

— Et la maison ? Vous comptez la mettre en location ?

— Non… on la vend, avoue Philippe du bout des lèvres.

Cécile ne peut masquer sa déception de voir cette opportunité lui passer sous le nez. Françoise, elle, interprète sa grimace comme un simple regret et se justifie.

— Tu comprends, c'est ça qui finance la villa au Portugal.

— Et l'achat de l'appart de Mamiline, complète Cécile.

— Oui, en effet, confirme Françoise, un peu surprise que sa fille soit au courant.

Là encore, la réplique de Cécile les cueille. Rien de ce qu'ils avaient anticipé ne se confirme. Et pour cause : elle aussi y trouve son intérêt.

— Du coup je vais pouvoir vous louer l'appartement de Mamiline, enfin, si vous me faites un bon prix, sinon on ne pourra pas venir vous voir en vacances !

En dépit du fait que Cécile s'octroie d'office l'usage de leur bien et les prive de pied-à-terre à Paris, sa proposition se révèle être la solution à tous leurs problèmes. Si Philippe est contrarié, Françoise abonde dans son sens, tout heureuse de ne pas devoir emménager dans cet appartement qu'elle exècre.

— Tu sais, à l'origine c'est pour toi qu'on l'avait acheté… hein, chéri ?

Bien qu'inquiet de devoir renoncer à son « plan de repli » parisien, Philippe devine l'intérêt de la tactique de Françoise : assurer au jeune couple un redémarrage confortable et stable. Il lui emboîte donc le pas.

— C'était avant que tu n'emménages chez Daniel.

— Alors t'inquiète pas mon bébé, pour le loyer, on va s'arranger.

— C'est qu'on était ennuyés quand on a vu que tu n'en avais plus besoin, tu sais les locataires de nos jours, c'est pas souvent très fiable… surenchérit Philippe.

— Et vous avez un acheteur pour la maison ?

— Oui, elle est déjà vendue. Et la signature de l'acte définitif est dans un mois.

— Champagne ! Vous devez être tout excités !

— Impatients surtout, précise Françoise, ravie de pouvoir partager ouvertement ses sentiments avec sa fille.

— Je vous comprends !

Aux anges, Philippe continue mécaniquement de remplir le biberon pendant que Cécile, qui interprète encore le machiavélisme de ses parents comme un altruisme « cupidonien », continue de les complimenter.

— Vous savez, je suis fière de vous ! Moi qui vous trouvais si casaniers, pour ne pas dire un peu chiants, là vous me surprenez ! Je ne vous croyais pas si courageux !

— Comment ça ? s'étonne Françoise.

— Tu sais bien… Quitter la maison où vous avez élevé vos enfants, balayer comme ça tous vos souvenirs, partir en terre inconnue pour démarrer une nouvelle vie, découvrir une nouvelle langue, se faire de nouveaux amis : c'est dingue comme aventure ! Vous êtes incroyables !

Plus Cécile les couvre de superlatifs, plus Philippe et Françoise se liquéfient, comme s'ils prenaient enfin la mesure de leurs actes. Le maître des biberons arrête alors de verser son lait en poudre.

— Franchement, je suis admirative. Redémarrer à zéro, comme ça, à 60 ans c'est… courageux !

— Eh bien, merci du compliment ! réplique Philippe pour se donner une contenance.

— Y a que pour ta grand-mère qu'on n'a pas été très courageux… ajoute Françoise du bout des lèvres.

— Ah je vois, Mamiline n'est pas encore au courant pour la maison !

— Non, soupire Philippe. Tu comprends, ça va lui faire un choc, et à son âge…

— Vous voulez que je lui en parle ? propose spontanément Cécile.

Sentant que la solidarité de leur fille peut être salvatrice, Philippe et Françoise opinent de la tête, tout heureux de se voir déchargés de ce fardeau et surtout certains que Cécile saura plaider leur cause mieux qu'eux-mêmes.

Soudain, Philippe sursaute : « Merde j'en étais à combien ? » se désespère-t-il en voyant la poudre déborder du biberon.

*

La fleur au fusil, Cécile retourne à la maison de retraite exposer à Mamiline ces derniers rebondissements immobiliers qui comblent toutes ses attentes.

À sa grande surprise, la tâche s'avère plus ardue qu'elle ne l'imaginait. Visiblement en colère, sa grand-mère ne partage pas son emballement et ne la ménage pas.

— Et toi, tu trouves ça normal qu'ils nous aient caché leur projet ? l'invective la vieille dame.

— Papa avait peur que ça te tue…

— Que JE LE TUE, plutôt ! Ils voulaient nous mettre devant le fait accompli : c'est tout ! Au Portugal… rumine-t-elle. Je savais qu'ils manigançaient un truc, les deux égoïstes.

— T'y vas un peu fort là !

Le détachement de la jeune femme exaspère Mamiline, qui redouble d'acrimonie.

— S'ils vendent la maison, c'est que la famille ne veut plus rien dire pour eux.

— Tu délires ! T'es tellement attachée à cette baraque que tu dis n'importe quoi. Quand tu vois tous les efforts qu'ils ont faits pour nous réconcilier Arnaud et moi, tu ne peux pas dire que la famille ne représente rien pour eux ! Tu sais qu'en fait c'est pour moi qu'ils achètent ton appartement ?

— C'est ce qu'ils t'ont dit ? demande Mamiline, incrédule.

— Oui, et grâce à eux je vais diviser mon loyer par deux ! Et tiens, regarde ! (Cécile montre sa bague à sa grand-mère pour finir de la convaincre.) Arnaud n'a jamais vendu sa bague ! C'est eux qui m'ont donné les 20 000 euros !

— Et un mois plus tard, ils voulaient que tu te fiances à Dan. Ta naïveté est consternante ma petite fille ! fulmine la vieille dame.

Cécile encaisse l'insulte avec difficulté. Mamiline, qui ne désire pas la braquer, se reprend, essaie d'être moins bougonne et plus persuasive.

— Ouvre les yeux ! Ils voulaient juste se débarrasser de toi et de tes enfants pour partir la conscience tranquille. Et heureusement que tu m'as prise ici car, à l'heure qu'il est, ils m'auraient déjà inscrite dans un mouroir en Belgique avec procuration pour l'euthanasie.

— Ils veulent juste un peu respirer… tente d'argumenter Cécile, déjà déstabilisée.

— Mais on ne leur a jamais interdit de partir en vacances, nom d'un chien ! s'emporte Mamiline. Qu'est-ce qui les empêche de faire la Route 66 en Harley Davidson ou une croisière Stéphane Bern en Méditerranée ? Rien ! Personne !

— C'est vrai que… Mais ton appartement, alors ?

— Un pied-à-terre, un repli pour leurs vieux jours, mais sûrement pas un cadeau à leur fille. Et s'ils te le refilent aujourd'hui, c'est juste pour pouvoir déménager en toute tranquillité. Ils n'ont pas le choix ! Tu l'as dit : ils n'ont plus qu'un mois !

La jeune femme est sidérée par cette lecture des faits on ne peut plus logique et pertinente au regard du tempérament de ses parents. Certes, sa grand-mère n'était pas dénuée de cynisme, mais pour le coup, son indignation semble sincère et fondée.

— S'ils partent au Portugal, ajoute Mamiline, c'est qu'ils veulent décider quand ils nous verront, combien de temps ils nous verront et pourquoi ils nous verront ! Si ça, c'est pas égoïste !

Cécile prend enfin conscience que, durant toute cette période, ses problèmes de couple et ses responsabilités professionnelles l'avaient plongée dans une urgence permanente, une anesthésie de ses instincts, une absence totale de recul. Presque honteuse d'avoir été aussi naïve, elle désespère.

— Et qu'est-ce qu'on va faire ?

— On va s'amuser un peu ! Ils se sont foutus de nous, maintenant c'est notre tour. Passe-moi mon téléphone.

Encore toute remuée, Cécile se lève et lui amène son portable.

— T'appelles qui ?

— Jérôme. Je suis sûre qu'il est dans la combine.

Après trois bips, le notaire décroche, assailli par le ton autocratique de l'aïeule.

— Jérôme ? C'est Mamiline... Oui je vais très bien... Dis-moi, tu sais que je suis au courant de tout concernant la succession de ton oncle Hubert et tes fréquents voyages en Suisse ?... Si, tu vois très bien, alors ne perdons pas de temps. Voilà, j'aimerais que tu m'éclaires un peu sur une affaire et que tu me rendes un petit service.

*

Le retour de Cécile le soir même est au centre de toutes les attentes et de toutes les angoisses. Philippe et Françoise retiennent leur souffle tandis qu'elle pénètre dans la maison. Comme si de rien n'était, elle câline ses enfants puis se rue dans les bras d'Arnaud.

— Alors ? s'inquiètent-ils.

— Alors quoi ? fait mine de ne pas comprendre Cécile.

— La maison ? Comment a-t-elle réagi ?

— Ah… la maison ! Ben, ça l'attriste un peu.

— Et c'est tout ?

— Oui.

— Elle n'a pas piqué de colère ?

— Non.

Le couple est médusé.

— Alors tu vois, ça ne l'a pas tuée ! se moque Françoise avec un large sourire.

Cette nouvelle décharge Philippe du poids de l'héritage que représentait cette maison. Soulagé, il respire enfin.

— Bon, on mange quoi ce soir ? demande Cécile.

— Ça dépend du restaurant que vous choisissez ! C'est moi qui invite ! lance Philippe emporté par son bonheur.

Cécile boit du petit-lait en contemplant l'euphorie des deux conspirateurs : la revanche s'annonce d'autant plus savoureuse.

Chapitre 15

Persuadés d'être convoqués à l'étude de Jérôme afin de finaliser le contrat de viager et le signer, Philippe et Françoise vont au rendez-vous plutôt détendus. Leur décontraction ne dure qu'un temps, car au moment de pénétrer dans le bureau du notaire, celui-ci leur semble distant. Avare de paroles, le cousin les invite à s'asseoir et prend son temps, puis tente de masquer son air soucieux derrière une gaieté artificielle. Loin d'être leurré, le couple détecte l'anomalie et se met sur la défensive.

— Alors, je vous ai demandé de venir car j'ai une bonne et une mauvaise nouvelle…

— Droit au but ! ordonne Françoise.

L'injonction raidit un peu plus le notaire, qui poursuit :

— La bonne, c'est que j'ai reçu le diagnostic qualité de la villa au Portugal et que le propriétaire a accepté de baisser drastiquement son prix.

— Eh ben voilà ! Génial ! se détend aussitôt Françoise. Un instant, tu m'as fait peur.

Mais Jérôme reste contracté et Philippe, qui ne l'a pas quitté des yeux, ne baisse pas la garde.

— Et la mauvaise ? demande-t-il.

Le cousin se liquéfie et bredouille.

— Eh bien, en fait… Il y a un peu plus de travaux à prévoir…

Et il fait glisser vers eux trois photos. De concert, le couple se penche sur les clichés et pâlit : ils reconnaissent au premier coup d'œil leur villa au Portugal, réduite à un tas de ruines fumantes. Puis ils se redressent avec raideur.

— Avec la sécheresse… les incendies… balbutie le notaire.

Philippe se tourne vers sa femme et explose.

— T'es contente ? Tu l'as ton réchauffement climatique !

— Oh ça va ! J'y suis pour rien !

— Heureusement, votre acompte n'a pas encore été débité.

— Mais où on va aller ? Faut qu'on reste chez nous ! se désespère Françoise.

— Ben, vous avez toujours l'appartement de Mamiline.

— Trop tard ! On a promis à Cécile de lui louer ! fulmine Philippe comme un nouveau reproche à sa femme.

— Et Pierre ? Il ne peut pas vous loger quelque temps ?

Le couple se consulte du regard. Outre la perspective de vivre vingt-quatre heures sur vingt-quatre avec Jessica, leur fameuse ouverture d'esprit quant à l'homosexualité de leur fils trouve ici ses limites.

— C'est combien à ton avis, les pénalités pour annuler la vente de notre maison ? s'enquiert Philippe à la recherche d'une solution.

— Mais y a pas de pénalités ! Vous avez signé ! Vous êtes obligés de vendre, sinon, vous allez être expulsés !

— Quoi ? Les huissiers ? panique Françoise.

— C'est un trader, il n'hésitera pas ! souligne le notaire.

— Et la trêve hivernale ?

— On est en mai !

— On n'a aucun recours possible ?

— Aucun ! Il n'y a que l'acheteur qui puisse annuler la vente et à moins d'un miracle…

*

Le soir, réfugié dans son lit, faute de foot, Philippe s'abrutit devant *L'Île aux Alsaciens*, la fameuse émission d'aventures qui a rendu Jessica célèbre. À son côté, Françoise consulte les annonces immobilières sur sa tablette et n'a pas suivi le programme qui touche à sa fin. Pourtant, c'est le climax du show ! Au milieu d'une jungle très ordonnée, assis sur un banc, une vingtaine d'aventuriers aux physiques éclectiques attendent le résultat du verdict d'élimination. Même si leurs âges et leurs corpulences diffèrent, ils ont tous des chevelures blondes, des yeux clairs et la peau rouge pivoine, brûlée par le soleil… Le casting alsacien dans toute sa caricature. Le suspens est à son paroxysme alors que l'épreuve du « conseil » vient de désigner un malheureux candidat. « Ulrich, cinq voix contre vous ! Je vais vous demander de prendre vos affaires », annonce l'animateur sur un ton sentencieux. Un molosse limite obèse, boursouflé par les coups de soleil, saisit son sac à dos et se lève pour rejoindre le centre de l'arène afin d'y faire ses adieux.

Philippe, impassible, est témoin de l'humiliation du garçon tandis que Françoise, toujours concentrée sur Internet, ne lève même pas les yeux.

— Échouer si près du but ! se désole-t-elle.

— Ce n'est qu'un jeu !

— Je parlais de nous, idiot, pas du crétin du Rhin !

Se sentant coupable d'oisiveté audiovisuelle, Philippe cherche à se racheter et fait mine de s'intéresser aux prospections de sa femme.

— Et l'agent immobilier, qu'est-ce qu'il t'a dit ?

— Il dit que passé 60 ans, t'es indélogeable ! Résultat, aucun proprio ne veut nous louer quoi que ce soit ! Ah si… Il avait un plan dans une résidence avec services : Les Jardins de Palmyre. Il nous aura tout fait, cet abruti !

Douché par cette mise au point, Philippe remonte le son de la télé. « Un petit mot, Ulrich, avant de quitter l'aventure ? » demande l'animateur. « *Oui, che foulait dire danke schön à Olga pour l'épreufe de conforte* », répond le candidat, la gorge nouée par l'émotion.

— Écoute, c'est pas comme si on était ruinés ! relativise Philippe. On peut toujours aller à l'hôtel quelques…

Françoise est à deux doigts de l'étriper, tandis qu'à la télé Ulrich poursuit son discours : « *Olga, la choucroute au milieu de l'océan Indien restera le plus beau chour de ma fie ! Surtout les saucisses.* » C'est alors que le téléphone portable de Philippe se met à sonner.

— Qui ça peut être à cette heure-ci ? s'étonne Françoise.

L'inquiétude envahit son mari quand il voit apparaître le nom de Mamiline sur son smartphone. « C'est ma mère », répond-il tout en décrochant.

— Maman ? Qu'est-ce qu'il y a, ça va pas ? Tu m'as fait peur, t'as vu l'heure qu'il est ?

Les yeux exorbités, plein d'incompréhension, Philippe écoute tandis que Françoise essaie de savoir ce qui se passe. Un peu merdeux, il achève la conversation sur un ton soumis par un « Ben… d'accord, à demain », avant de raccrocher.

— Qu'est-ce qui lui arrive encore ? Un coup de déprime ?

— Au contraire ! Elle « pète le feu », m'a-t-elle dit…

L'allusion aux incendies au Portugal ne laisse aucun doute sur la qualité des informations de Mamiline.

— T'avais raison, il sait tenir sa langue ton cousin ! soupire Françoise. Et donc ? Elle appelait juste pour se foutre de nous ?

— Non. Elle veut nous voir.

Le couple redoute déjà cette entrevue et les leçons de morale de la vieille dame. L'émission de télé achève de les assommer : « Ulrich, la tribu des Coumbawas a décidé de vous virer et sa décision est indiscutable. »

*

Philippe et Françoise, mines défaites, s'apprêtent à se rendre à la convocation de la reine mère, quand un gros camion de déménagement en train de faire une marche arrière s'arrête devant eux.

— Ils se sont trompés d'un mois ?

— C'est pas notre transitaire ! constate Françoise.

C'est alors que deux déménageurs descendent du camion suivis de... Jessica. Stoïque, le couple la regarde se diriger vers eux.

— Pierre m'a quittée... pour Daniel ! Cheu ne safais pas où aller afec tout mon dressing et les affaires de *Ronaldole*.

Un des costauds déménageurs ouvre le camion rempli de portants de fringues, d'un amas de chaussures, de jouets du petit et d'ustensiles pédiatriques, qui se répandent à leurs pieds. Comme deux morts vivants, Philippe et Françoise ne cillent pas.

— Alors, cheu peux rester ?

Le désespoir de la jeune femme n'émeut aucunement les beaux-parents. En vérité, les multiples catastrophes les ont insensibilisés et ce nouvel événement annonciateur d'innombrables emmerdements les indiffère. Philippe se tourne alors vers les déménageurs.

— Essayez de mettre tout ça dans le garage si vous trouvez de la place, on avisera plus tard.

Jessica saute de joie et se jette à leurs cous à leur corps défendant.

— Oh, fous me saufez ! Arnaud afait raison, on peut fraiment compter sur fous ! Et fous ne le regretterez pas, che cuisine très bien ! Fous aimez la saucisse à tartiner ?

Ce con d'Arnaud ! C'est lui qui lui a donné l'idée de venir ! se disent-ils atterrés. Sans un mot, ils se défont de l'étreinte de l'Alsacienne et montent dans leur voiture, la laissant dubitative à ses rangements textiles.

*

Soucieuse de la mise en scène, Line a volontairement exposé le calendrier dédicacé où Daniel pose nu, bien en évidence au centre d'un mur de sa chambre. Apathiques, Philippe et Françoise assis, face à elle, ne peuvent éviter cette vision, la pernicieuse grand-mère ayant pris un malin plaisir à se positionner dans son axe. Éteints, honteux, le regard baissé pour ne pas voir l'hercule, ils attendent une réaction de Mamiline qui examine les photos de la villa brûlée.

— Un rêve parti en fumée, quel dommage ! ironise-t-elle. Alors, ça fait quoi de perdre sa maison ?

— Maman arrête, c'est pas drôle !

— Parce que tu crois que ça m'a tordue de rire d'apprendre que vous vendiez la mienne ?

— Alors c'est pour ça que tu nous as fait venir ? Pour nous reprocher d'avoir vendu cette baraque ?

— Ça va au-delà de la maison. Je ne suis pas encore sénile ! En vérité, vous ne voulez plus nous voir ! C'est bien ce que vous vouliez en partant là-bas ?

Démasqués, Françoise et Philippe n'assument pas cette incrimination et tentent de modérer le verdict de la vieille dame.

— Pas aussi radicalement que ça.

— Le Portugal, c'est quatorze heures de voiture, si ça c'est pas radical !

— Trois heures d'avion… rectifie Philippe.

— C'est pareil !

— On veut juste profiter de nos dernières belles années, c'est pas un crime ! se défend Françoise.

— Sans nous !

— Maman, on a tout sacrifié pour notre famille pendant trente-cinq ans, on a le droit de s'occuper de nous deux maintenant !

— Parce que vous pensez être heureux si vos enfants ne le sont pas ?

— Ils le sont maintenant, affirme Françoise.

— Et vous croyez être à l'abri jusqu'à la fin de vos jours ?

— Ah ça c'est sûr ! Si tu encourages Cécile à divorcer à tout bout de champ… contre-attaque Philippe.

— Oh là, tout doux, on peut se tromper ! Toi, t'as pas été fichu de deviner que ton fils est homosexuel. Tu lui as demandé s'il avait été heureux durant toutes ces années de mensonge ?

Françoise et Philippe accusent le coup. Line adoucit le ton et cesse ses diatribes pour jouer sur la corde sensible.

— Et la maison ? Vous y avez pensé à la maison ? On a tous nos souvenirs dedans ! C'est le port d'attache de la famille. Vous l'avez vu : dès que la tempête se lève, c'est là qu'on vient s'abriter.

— Mais Line, ça a toujours été votre maison, pas la mienne, lui avoue sa belle-fille.

— Vous vous trompez. C'est votre nid, votre cocon, que vous le vouliez ou non.

Françoise n'est pas insensible à cette réflexion qui malgré tout la fait méditer. C'est alors que Cécile débarque dans la chambre, pleine d'entrain, son humeur joviale réveillant tout le monde.

— Hello ! Alors, Mamiline vous a exposé son plan ?

— Quel plan ? dit Philippe

— Un plan pour garder la maison. Enfin, si vous le souhaitez.

— Bien sûr qu'on le veut ! réagit le père qui tout à coup retrouve espoir.

Seule Françoise reste silencieuse. Les regards convergent vers elle, chacun étant un peu déçu qu'elle ne partage pas le même enthousiasme.

— Et vous Françoise ? lui demande Mamiline affectueusement.

Françoise lève les yeux vers elle et comme un *mea culpa*, lui offre un sourire complice.

— Bien sûr que je veux la garder cette maudite bicoque !

Chapitre 16

Thierry Delamère, l'acheteur de la maison, de passage en France avec sa femme et sa fille, a prévenu de sa visite. C'est à bord d'un gros 4 × 4 Range Rover à la sellerie en cuir beige et aux vitres arrière teintées, qu'il arrive conquérant devant sa future acquisition. L'aspect cottage de la bâtisse du XIXe siècle plaît à Maëlys, sa compagne, pur produit de l'horticulture versaillaise.

— Bon, je te préviens, il faut tout casser à l'intérieur ! C'est beaufland ! répète le mari à sa classique épouse dont le look est plus proche de Kate Middleton que de celui de Valérie Damidot.

— Tu as compris, ma chérie ? Même si c'est horrible à l'intérieur, tu ne dis rien. Les personnes âgées sont très susceptibles ! recommande-t-elle par ricochet à sa fillette de 10 ans, habillée en collégienne anglaise.

La famille se dirige alors vers le perron. Habillé *casual*, polo Ralph Lauren et pull cachemire sur les épaules, pantalon de toile rouge et chaussures bateau aux pieds, le *winner* de la City arbore tous les codes vestimentaires de la décontraction maîtrisée du catholique vieille France. Se sentant déjà sur ses terres, il sonne avec nonchalance et attend, un sourire radieux aux lèvres, que Sésame s'ouvre.

La peur le saisit soudain lorsqu'un géant de deux mètres en costume noir entrebâille la porte, tel un membre de la famille Addams. C'est Denis, l'animateur des Pissenlits, qui prend un air sévère pour les accueillir. Surmontant sa couardise momentanée, le chef de famille exemplaire se présente.

— Bonjour, je suis M. Delamère, on vient voir M. et Mme Blanchot, s'explique le trader sur un ton faussement décontracté.

— Bien sûr, entrez. C'est aimable à vous d'être venus.

Aussitôt à l'intérieur, le couple reste scotché en découvrant au milieu du salon un cercueil ouvert dans lequel repose Françoise, livide. Les rideaux sont tirés. Des bougies illuminent le nuage d'encens qui flotte dans l'air et enveloppe les participants de la veillée funèbre. Tous les amis ont répondu présents pour faire de la figuration. Ainsi l'assistance est composée des membres actifs de la maison de retraite, des Alliot et bien entendu tous les adultes de la famille.

— Un instant s'il vous plaît, les fait patienter Denis pour ne pas interrompre la cérémonie en cours au premier rang de laquelle Philippe est assis, digne mais hagard.

Debout, déguisé en curé, Franck lit l'Évangile :

— « Aussitôt qu'elle apprend l'arrivée de Jésus, Marthe va au-devant de lui. "Seigneur, dit Marthe à Jésus, si tu avais été ici, mon frère ne serait pas mort. Mais quoi que tu demandes à Dieu, même maintenant, je sais qu'il te le donnera." "Ton frère se relèvera", dit Jésus. "Je sais qu'il se relèvera le dernier jour, dit Marthe, à la Résurrection." "C'est moi la résurrection et la vie, dit Jésus. Qui s'en remet à moi vivra, même s'il meurt, tout être vivant qui s'en remet à moi ne meurt plus, le crois-tu ?" "Oui, Seigneur, dit-elle, je crois que tu es Christ, fils de Dieu, envoyé dans le monde." »

Puis Franck referme la Bible et s'assoit, dans un silence de cathédrale. Aussitôt, Maëlys fait son signe de croix, imitée par sa fille et son mari. Denis se signe aussi en les regardant ostensiblement avant de se diriger vers Philippe. Il lui glisse un mot à l'oreille. Philippe se retourne, lève la tête, sourit à la petite famille modèle et vient à leur rencontre.

— Bonjour, je suis désolé, s'excuse Philippe. L'agent m'avait prévenu de votre visite, mais je n'ai pas pensé à vous prévenir, je n'avais pas la tête à ça… Je suis désolé, répète-t-il.

— Non, mais c'est nous, on ne savait pas.

— On va revenir un autre jour… devance sa femme.

— Surtout pas, surtout pas. Vous venez de Londres, je m'en voudrais de vous avoir fait perdre votre temps.

— C'est gênant.

— J'insiste, ça va un peu me changer les idées…

Le couple hésite. Maëlys tripote nerveusement la croix en or pendue à son cou. Ils se consultent du regard et finissent par accepter, presque par pitié pour le veuf. Philippe s'improvise alors agent immobilier et reprend tout le vocabulaire du sinistre crétin qui avait ramené ces champions de la mondialisation chez lui. Il se retourne alors vers ce qui est devenu une chambre funéraire où tentures noires et catafalque ont remplacé rideaux et nappes.

— Alors là, c'est le salon-salle à manger. Je ne sais pas si vous arrivez à vous projeter…

À mesure que les convives les dévisagent, le couple a du mal à s'empêcher d'éprouver de la culpabilité : ils passent pour des charognards, des profiteurs, un statut dur à endosser pour des gens qui ne se sont jamais sali les mains. Maëlys serre justement très fort celle de sa fille terrorisée, de peur qu'une parole malheureuse de l'enfant ne vienne ajouter au malaise.

— C'est… grand.

— Oui, il y a de la place, vous voyez on peut recevoir du monde. Bon, là on ne voit pas, mais c'est très lumineux.

La visite se poursuit dans la cuisine, pour le moins rustique et en désordre, avec un panier bien en évidence sur la table, rempli d'antidépresseurs.

— Faut surtout voir les volumes, ma chérie ! essaie de pondérer Thierry.

— Ah oui, c'est spacieux, on peut y manger, se détend Maëlys.

Philippe montre fièrement à ses hôtes un boîtier tout neuf accroché dans un recoin.

— Regardez ici. Approchez !

— C'est quoi ?

— L'alarme ! Elle est toute neuve : je l'ai fait installer à cause des *home-jackings* qu'il y a eu ces derniers temps dans le quartier.

La remarque fait instantanément tiquer la jeune maman, mais Philippe enchaîne :

— Je vous montre l'étage ?

Le faux veuf et ses visiteurs disparaissent dans l'escalier et les figurants décompressent. Très amusée par son plan diabolique, Line félicite Jean-Louis, le thanatopracteur, pour le travail qu'il a effectué.

— T'as bien bossé. Tu sais que tu réalises un de mes rêves ?

— Ah oui, lequel ?

— Assister aux obsèques de ma belle-fille.

— Line, je vous entends, souffle Françoise sans bouger de son cercueil.

— Restez tous concentrés ! rouspète Cécile. C'est pas encore gagné.

À l'étage, Philippe attend un moment avant de pousser la porte de la chambre de Cécile, de prime abord destinée à la petite fille, les murs étant roses, et à qui il demande :

— Tu veux faire quoi plus tard comme métier ?

— Vétérinaire !

— Ma fille aussi voulait être vétérinaire !

— Comme toutes les petites filles, ajoute Maëlys avec un sourire compassé.

Philippe confirme et ouvre la porte pour mettre fin au suspens.

— Et voici la chambre de princesse ! annonce-t-il.

La petite fille entre dans la chambre, poussée par Philippe. L'enfant est terrorisée en découvrant la déco. En effet l'endroit est accessoirisé avec des animaux empaillés, c'est lugubre. « Ça te plaît ? Tu vois là c'est Koda », dit-t-il en indiquant une tête d'ours, « et Timon », désignant un suricate sur le bureau, « Rox », montrant un renard sur la commode. « Et là ? » l'interroge-t-il en pointant du doigt une tête de faon…

— Bambi… ânonne la petite.

— Bravo, la félicite Philippe.

— Et elle fait quoi maintenant, votre fille ? s'enquiert Maëlys avec anxiété.

— Médecin légiste. Je vous montre la suite ?

Pendant ce temps-là, engoncée dans son cercueil, Françoise réclame une pause, prise d'une irrésistible envie d'uriner. Impossible ! Cécile refuse net. Elle ne veut pas tout faire échouer pour des problèmes de vessie. Au pied de l'escalier d'où elle surveille, elle tente de faire taire sa mère et conduit le reste de l'opération « Balance ! » ordonne-t-elle alors à Denis. Ce dernier fait un OK du pouce et lance un CD. C'est une de ces reprises de chansons des années 1980 dont l'animateur raffole. Ce slow douloureux mêle violoncelle, hautbois et piano afin d'accentuer la tristesse des paroles auxquelles s'ajoutent les vocalises sirupeuses d'une chanteuse oubliée en mal de come-back.

Toute ma famille est partie
Ils se sont tous éloignés
Mes Noëls maintenant c'est fini
Seule je vais réveillonner

Chacun profite de cet interlude musical pour échanger quelques mots avec son voisin. Odile Alliot, déguisée en bonne sœur, s'approche du cercueil avec Franck, saisit dans un seau le goupillon qui trempe dans l'eau et bénit Françoise en l'éclaboussant copieusement.

— Que Dieu te bénisse, ma grande ! Franchement, là tu nous as surclassés !

— Alors arrête de m'arroser ! Ça va faire couler mon maquillage ! lui répond Françoise. En plus j'en peux plus, j'ai trop envie de faire pipi.

— Heureuses les faibles vessies, le royaume des vieux est à eux ! intervient Franck.

— Très drôle ! le rembarre Françoise avant de reprendre sa posture de morte.

Arnaud, lui, se tourne vers Jérôme.

— Au fait Jérôme, tu m'as pas dit, les photos, ça t'allait ?

— Oui, oui…

Le notaire espère que la conversation s'arrête là, mais Arnaud s'appesantit sur le sujet.

— J'ai hésité à ajouter plus de flammes…

Ni morte ni sourde, Françoise intercepte les propos, bien consciente des talents de graphiste de son gendre, son premier métier. Suspicieuse, elle interpelle Jérôme sans bouger ni ouvrir les yeux.

— De quelles photos il parle, Jérôme ?

— C'est rien Françoise ! la rassure Arnaud. C'est les photos d'une villa sublime que j'ai transformée en ruine fumante sur Photoshop pour faire de la prévention incendie au syndicat des notaires.

Line souffle de dépit, Cécile se mord les lèvres et Françoise ouvre de grands yeux. Brutalement, elle se redresse dans son cercueil, furibonde.

— La villa au Portugal n'a pas brûlé ?

Jérôme, Cécile et Line lui offrent tous un sourire crispé, et Françoise encore assise dans le cercueil, tente alors de s'en extraire.

— Laissez-moi sortir ! Faut arrêter ça tout de suite !

— Sûrement pas ! lui rétorque sa fille, défiant son autorité.

— Cécile !

— Tu veux la garder cette maison, oui ou non ? l'interroge-t-elle alors.

— Je ne sais plus, il faut que j'en parle à ton père ! se débat-elle.

— Nous, on sait ! lui répond Line qui la défie du regard. Allez-y les gars ! indique-t-elle à ses gros bras.

Sans état d'âme, Jean-Louis le thanato saisit les épaules de Françoise, la rallonge sans ménagement dans le cercueil, et laisse Mario le cuistot refermer le couvercle sur elle. Seuls quelques hurlements étouffés leur parviennent encore. « Laissez-moi sortir… »

— Elle fa pas étouffer là-dedans ? se préoccupe Jessica.

— Elle risque surtout d'avoir très chaud, s'amuse Mamiline.

— Denis, monte le son ! ordonne Cécile.

Le refrain de la chanson couvre alors les gémissements de la fausse défunte.

Où est mon avenir ?
Où est mon avenir ?
Mon avenir a quitté ma vie

Le couple est en train de visiter la chambre parentale et apprécie ostensiblement l'espace, tandis que Philippe semble absent. Les yeux au ciel, l'air mélancolique, la musique qui parvient du rez-de-chaussée le transporte.

Thierry Delamère ose à peine perturber cette extase et intervient timidement.

— Qui dit suite parentale dit donc salle de bains.

— Ah, excusez-moi, se reprend Philippe, c'est la musique… sa chanson préférée.

Tous s'arrêtent pour écouter l'écho des paroles qui montent jusqu'à eux.

Je meurs quand je vis
Où est mon avenir ?
Et je vais sombrer dans l'oubli
Ici dans mon lit

— Je vous montre la salle de bains ? rebondit Philippe après avoir bien plombé l'ambiance.

Maëlys tente alors de positiver histoire de détendre l'atmosphère.

— Sur les photos, la baignoire paraissait très grande.

— Ma femme passe des heures dans son bain, précise le trader.

— La mienne aussi, dit-il en poussant la porte.

Des boîtes de somnifères, des bougies fondues, une baignoire pleine d'eau croupie avec des pétales de roses pourris à la surface et… des coulées de sang. Une vraie scène de crime.

— Désolé, je n'ai pas eu la force de…

Les hurlements de Maëlys parviennent jusqu'au salon où chacun reprend son poste en urgence. « Je crois que la visite est terminée », en déduit Cécile.

Maëlys dévale l'escalier avec sa gamine et se retrouve stoppée dans son élan par la silhouette imposante de Denis qui lui barre le passage, un stylo à la main : « Un petit mot sur le registre de condoléances ? »

La femme paniquée le contourne et sort en courant de la maison, son mari à ses trousses. Philippe le poursuit dans l'escalier, faisant mine de le retenir.

— Désolé, non non, on ne prend pas la maison, je vous envoie notre dédit dans une heure ! lâche le trader qui a perdu tout prestance. Chérie, attends-moi, j'pouvais pas savoir…

— J'attends votre mail ! lui lance Philippe qui s'arrête sur le perron.

Philippe les regarde monter dans le 4 × 4 en s'engueulant et démarrer sur les chapeaux de roues. Une fois les brokers de l'immobilier éloignés, Philippe rentre, referme la porte et avance vers l'assistance : « On a gagné ! » Les comploteurs explosent de joie, tout le monde siffle et applaudit. Philippe embrasse Line.

— Merci, maman.

— Je t'avais dit, une maison de suicidé, c'est invendable !

Philippe se retourne et tombe cette fois dans les bras de Franck et Odile Alliot, les deux ecclésiastiques de fortune.

— Merci du coup de main.

— De rien, on s'est bien amusés, le remercie Franck.

— Et puis ça nous a permis d'annuler un week-end chez ma belle-fille pour la communion de son aîné, ajoute Odile.

Les effusions de joie sont interrompues par les hurlements sourds de Françoise, encore enfermée dans le cercueil.

— Sortez-moi de là !

— Oh merde, on l'avait oubliée, s'amuse Jean-Louis.

À la seconde où il déverrouille le couvercle, Françoise le repousse violemment comme un zombi hystérique, le visage rouge et boursouflé, l'air d'avoir séjourné dans un autocuiseur. Le maquillage qui dégouline souligne sa hargne mais sa furie est contenue par les félicitations de l'assistance.

— Et pour Françoise : Hip hip hip ! lance Denis.

— Hourra !!!

Malgré les acclamations, Françoise conserve sa moue haineuse et s'extirpe avec difficulté du coffre en raison de la robe volumineuse, immonde et ridicule que lui avait dégottée Mario. Les « Hip hip hip ! Hourra ! » résonnent à nouveau tandis que Philippe, hilare, félicite sa bru.

— En tout cas Jessica, bravo pour la déco !

— Ch'ai pas fait grand-chose, y a fait déjà une bonne base !

Françoise encaisse cette nouvelle gaffe en soupirant, le visage toujours fermé.

— Ouais, mais la salle de bains c'est une tuerie, ajoute Mario.

— Ch'ai pas de mérite, ch'ai tout copié de Saoua, révèle la jeune femme.

Personne ne comprend la référence et Jessica insiste.

— Le film *Saoua*, fous connaissez pas ? C'est un film d'horreur super connu : *Saoua*.

— Elle veut dire *Saw* ! traduit une nouvelle fois Mamiline.

Tous s'esclaffent, un peu moqueurs, alors que Philippe s'approche de Françoise pour la prendre dans ses bras.

— On a réussi, ma chérie ! se réjouit-il. (Puis voyant qu'elle est tout en sueur, s'autorise à plaisanter :) Ah, tu vois, toi aussi t'es claustrophobe !

— C'est pas ça ! explose Françoise. La villa au Portugal n'a jamais cramé : on s'est fait manipuler !

— C'est quoi cette histoire ? demande Philippe en abandonnant alors toute sa bonhomie. Jérôme ?

— C'est Mamiline et Cécile qui m'ont… n'ose poursuivre le notaire.

Philippe et Françoise se retournent alors vers Line et Cécile, bien décidés à obtenir des explications.

— Ne nous regardez pas comme ça ! On vient de vous faire gagner 95 000 euros, se vante Mamiline.

— Quels 95 000 euros ? demande Arnaud.

— L'acompte des acheteurs ! Mes parents le gardent ! lui explique Cécile.

— Et c'est honnête, ça ?

— C'est un trader ! justifie Line sur le ton de l'évidence.

— Et on peut en faire des choses, avec cette somme ! s'amuse Cécile. Maman, tu pourrais t'offrir une cuisine neuve, une salle de bains avec douche et baignoire hydromassante…

— Une salle de cinéma dans la cave pour regarder les matchs ! fantasme Arnaud.

— On pourrait casser les cloisons et tout repeindre ! rebondit Jessica.

— Et une piscine, les enfants adoreraient ! surenchérit Cécile.

Mais le couple ne partage pas du tout le trip de la famille. Contre toute attente, Philippe et Françoise sont livides, écœurés par leur attitude. « Alors là, ça va péter ! » prédit Odile Alliot à son mari. Et en effet, empli d'une colère froide, Philippe se met à fustiger Cécile et Line.

— De quel droit vous décidez ce que doit être notre vie, notre maison, nos activités ! Nous, on ne s'est jamais mêlés des vôtres.

— Mais papa…

— J'ai pas fini ! Avec ta mère on s'est sacrifiés toute notre vie pour vous payer des études, des vacances, des séjours linguistiques, à toi et ton frère. On s'est serré la ceinture pour économiser assez d'argent pour ne pas être à votre charge quand on sera grabataires. On vous a permis de vous lancer dans la vie et maintenant vous nous imposez encore vos choix ?

— On veut juste que vous restiez près de nous ! se défend Cécile.

— Corvéables à merci ! complète Philippe.

— Mais nous, on en a marre de la répétition, enchaîne Françoise, on en a marre des emplois du temps figés et des journées identiques, des plannings scolaires contraignants et des fêtes de famille à organiser. Même les saisons nous font chier ! Quarante ans qu'on vit ça !

— Depuis toujours avec ta mère, on rêve de partir, on rêve de retrouver notre insouciance, de redevenir des gamins, et vous, vous venez de tout ruiner pour votre petit confort. Vous nous trouvez sans doute égoïstes, mais vous, franchement c'est pas mieux.

Cette tirade pleine d'amertume tue toute velléité de réponse. Une chape de plomb s'abat sur la troupe et Cécile, un peu honteuse, baisse les yeux. Les Alliot tout au contraire ont apprécié le monologue et chuchotent un « Amen » pour ce sermon très proche de leurs convictions personnelles.

— Maintenant, sortez de chez nous ! Tous ! ordonne Françoise.

Avec un signe de connivence discret à destination de Philippe, les Alliot s'éclipsent tandis que Jessica, elle, se met à paniquer.

— Et où che fais moi, avec Cristiano ?

— Appelle mon crétin de fils, qu'il assume ses conneries lui aussi ! la rembarre Philippe.

— On vous laisse une heure, ajoute Françoise avant de se retirer dans sa chambre, main dans la main avec son mari.

Un peu déçue par cet épilogue, la troupe se met en mouvement pour ranger. Troublée par les reproches de ses parents, Cécile se console dans les bras de Mamiline.

— On y a été un peu fort là… Ils sont pas près de nous le pardonner.

— Ils s'en remettront. C'est juste la crise de la soixantaine !

— On a quand même brisé leur rêve.

— Tu parles, on leur a surtout évité une grosse connerie ! Ils se seraient ennuyés, là-bas !

— J'espère que tu dis vrai.

Chapitre 17

Plusieurs semaines passent sans nouvelles de Françoise et Philippe et sans que personne cherche à faire le premier pas, chacun drapé dans son orgueil et retranché derrière des montagnes de prétextes bidon. Lequel cédera en premier ? Tel est l'enjeu de cette bouderie stupide, jusqu'au jour où Cécile est contrainte de leur faire signe.

*

La salle polyvalente des Pissenlits a été réquisitionnée et décorée pour fêter les sept ans de mariage de Cécile et Arnaud. Cet anniversaire organisé avec l'aide de Mamiline doit être l'occasion de réunir la famille au grand complet afin de ressouder les liens. La vieille dame a certes un peu forcé la main de Cécile, mais la jeune femme a invité tout le monde. Elle sait que c'est sans doute l'ultime occasion d'apaiser le cœur de la chef de famille, qui malgré une insensibilité de façade, est meurtrie par la dissolution de son clan. À ce jour, tous ont répondu positivement à l'exception de Françoise et Philippe qui laissent planer le doute sur leur venue.

Le soir de la réception, Cécile accueille les convives et prend soin de les saluer un à un. Cette attention pour ses invités se retourne contre elle lorsqu'à leur tour, Pierre et Daniel arrivent. Leur apparition provoque en effet un premier petit malaise. Tous sur la retenue, aucun n'ose se toucher, pas même se frôler. Le passif entre ces trois-là, à la fois physique et affectif, a laissé des traces. « C'est cool d'être venus ! » intervient alors Arnaud, surgi de nulle part. Aussitôt le bienheureux, seul bénéficiaire de ce *coming out*, embrasse les deux hommes en toute décontraction, obligeant Cécile à faire de même. Puis il les accompagne dans la salle comme si de rien n'était.

L'heure tourne et Cécile est de plus en plus angoissée. Elle ignore toujours si ses parents vont venir ou pas. Leur absence gâcherait quelque peu la fête, tant elle souffre de cette désunion. Elle souhaite plus que tout se réconcilier avec eux et l'occasion est idéale. « Ils viendront ! » la rassure Mamiline. « Tiens, qu'est-ce que je disais ! » constate-t-elle aussitôt. Cécile irradie de bonheur en voyant Françoise et Philippe débarquer. Hélas, ces retrouvailles sont glaciales. Ni baisers ni discussions, le couple reste distant, expliquant qu'ils sont juste venus par devoir, pour que Juliette et Félix ne les prennent pas pour des salauds en regardant les albums photos dans quelques années. Mamiline, quant à elle, use d'une politesse souriante pour les saluer et les force ainsi à l'embrasser. La grand-mère se plaît à marquer son ascendant, les soumettant à son joug et à ses joues. En les faisant plier, elle écorne leur fierté. Chaque baiser est pour elle un armistice qu'elle signe triomphalement avec un large sourire pour provocation finale. À l'inverse, le couple continue d'afficher son ressentiment, pressé de s'isoler. « Bien, ben je vais vous installer à une table ! » se résigne Cécile, insatisfaite de la tournure imprévue de ce bref échange.

Le gâteau préparé par Mario est illuminé de bougies que le couple souffle une à une jusqu'à la septième. « Joyeux anniversaire ! » s'exclame l'assistance, parmi laquelle les petits vieux de l'établissement, ravis de festoyer. Contre toute attente, jeunes et moins jeunes se mélangent et profitent de la musique – limite ringarde – pour s'essayer à la danse de salon, alternant paso-doble, valse et tango. Tel un taxi boy de la Coupole, Denis embrase le parquet avec une pensionnaire tandis que quelques couples improbables de vieux et d'enfants s'imaginent à « Danse avec les stars ». D'autres, plus affamés ou plus fatigués, restent assis pour jouir du spectacle en mangeant du gâteau. Parmi ceux-là, Philippe et Françoise qui continuent de bouder à leur table, offrant un contraste saisissant avec l'atmosphère enjouée qui règne près du buffet, où Jessica raconte avec bonheur à Arnaud et Cécile ses dernières aventures.

— C'est l'éclate !

— Alors, t'es bien dans l'appart de Daniel ?

— Oui, grafe ! Tu sais, il a été grand prince ! avoue Jessica, remise de sa rupture et passée au nouvel épisode de sa « téléréalité de vie ». Et toi afec ton frère ça fa mieux ?

Cécile regarde Pierre et lui lance un microsourire, auquel il répond par un coucou gêné.

— Ben, c'est pas encore évident, mais c'est mon petit frère, faudra bien que je lui pardonne. Le moins évident c'est encore avec mes parents.

— Faut dire que c'est un peu « Secret Story » ce qui s'est passé !

Tous les trois se mettent à observer les deux taciturnes toujours rivés à leur table.

— Ouais, mais là ça fait un moment qu'ils sont sortis du « Loft », commente Arnaud.

— Faut les comprendre : quand on s'électrocute, après on a du mal à changer les ampoules ! philosophe la bimbo.

Tel un charognard en vol d'observation, Jérôme prend un plaisir certain à naviguer de table en table, de patrimoine en patrimoine, ses proies potentielles s'offrant à lui à chaque escale. C'est ainsi qu'il croise Mamiline qui se remaquille.

— T'as besoin de rien, Mamiline ?

— Si, d'un guitariste. Le mien a Parkinson, j'ai l'impression de chanter *Yesterday* avec les Gipsy Kings.

Sentant sa démarche d'avance infructueuse, Jérôme poursuit son chemin, mais la vieille dame le retient.

— Eh ! Tant que je te tiens, tu leur as rendu l'argent du Portugal ?

— Pas encore, c'est très long ces dossiers.

— À d'autres ! Je suis sûre que l'argent travaille encore sur un de tes comptes. T'as intérêt à accélérer la cadence car ce serait bien qu'ils arrêtent de faire la gueule, ces deux-là.

— La semaine prochaine, l'assure l'escroc.

Bien qu'au courant de l'incident de la maison, Pierre en a gros sur le cœur et ne se résigne pas au mutisme de ses parents. Prenant son courage à deux mains, il s'invite à leur table, à leur grande surprise. La gêne est palpable de part et d'autre. Pierre brise alors le silence.

— Je sais, j'aurais dû vous en parler… Je suis désolé.

— C'est plutôt à ta sœur qu'il faut que tu fasses des excuses !

— Oui, je sais. Je suis nul !

— Et nous on est nuls de ne pas s'en être rendu compte… confesse Philippe. Pendant toutes ces années…

— On dit que les homos sont très proches de leurs mamans mais alors toi, t'as bien caché ton jeu, le sermonne Françoise.

— Je sais, j'ai pas été très affectueux avec toi…

— Je plaisantais !

Pierre saisit la main de sa mère et y dépose un baiser affectueux. Françoise la remonte sur sa joue pour une caresse, les yeux perdus dans les siens. Philippe, lui, observe son fils comme s'il le découvrait ou plutôt, comme s'il le retrouvait tel qu'il était avant l'adolescence, sans méfiance ni distance. Passant outre cette pudeur virile qui éloigne les pères de leurs fils devenus adultes, Philippe s'autorise à provoquer la confidence.

— Mais au moins, t'es heureux maintenant ?

— Oui, je crois.

Philippe est apaisé par cette réponse et pour contrer l'émotion qui l'envahit, il rebondit aussitôt sur un registre moins pesant.

— Alors tu devrais faire gaffe, y a une cougar qui cherche à te piquer ton mec.

Pierre se retourne et aperçoit Daniel dansant avec une petite vieille. Tous les trois éclatent enfin de rire.

— Ça fait du bien ! savoure Philippe.

— C'est dommage que Cécile ne partage pas ce moment avec nous... soupire Françoise.

— Il faudrait peut-être qu'on fasse un effort, madame Blanchot, suggère le papa qui se languit de sa fille.

La bouderie a assez duré. Françoise avalise cette décision sans mot dire avec la bénédiction de Pierre, qui d'un coup a un flash.

— Ah, au fait, avant que j'oublie... C'est quand papa t'a appelée Mme Blanchot...

Il sort alors une enveloppe de sa poche.

— Je la traîne dans ma voiture depuis Noël, mais avec toutes ces histoires... Mme P. Blanchot, ils ont dû confondre Pierre et Philippe. Jessica n'est pas chez Stole Assurances.

— Stole Assurances ? réagit Françoise.

La conversation est interrompue par Line qui monte sur scène vêtue d'une sublime cape de soie rose, devant un grand rideau à paillettes. Pierre quitte la table de ses parents pour s'avancer plus près de la scène tandis que le son d'un piano entame une intro aux harmonies paisibles.

— Bonsoir tout le monde. Je voudrais dédier cette chanson à Cécile et Arnaud ainsi qu'à toute ma jolie famille. Je ne serai pas éternellement là pour vous aider ou vous protéger, alors je voulais vous laisser ce message…

Soudain, un gros riff de guitare suivi d'un solo de batterie accélère le rythme et la musique douce se transforme en rock endiablé ! Le rideau s'affaisse d'un coup, dévoilant un groupe de vieux rockers tout en cuir. Line enfile des lunettes noires et laisse tomber sa cape : vêtue de cuir et de latex noir, elle commence à chanter « Les cactus » de Jacques Dutronc

Le premier couplet réveille toute l'assistance et déclenche l'hystérie générale. Tous les invités dansent et reprennent en chœur les *Aïe-aïe-aïe !* et les *Ouille !* de Dutronc. En bon animateur survolté, Denis gesticule dans tous les sens et fait du *air guitar* juste à côté de la table de Françoise et Philippe qui pour leur part restent apathiques. « Elle déchire grave, votre mère ! » s'exclame Denis en direction de Philippe, vissé sur son fauteuil. Mais le fiston, visiblement habitué aux récitals plus ou moins dignes de sa mère, ne réagit pas. Les bras croisés, les épaules remontées et les sourcils froncés, Philippe est irrité par les allusions de la chanson qu'elle martèle tout en les pointant du doigt en guise de chorégraphie.

Dans leur cœur, il y a des cactus
Dans leur portefeuille, y a des cactus…

— Elle voudra toujours avoir le dernier mot ! glisse-t-il à Françoise.

Sans réaction de sa femme, Philippe se retourne et la découvre prostrée, l'enveloppe ouverte à la main.

— Une mauvaise nouvelle ?

— C'est l'assurance qui paie pour l'accident de mes parents, lui dit-elle en lui tendant un papier.

Philippe ouvre de grands yeux en découvrant un chèque de 300 000 euros.

— Et c'est notre fils qui l'a depuis Noël ? Mais quel con ! s'exclame Philippe qui n'en revient pas.

— Oui ! Il a le diplôme !

Aïe-aïe-aïe !
Ouille !
Aïe, ah !

La chanson s'achève sous les applaudissements de tous les invités, ou presque… Philippe et Françoise restent inertes sur leurs chaises. Toutefois, leur expression boudeuse s'est effacée au profit d'un faciès bouddhiste : béat et extatique. Lentement Philippe se tourne à nouveau vers Françoise.

— Alors ? Maroc ou Portugal ?

— On n'aura jamais assez !

— Mais si !

Le groupe de Mamiline entame alors l'intro de *Ça, c'est vraiment toi !* de Téléphone que le couple reconnaît dès les premières mesures.

— On danse ? suggère alors Philippe, regonflé à bloc.

Françoise ne résiste pas à l'invitation et ils s'élancent, fougueux comme des étudiants, à la grande stupeur de tous, à commencer par Mamiline qui entonne :

« *Quelque chose en toi ne tourne pas rond* » en dévisageant son fils. Tout heureux de sa surprise, Philippe entame avec Françoise un rock qui régale l'assistance. Dans son élan, il jette un sourire affectueux à sa truculente maman qui lui renvoie un clin d'œil. La chanson entraînant tout le monde, c'est au tour de Cécile de partager ce plaisir complice avec sa grand-mère et rejoint la folle équipe sur la piste.

Comme s'ils avaient encore 25 ans, les deux contemporains de Jean-Louis Aubert et de Louis Bertignac s'offrent une cure de jouvence, dans un joyeux délire où chacun se montre du doigt en hurlant : « *Ça se sent que c'est toi !* » Puis comme pour la première danse au début d'un mariage, Philippe saisit les mains de Cécile pour un rock endiablé tandis que de son côté Pierre entraîne sa mère. Lorsque le morceau s'achève, Mamiline conclut : « Ça, c'est vraiment vous ! » On applaudit, on siffle, on se tombe dans les bras… Plus qu'un récital, le concert de Mamiline est un triomphe, celui de voir sa petite famille enfin réconciliée.

Épilogue

Après un solide examen de conscience et quelques mises au point franches mais nécessaires, Françoise et Philippe ont convoqué toute la famille pour leur exposer leur nouveau projet. Cette fois-ci, ils jouent carte sur table, ne cachent rien et établissent avec leurs enfants quelques principes de réciprocité qui auparavant leur avait manqué. Ainsi, personne ne s'oppose à leur évasion, pas même Line, ravie de voir la fameuse tradition familiale se perpétuer : Philippe et Françoise ont récupéré son appartement comme pied-à-terre et Cécile a emménagé avec toute sa petite tribu dans la demeure ancestrale. En somme, leur aventure de couple déclenche un nouveau départ pour toute la famille. Reste à retrouver un bien aussi exceptionnel qu'au Portugal. Désormais tous impliqués, chacun s'investit afin de leur dégoter la nouvelle villa de leurs rêves le plus rapidement possible. Le challenge n'est cependant pas gagné : assouvir leurs désirs de luxe au prix de leur réalité financière se révèle compliqué, et comme le souligne à juste titre Jessica lors d'un déjeuner de famille : « On ne peut pas afoir le soleil, et l'archent de la crème solaire ! » Philippe et Françoise étudient donc de nouveau toutes les opportunités, y compris les plus exotiques, comme l'Asie. Cyclones, tsunami, dictatures, conflits religieux et trop grande distance de Paris réduisent drastiquement le champ des recherches. Comme ils sont loin d'être des aventuriers, l'Europe reste de loin pour eux le territoire le plus sûr. Tous les enfants s'échinent à chercher avec eux, en vain. En quête d'un retour en grâce, c'est finalement Jérôme, via son réseau d'investisseurs, qui leur trouve la perle rare… en Grèce. Même si ce pays rappelle à Cécile de sombres mésaventures, ce que Philippe nomme pudiquement « la tragédie grecque », cette dernière les encourage à acheter là-bas, y voyant un point de chute idéal pour les vacances.

*

C'est donc dans la plus parfaite harmonie que quelques mois plus tard toute la famille est réunie sur le perron de la maison pour assister au grand départ de Françoise et Philippe en taxi.

— On ne vous donne pas notre maison, on vous la prête ! précise Philippe sur le ton de l'humour.

— Oui oui, on sait ! se moque Cécile.

— Et avec les économies, on vous rembourse les 20 000 euros ! hèle Arnaud.

Cécile lance un regard torve à son mari.

— Ou pas ! ajoute Mamiline. Faut qu'il leur reste de quoi payer le voyage pour venir vous voir.

— On vous envoie des photos dès qu'on est dans la piscine ! les nargue Philippe.

— Bon, dépêche-toi, vous allez rater votre avion, le bouscule Cécile.

Le couple monte dans le taxi qui s'éloigne, accompagné des grands gestes d'au revoir de toute la famille.

— Ils vont me manquer, s'émeut Cécile.

— Pas longtemps ! Ils vont vite revenir ! la console Mamiline.

— Tu crois ?

— C'est nous qui allons leur manquer. Je suis sûre qu'ils vont s'emmerder là-bas ! s'amuse d'avance la vieille dame.

*

Au bout du voyage les attend une somptueuse villa contemporaine, avec piscine et vue sur la mer, dont ils ont négocié eux-mêmes le prix, désormais méfiants quant aux tractations nébuleuses du cousin notaire. Jérôme n'a pas pris ombrage de cette éviction et même leur a signalé que le propriétaire, un Luxembourgeois en instance de divorce, était pressé de vendre. Faisant fi de tout scrupule, le couple a ainsi facilement imposé une offre dérisoire au regard des prestations. Sans travaux, sans devis ni aménagement de cuisine, ils n'ont plus qu'à poser leurs valises. C'est un produit clef en main, sans mauvaise surprise, ayant pour seules nuisances le clapot de la mer et le chant des cigales. L'affaire du siècle !

Et puis, la longueur du périple ne génère aucune angoisse particulière, ils sont enfin détendus et les deux heures de taxi tiennent du rêve. Le soleil, les oliviers, les vignes, tout les ravit. Philippe et Françoise s'émerveillent des paysages et de la blancheur des maisons.

— Même les ruines sont belles, ici ! s'amuse Philippe.

— Pierre et Cécile avaient raison, c'est magnifique !

— Et c'est l'Europe, on a la Sécurité sociale ! la taquine Philippe

— Tu te rends compte que sans cette crise grecque on n'aurait jamais pu se payer un tel palace.

— Et sans le divorce du Luxembourgeois non plus !

— Oui, c'est bien triste. Le malheur des uns fait le bonheur des autres ! philosophe gravement Françoise.

Le taxi s'arrête enfin devant un portail où les attendent un homme en costume de lin et panama ainsi qu'une jeune femme au teint hâlé vêtue d'une robe estivale, style années 1950, pudique et pourtant terriblement sexy.

— Tiens, ça doit être l'agent immobilier avec sa ravissante traductrice.

Françoise ne relève pas cette indélicatesse, trop captivée par la vue et empressée de découvrir son palais masqué par une imposante haie de lauriers-roses.

Après quelques échanges semi-gestuels avec l'agent pour se saluer, Philippe et Françoise sont désormais impatients de prendre possession de leur bien. Alors qu'ils suivent tout sourires le duo hellénique vers l'entrée, Françoise surprend son mari en pleine dégustation visuelle des formes sensuelles de la traductrice, que sa robe en contre-jour dévoile en ombres chinoises. « Bon ça suffit maintenant ! » le tance-t-elle, visiblement agacée par sa distraction sexuelle à l'instant où ils vont vivre l'un des plus beaux jours de leur existence. Sur le perron, l'agent marque une pause et se retourne vers eux avant d'ouvrir.

— *Lipone, eho éna kalá néa kai éna kaká néa.*

— Qu'est-ce qu'il dit ? demande Françoise.

— Il dit : Z'ai oune bône et oune mauvaise nouvelle…

— Oh non !… se désespère Philippe.

L'homme exhibe un trousseau de clefs, hilare.

— *Ta kalá néa inai óti eho ta klidhia.*

— La bône c'est que z'ai les clefs, traduit la jeune femme.

Ils lui répondent par un rire complaisant, ne trouvant pas la plaisanterie amusante.

— Et la mauvaise ? s'empresse de demander Philippe.

— *To kako inai oti ipefthinos tisse Evropaïki komission ékané épisschéssi sto spiti, aipidhi itane adhio.*

— Qu'est-ce qu'il a dit ?

— Dur traduire, moi montrer vous !

L'agent pousse alors la porte devant Philippe et Françoise, qui pénètrent dans la villa avec circonspection. Quelle surprise les attend ? À qui appartiennent ces voix qu'ils entendent, cette musique qui résonne dans l'immense vestibule ? Un pot d'accueil des villageois ? De larges portes coulissantes fermées qui donnent sur la réception s'offrent à eux. Avec angoisse, Françoise et Philippe les repoussent. Livides, les regards effarés, ils découvrent que la maison est bourrée à craquer de réfugiés et de membres d'ONG. L'immense living n'a plus rien de design et la maison d'architecte a des allures de foyer Sonacotra où des femmes allaitent leurs bébés, des médecins bénévoles changent les pansements des rescapés tandis que de jeunes hommes jouent du tam-tam et chantent pour fêter leur survie. C'est comme si 200 Arnaud avaient débarqué chez eux.

— Commissaire européen réquisitionner maison vide pour *boat people* ! traduit enfin l'interprète.

« L'affaire du siècle ! » Le couple comprend enfin la raison qui a poussé l'ancien propriétaire à brader son palace. Nul doute que l'histoire de divorce était bidon et ils se sentent crétins de s'être fait endormir ainsi.

Les deux gogos n'ont cependant pas le cœur et l'indécence de faire un scandale. Emmenés au bout de la terre, emmenés au pays des merveilles, il leur semble que la misère est tout aussi pénible au soleil. Cette jeunesse africaine qui occupe leur maison a fui la misère, la famine et la guerre, tandis qu'eux ont juste tenté d'échapper à leurs responsabilités : malgré tous leurs défauts, leur mesquinerie, ils ne sont pas inhumains. De plus, un membre d'une ONG les présente à tous comme les généreux propriétaires de ce havre de paix. Ainsi, comme deux couillons prisonniers d'un héroïsme involontaire, ils déambulent impuissants au milieu des survivants de la Méditerranée qui leur sourient, les saluent chaleureusement et les bénissent, les élevant au rang de « justes ». Les deux Oscar Schindler accidentels errent jusque sur la terrasse où autour de la piscine s'organise un grand barbecue, tandis que des gamins jouent innocemment au foot avec un ballon usé.

Déjà leur nom circule et les survivants scandent : « Blanchot, Blanchot… »

Dépassé par ce qui lui arrive, le couple se consulte du regard. Le désespoir laisse peu à peu la place à un rire nerveux, quasi convulsif, tant leur destin leur échappe encore. Philippe se moque alors une dernière fois de Françoise.

— Toi qui voulais du réchauffement climatique !

Remerciements

Avant tout, je tiens à remercier Michel Landron qui, lors d'une partie de tarot où je sombrais dans les abîmes des scores (à moins 450), m'a proposé de me présenter François Laurent et Marie Eugène, téméraires et talentueux éditeurs, incubateurs de mes modestes talents.

Je veux aussi assurer un autre Michel, mon dentiste, que je changerai mes deux prochaines couronnes chez lui si ce roman est un succès. Je fais au passage un petit coucou à ma copine Marianne, sa prédécesseur qui, elle, m'offrait le thé à chaque séance, dont l'humour et surtout la sagesse lui permettront d'éviter d'avoir une dent contre moi.

Enfin, je remercie toute ma famille et tous mes amis qui m'accompagnent, partagent mon sens de l'autodérision et répondent toujours présent lorsqu'il s'agit de se marrer.

P.-S. : Désolé, Hortense, j'avais oublié le métier de ton mari en écrivant mes conneries !

Composition et mise en pages
Nord Compo à Villeneuve-d'Ascq

Imprimé en France par CPI
en avril 2020
N° d'impression : 2051159

Suite du premier tirage : avril 2020
S30097/04